Elisabeth Wandeler-Deck
Merzbilder mit Verkehr

Elisabeth Wandeler-Deck
Merzbilder mit Verkehr

Herausgegeben von
Bettina Kobold
im eco-Verlag

Copyright © 1989 by
Eco-Verlags AG
Langstr. 187, CH-8021 Zürich
Alle Rechte vorbehalten
Umschlag: Martin Frey
Satz: Fosaco AG, Bichelsee
Druck: Fuldaer Verlagsanstalt, Fulda
Printed in Germany
ISBN 3-85647-097-2

In die untere Textspur wurden — neben verschiedenen Zeitungsmeldungen — Ausschnitte aus folgenden Texten verarbeitet: Jürg Federspiel, Epitaph für Varlin, in: TAM, 24.12.1977. Dieter Bachmann über Preisbildung im Kunsthandel, in: Die Weltwoche, 11.2.1976. Rosa Luxemburg, Einführung in die Nationalökonomie, herausgegeben von Paul Levi, Berlin 1925. Michael Müller, Learning from Las Vegas, in Arch+33, Mai 1977. Martin Schaub, Jede(r) für sich — in Lust und Schmerz, in: TAM, 10.10.1987.

Überfälle und Erpressung, sondern vor allem durch gezielten Kunstraub finanziert wurden. Dabei leisteten ihnen Kunstkritiker — ungewollte? bis jetzt konnten keine Anklagen formuliert werden — Dienste. Ein Mitglied der Bande, J., ausgebildet in Kunstgeschichte, pflegte jeweils die Kulturbe-

Was? Einer der selber Detektiv sein wollte. Ja, mich angestellt hat er, eine Woche lang oder länger. Ihn chauffieren musste ich. Woher er das Geld hatte? Ihr geht schon? Lässt den Kaffee stehen? Ach ja, Kundschaft. Für euch.

Was mir da letzthin passiert ist. Geheimnisvoll tat er ja, der Kunde. Selber Detektiv sein. Da kannst du ja nur in den Hammer laufen. Privatdetektiv mit Privatchauffeuse. Auch jung musste sie sein. Ihr geht? Was ist los? Aber du hast noch Zeit?

Ich hätte ihn dann meinen Kollegen genau beschrieben. Und dann weit ausgeholt. Damit, hatte ich mir vorgestellt, mit dieser Geschichte, hätte ich dann während Arbeitspausen am Tresen oder am runden Tisch, wo die Taxifahrer sich jeweils zwischen zwei Fahrten ausruhten, die Kollegen zum Zuhören verführen können. Aber dann hatte die Zeit nie ausgereicht oder ich verlor den Faden. Immer wieder riss mir der Faden. Da liess ich es. Merz hätte ihnen die Geschichte erzählen müssen. Er selber. Er wusste, wie alles zusammenbinden, er tat mindestens so, als wüsste er, wie alles zusammenhing. Er war ein blendender Geschichtenerzähler. Merz. Dem sind wir doch alle gleichgültig. Dem ist doch egal, was jetzt mit uns passiert. Fluchend und streitend waren sie in dem hohen, zerfallenden Haus neben der Baustelle verschwunden.

richte genau zu studieren und liess sich in der Auswahl der zu raubenden Objekte vom Urteil der Kritiker, vor allem aber von Bongards Punktesystem im Wirtschaftsmagazin ›Capital‹ leiten. Im Gegenzug zu dieser strengen Ordnung komponiert Tschumi einen Schleifenzug in diese Punktefolge, wobei

Ich kotzte über den Bordstein, über die Schuhe. Ich kotzte die Brühe, Schnaps und Kaffee. Ich kotzte noch, als sie die Tür öffneten, streitend sich an mir vorbeischoben. Keiner blickte mich mehr an, sie sahen mich nicht, schoben sich durch mich hindurch, in die Kotze traten sie, stiessen einander über die enge Strasse und verschwanden gegenüber in einem Hauseingang neben einem Fotogeschäft. Dort hatte der eine, lange Kerl mit der kalten Stimme, die mich aufgefordert hatte, ihn zu begleiten, ein Zimmer gemietet. Dorthin hatte er mich eingeladen, sobald er mich ins Auge gefasst hatte.

Solange er mich nicht wahrgenommen hatte, auch die andern nicht zu mir her schauten, hatte ich mir erlaubt, hinzublikken, hatte ich ihnen zugeschaut. Sobald sich die Hitze ihrer Blicke auf mich richtete, zerfloss, was ich soeben noch gewesen war. Stimmlos, sprachlos setzte ich mich zu ihnen hinüber an den andern Tisch, wo die Vielen sassen, wo auch Tamar mit Gabriela war. Gierige Blicke deckten Tamar zu und Freierworte drangen in Gabriela. Zuhälterworte. Wie stellst du dich wieder an, nimm noch einen Schnaps, nicht schlafen jetzt. Ich soff die Schnäpse, die sie mir hinstellten.

er Kollisionen zwischen den beiden Systemen nicht meidet, sondern provoziert. Wo steckt Rathgeb? In der Nähe von München wird eine barocke Madonna gestohlen. Eine Boulevardzeitung könnte sie durch Zahlung eines Lösegeldes zurückkriegen. Doch plötzlich ist Rathgeb, der Fotograf der

Zuhälterworte füllten Tamarleere, fremdgefüllte Gabriela stürzte sich aus dem Lokal.

Ob Tamar noch auf der Bockleiter hockt, auf dieser obersten Stufe der hohen, von herabtropfender Farbe glitschig gewordenen Bockleiter, die ihr der Abwart, dessen Kontrolle unsere und die andern sieben Wohnungen seit kurzem unterstellt sind, am Morgen ausgeliehen hat, der erste Morgen, hat Tamar gesagt, wetten, Sie schaffen das nie, wetten, ich muss Ihnen helfen. Das ist doch keine Arbeit für eine schmale Frau, für ein zartes Mädchen, beinahe zärtlich hat er Tamar zu unserer Wohnung zurückgeschoben, durch den Korridor in die Küche, als ob er ein weggelaufenes Kind zurückbrächte. Dass ich zu dieser Morgenstunde nachtesse, daran scheint er sich noch immer nicht gewöhnt zu haben, denke ich, dass ich mich wieder die ganze Nacht in der Stadt herumgetrieben habe, sagt er spöttisch. Herumtreiben, nennt er meine Arbeit als Taxifahrerin, sage ich zu meinem Abbild im Rückspiegel.

Hockt Tamar hoch oben, hoch über dem Fussboden, den Farbkessel zwischen die Knie geklemmt, vom Pinsel tropft keine Farbe mehr, schaut auf den Farbkessel, auf die antrocknende Farbe in den Borsten des Pinsels, schaut, schweigt, kein Wort sagt sie mehr. Bist du müde, Tamar?

Zeitung verschwunden. Tram: Bezirksgebäude. Once upon a Time in the West / Regie: Sergio Leone, mit Claudia Cardinale, Henry Fonda, Jason Robards, Charles Bronson. Voraussichtlich Mitte Jahr werden die Taxifahrten in der Stadt Zürich teurer, nach zähen Verhandlungen zwischen Behör-

Schaut und schaut. Bewegt die Lippen. Flüstert dann flüstert Tamar du störst wieder immer störst du sprich nicht so grell sprich nicht so matt Tamar dein Kleid die Flecken befleckst dein Kleid entschuldige dich Kind sag nie wieder störe nicht störst wieder.

Hockt doch Tamar am Abend dieses ersten Tages, an welchem ich wieder arbeite, hat Tamar gesagt, auf dieser Bockleiter, bis es eindunkelt, bis ich das Haus verlasse gegen neun Uhr erst. Wenn ich Glück habe, mache ich zwei Fahrten vor elf. Ob Tamar noch immer auf der Bockleiter hockt? Hat sie überhaupt bemerkt, wie lange ich dagestanden bin, wie lange ich ihrem Flüstern, ihrem Schweigen zugehört habe? Wie mühsam ich versucht habe, von ihr loszukommen. Auch weil ich die günstige Zeit zwischen sechs und acht Uhr abends nicht schon wieder verpasst haben will. Sie störe mich doch nicht, wenn sie bei mir einziehe, es störe mich doch nicht, wenn sie das Zimmer streichen die Zimmer müssen gestrichen werden, sagt Tamar, die Küche muss gestrichen werden, sagt Tamar, ich streiche. Kunstharzlack über Dispersion, Dispersion über Flecken auf Ölfarbe, Ölfarbe auf Gipsgrund über Holz. Dispersion über Tapeten, sagt Tamar. Tamar führt mich durch das Zimmer. Tiefe Kratzer, siehst du das Holz, am Grund, wurden Möbel verrückt, als ein

den und Taxigewerbe. Formprinzipien der Las Vegas Architektur: Demontage. Durch die Spaltung der Architektur in Funktionsbehälter und Bedeutungsträger wird die Form vom Inhalt unabhängig: hierin liegt das eine formale Prinzip der Las Vegas Architektur. Das ist das Prinzip der Waren-

Freund wegging, als weitere Töchter geboren wurden, wenn ich alle Wände gestrichen haben werde, und du die Fussböden mit Teppichen belegt haben wirst, werden alle Spuren verdeckt sein, zuerst die alte fetthaltige Haut der Ölfarbe mit ammoniakhaltigem Allzweckreiniger zerstören, vielleicht sogar die Ölfarbe mit breiiger Lauge ganz auflösen, sie ablösen, um Spuren, die mir zuviel werden, zu zerstören, Nagellöcher ausspachteln, Flächen verspachteln, glätten, abkratzen, glätten, streichen. Ich streiche, sagt Tamar. Geh jetzt hinaus, sagt Tamar, räume die andern Zimmer, setz dich in die Küche, sagt Tamar, ich stelle jetzt die Bockleiter in das erste Zimmer, ich setze mich jetzt auf die oberste Stufe, ich will nachdenken, ich will über dieses erste Zimmer nachdenken, kein weiteres Wort sagt Tamar. Sie hockt stumm auf der Leiter. Hört sie, dass ich weggehe, dass ich den Motor anlasse, dass er mit Mühe anspringt, das verdammte Nieselwetter, sage ich, Schafskälte, sage ich, von der Stosszeit haben heute andere profitiert, mir bleibt die Flaute, niemand hört mich, eine einsame Strasse, sage ich.

Doch wie ist die Anwendung. Mir bleibt nur die Flaute, so mit Tamars Rede verhängt, vom frühen Abend haben heute

ästhetik, nämlich die Bilder des Gebrauchswertversprechens vom Gebrauchswert abzulösen. ›Ganz allgemein besteht unsere Methode darin, das aufzunehmen, was die Architektur des Strips bereitstellt, das heisst, dass ein Gebäude einfache schützende Hülle wird, indem die Bedeutung und der künst-

die, die sich wie ich die Nachtstadt vornehmen, profitiert: Mann geht noch nicht heim oder Frau, vertraute Kellnerin, mit der man sich eben noch stritt, ich kenne das, denke ich. Fährt noch die Strassenbahn, die ich vorbeifahren höre jetzt wieder grössere zeitliche Abstände zwischen zwei Vorbeifahrten, jetzt tragen ihn die Beine noch, wenn er das Lokal verlässt, vielleicht Merz, doch Merz ist tot, man geht nicht heim, man geht zum nächsten, nahen Lokal, sucht dort den Wortwechsel, ich kenne das, vielleicht ekeln dich die Leute an, bleibst sitzen, fährst weg, lässt dich in ein anderes Viertel fahren, gehst heim, suchst dort den Wortwechsel, die Füsse tragen dich nicht mehr und auch die Worte nicht. Taxi, Taxi, wenn du Glück hast, kommt jetzt eines. Eine Frau drängt sich zwischen meinen Wagen und jenen des andern Taxifahrers, der wie ich, in den kaum mehr wärmenden Fahrersitz gedrückt, die Flaute verdöst. Ich höre Schritte vom Quai her näher kommen so weit herum innerhalb meines Hörens ohne zu sehen, denke ich, Wartespiel, der Kollege fährt mit der Frau weg, eine Schulter im Rückspiegel, etwas Gesicht, ein anderer fährt auf das leer gewordene Viereck, die Standplätze bilden eine Insel in der Mitte des kleinen Platzes. Ich höre Schritte vom Quai her, etwas Mantel drängt sich

lerische Ausdruck vom Gebäude selbst getrennt werden.‹ Bankier als Räuber, Kunstkritiker als Hehler: Auf die Spur von Beer kam die Polizei durch die Verhaftung von drei Männern, die vor einer Woche ihre Beteiligung an dem Raubüberfall auf die Frau eines bekannten Kunst- und Antiken-

zwischen den Wagen durch, etwas Gesicht sähe ich jetzt im Rückspiegel, sie drückt sich vorbei, passendes leises Vorbeilaufen, denke ich, ich stelle mir andere Formen des Schreitens oder Gehens vor. Sie verschwindet in der Bar. Ich denke an Tamar. Flüstert jetzt streicht Tamar streicht die Decke jetzt des ersten Zimmers, die erste Decke lichtblau hell an einem hellen Nachmittag an einem solchen Nachmittag flüstert Tamar die Decke jetzt an einem hellen Nachmittag lange kannst du da nicht bleiben du da nicht ich habe gestört flüstert Tamar ich habe nicht stören wollen du da lange kannst du da nicht bleiben müde flüstert Tamar geh weg du störst wie soll ich da arbeiten wenn du so da stehst dann mit denen zusammengestossen.

An einem hellen Nachmittag, an einem solchen Nachmittag verklingen flüstert Tamar streich Tamar streich weiter geh Tamar geh müde wo kann ich ruhen, sei sie dann mit denen zusammengestossen lange kannst du da nicht bleiben. Ich versuche dir zu sagen, was ich da gesehen habe, ich bin schliesslich im Turm gelandet, am runden Tisch gelandet. Durchgekommen zum Turm. Ein alter Turm und eine Fürstin und drei andere fremde Tamar und Märzfürstin an einem

sammlers gestanden. Ein weiteres Prinzip dieser Architektur ist neben dieser Dominanz des Zeichens über die architektonische Form die Kombination verschiedener Medien zur Bedeutungsbildung. Sie war allein, denn ihr Mann befand sich im Ausland. Beteiligt waren ein Garagist, ein Nachtclubbe-

hellen Nachmittag, an einem solchen Nachmittag sass Tamar ich dann doch ausruhe flüstert Tamar Merzfürst. Die drei andern feierlich beängstigend drohend. Blicke flüstert Tamar Merz. Dominiert schläfrig starr blickt er Tamar mich blickt an schiebt mir ein Glas trink lange kannst du da nicht bleiben du da fast rauhe Stimme schickt Tamar mich geh nun wir haben zu reden geh nun streicht Tamar die Zimmerdecke lichtblau kälter ist es in den Pärken, flüstert Tamar, bald wird Gabriela hier einziehen. Ich werde doch Gabriela nicht stören, wenn ich zu ihr gehe? Ich schmiege mich an ihren Körper sie fasst mich mit langsamen Händen am Nacken legt meine Wange auf ihre Augen? Sie küsst mich? Nimmt mich dann mit in den Turm?

Sie treten auf den Platz, in den Nieselregen, den Regennebel, verschwinden wieder in die Bar in die ›Amsel‹ in die Wärme. Weder Lustfahrt noch Heimfahrt. Nichts keine Fahrt kein Kunde ich warte weiter. Meine Hände krallen sich ins Steuerrad, bleiche ausgekühlte Hände. Nichts. Dieser Standplatz, denke ich, ist auch nicht mehr, was er früher war, erinnerst du dich, möchte ich den Kollegen fragen, er und ich sind beide in ihrem Blechkäfig Glaskäfig festgehalten, die feuchte Frühsommernacht abgehalten, starren beide in den Nieselregen, was dieser Platz war, als ich als Taxifahrerin anfing,

sitzer und ein Polizeigefreiter aus Baden. Die Diebe waren Anfang Februar in die Wohnung der Frau eingedrungen und hatten aus einem Koffer Juwelen und alte Stiche für insgesamt 600 000 Franken gestohlen. Nach diesem Überfall gaben Freunde der Frau den Rat, den Rest ihrer Kostbarkeiten

weisst du noch, was bist du für ein Taxifahrer, ein rascher oder bedächtiger, wie sprichst du, ruhig mit Fahrgästen oder laut zeterst du wenn Behinderungen, ich sehe dich lächeln schon halb elf, weder Lustfahrt noch Heimfahrt, damals hatten die Huren das Haus gleich neben der Bar noch nicht eingerichtet gehabt.

Wieder tritt ein Mann auf den Platz, dorther, wo sie jetzt an der Bar stehen und warten und schliesslich den Handel abschliessen, hinüber treppauf verschwinden, denke ich, Merz ist hinüber, später wurdest du zu seiner Komplizin, ob du wolltest oder nicht, denke ich, hat Tamar gesagt, ich höre sie Merzkomplizinfürstin, ich sehe sie den Farbkessel zwischen die Knie pressen, ich sah Haut weiss werden, Finger sich um Trinkgläser krallen, Vasallen oder wer waren sie, hat Tamar gesagt, denke ich, was weisst du, Tamar, anderes über Merz, denke ich, die Frau geht voraus, der Mann geht ihr nach, sie kennt den Weg. Der Mann, dem ich mit den Augenblicken folge, wendet sich gegen die Gasse, durch die sie die anderen an anderen warmen Sommerabenden herunterkommen, wenn sie die andern sich am Flussufer erfrischen wollen, ich friere, denke ich, er hält inne, denke ich, er horcht zurück, den Rücken gegen den Aushängekasten des Nachtlokals ge-

im Werte von annähernd drei Millionen Franken in einem Banktresor unterzubringen. Zu diesen Freunden gehörte der jetzt verhaftete Guy Beer (54), Anlageberater bei der Kredit- und Anlagebank Frankfurt, Filiale Zürich, der selber die Direktion auf den Vorfall aufmerksam gemacht hatte und so

kehrt, er scheint in sich gekehrt, ich schaue ihm zu sehe, wie er zurückhorcht schaue zu, denke ich, die Tür schwingt noch immer hin und her, die kleinste Abwechslung ist gut genug, er hat die Tür hinter sich weggestossen, niemand kommt nach, ich kann seinen Gesichtsausdruck nicht sehen, er steht, verdeckt den erleuchteten Aushang, die Frauen hängen da aus, jetzt geht er weiter, was für mich nur von Bedeutung ist, wenn er sich auf mein Taxi zubewegt und stehen bleibt und fragt, sind sie frei fragt, er wendet sich wieder zurück, in die Bar zurück, es könnte Noser gewesen sein, er hat dieselbe Grösse wie Noser, Noser ist es, ich freue mich, einen Bekannten zu sehen, denke ich, ich warte, denke ich. Ich stelle den Funk lauter, um sicherer keinen Auftrag zu überhören, auch wenn ich wieder wegdöse, Union 44 Union 44 bitte melden eine Zeitlang höre ich dem Gespräch der Zentrale mit Union 44 zu, sie scheinen sich zu mögen, denke ich, die Flaute verwarten, warum nicht 34, ich plauderte gerne ein wenig jetzt, denke ich, der Kollege ist schweigsam und verschlossen, ich denke an Tamar und vergesse, mich zu ihm hinüberzusetzen.

Ich lasse Kunden Kunden sein. Einmal rasch hinüber in das kleine Kaffeehaus, wo sich manchmal Kollegen erfrischen.

die Affäre anrollen liess. Venturi spricht bezüglich der Montage von Ironie: ›Der Künstler entnimmt das Material für seine Kunst der Welt, die ihn umgibt. Wenn der Künstler mit seiner Welt im Einvernehmen ist, dann benutzt er das Material unmittelbar, wenn nicht, dann ironisch. Wir glauben,

Nicht länger den Eingang zur ›Amsel‹ anstarren, verordne ich mir. Nicht einmal die Leuchten, die den Anfang des überwölbten Ganges, der vom Platz weg dem offenen Quai entlang führt, erhellen, kann ich noch scharf sehen, das Kaffeehaus an seinem Eingang versinkt fast im Dunst, denke ich, der verdammte Nebel, denke ich, feuchtwarm feuchtkalt, wenn ich friere, ist der Nebel kalt, ich setze mich an ein Fenster im Kaffeehaus, ich bin die einzige hier, denke ich, die Andern sind dort, wo es Schnäpse gibt, Glühwein, wünsche ich mir, über die Gasse den Platz sehe ich mein Taxi, es steht jetzt allein. Beinahe rieche ich die Lösemittel, Tamar macht die Arbeit, denke ich, jetzt schläft Tamar, wird sie wieder von Merz zu sprechen beginnen, sobald wir uns gegen Morgen, wenn ich heim gekommen sein werde, antreffen? Jetzt hier sitzen bleiben können, wünsche ich mir, und dann gleich heim ins Bett, ein Taxi nehmen, das mich heimfährt, und daheim wäre die Wohnung fertig gestrichen und eingerichtet.

Umsatz Verdienst die nächste Rate, ich gehe zurück zum Standplatz, friere im Wagen dieser Nebel durchfeuchtet schliesslich auch das Innere, noch immer keine Fahrt. Plötzlich in der Wohnung da sind noch Zimmer frei, ich bitte bei dir einziehen zu dürfen jetzt wohne ich mit ihr zusammen,

dass wir es ironisch verwenden; wir lachen, um nicht zu weinen.‹ Die Frau hatte sich bei ihm beklagt, dass der Tresorschlüssel nicht passte. Der Tresor, den man mit Hilfe des Bankpersonals öffnete, erwies sich als leer: die Freunde, die der 78jährigen Frau behilflich gewesen waren, hatten den

denke ich, es ist schön, an Tamar zu denken, die jetzt vielleicht gerade schlafen geht. Bitte bist du noch frei? Brunnenhofstrasse 4, bitte, plötzlich Noser. Ich fahre Noser gern, denke ich, während er sich neben mich hinsetzt und die Wagentüre leise zuschlägt. Ich freue mich, ich liebe, wie er Geschichten erzählt. Er erzählt sie anders als meine Kollegen, die ich manchmal, wenn ich mich zwischen zwei Fahrten erfrischen muss, im Kaffeehaus, wo ich gerade gewesen bin, denke ich, am einzigen Tisch vorfinde, am selben Tisch, an welchem ich gerade alleine gesessen habe, von welchem aus man den Standplatz ganz sieht und auch den Platz fast ganz überblickt. Nie erzählt Noser zuviel, er erzählt gerade so viel, dass ich die Geschichte während der darauf folgenden Wartezeit weiter weben kann.

Erinnere mich, Noser, bitte, wie das dann dazu kam, dass du von Tamar zu sprechen begannst, während ich dich durch ähnlich dichten Nebel, aus welchem sich dann Schnee zu lösen begann, an die Brunnenhofstrasse fuhr, nein, nicht in der Nacht zum Aschermittwoch, es war im Laufe der vorangehenden Nacht. Du habest Tamar gesehen, sagtest du, sage ich ihm, nun wohnt Tamar mit mir zusammen.

echten Schlüssel vertauscht und sich auch Kenntnis des Zifferncodes verschafft. Venturi sieht in der Las Vegas Architektur die zeitgemässe Abbildung der gesellschaftlichen Realität Amerikas. Das ist die Realität der Warenzirkulation. Bei der Aufdeckung dieses Skandals spielte der Zufall eine

Was ist, Tamar, was kümmert dich, dass bei Merz eingebrochen wurde? Sagt Tamar dann und flüstert das Bild ist da das Bild ist weg ich bestreite seine Richtigkeit nicht doch wie ist seine Anwendung? Namen Namenbilder Klänge für Bilder, sehr schöne Klänge, sagte Merz, denke ich, vor sich hin sagen Menschnnamen mit lauter Stimme auf Pappestücke kritzeln auf Fetzen Papier Leinwand. Manchmal verändern sich die Namen dabei, sagte Merz. Aber wie?

Noser hatte mich dann mit seinem Telefonanruf geweckt, notiere ich, Noser schien so müde wie ich zu sein, tiefer als sonst seine Stimme, umständlicher seine Rede, notiere ich, sagte Noser am Telefon, nachdem er mich mit seinem Anruf aus dem immer wiederkehrenden Traum vom immer schwerer werdenden Fahrgast geholt hatte, da sagt doch Merz, bei ihm sei eingebrochen worden, Bilder weg, Zeichnungen, soweit sie auflagen, weg. Kennst du Merz, sagte Noser, vielleicht gehört Merz auch zu den Fahrgästen, die wiederholt oder sogar regelmässig wie ich mit dir fahren, sagte Noser, hast du den Strassennamen deshalb vielleicht im Ohr oder im Gedächtnis Burgackerstrasse, kennst du dich dort oder auf den Strassen dorthin in den angrenzenden Quartieren vielleicht aus, Merz wohnt an der Burgackerstrasse, sagte Noser, er wohnt mit seinem einzigen Bruder und seiner einzigen

wichtige Rolle. Der jetzt verhaftete Garagist war bei einer Routinekontrolle angehalten worden, weil eines der Bremslichter seines Autos nicht brannte. Der Mann reagierte derart nervös, dass die Verkehrspolizisten stutzig wurden und den Kofferraum öffneten. Dort wurde ein Teil der Beute und

Mutter zusammen, er, Merz, er sprach das Wort ›einzig‹ mit Nachdruck oder einem speziellen Ausdruck, du hast Merz ganz sicher schon gesehen, dessen bin ich sicher, fügte Noser an, ich notiere diese Besonderheiten, verspreche mir etwas von diesen nachdrücklichen Besonderheiten, denke ich, Hof hält Merz geradezu, sowohl in der ›Stadt Madrid‹ als auch im ›Turm‹, weisst du, sagte Noser, damals duzte mich Noser nicht wie ein Freund, sondern so wie es üblich ist in Gaststätten in der Art der ›Stadt Madrid‹, jetzt spricht er mich anders an, Noser ist ein Freund geworden, notiere ich, du Renner, sagt Noser, jener ältere, sehr dicke Typ, weisst du, etwas arrogant, etwas nachgiebig, sie die andern halten ihn immer wieder dazu an, Runden und noch eine Runde zu zahlen. Noser spricht mich nie mit dem Vornamen an, Noser sagt, er spreche mich als Freund an, sagt Noser, manchmal hasse ich Noser dafür.

Vorgestern, ja, hätte ich Noser antworten könne, vorgestern, gegen abend musste ich die Burgackerstrasse suchen, eine verborgene Strasse, dort oben kenne ich mich schlecht aus, hätte ich ihm geantwortet, wenn er mich zu einer Antwort hätte kommen lassen, drei, nein, nicht Maskierte, trotz Fasnachtnacht, ich hatte vor mich hingedöst, hätte ich Noser antworten können, drei Typen, einem jener Sehnsucht wek-

Dokumente gefunden, die Bankier Beer schwer belasten. Im Laufe der Untersuchung hat jetzt eine Zeugin, die Taxifahrerin R. (32), Beer als den Mann erkannt, der sich zur Zeit des Raubüberfalls in der Halle des betreffenden Appartementsgebäudes aufhielt, wo er möglicherweise Wache bezogen

kenden Gangsterfilme entstiegen, die ich so gerne anschaue, an Nachmittagen in leeren Kinosälen, noch schlafend fast trotz Tee und Kaffee, ein Genuss, morgen, dachte ich, Little Caesar, dachte ich, kleiner Nachlassender, denke ich, to cease, aufhören, warmer Zigarrenrauch verdrängte den dünnen Parfümduft, den der letzte Fahrgast zurückgelassen hatte, lange konnte ich nicht gedöst haben, heute ist ein guter Abend, werde ich wohl gedacht haben, Big Jim Colosimo riss die Türe auf, Dion O'Banion bestellte die Fahrt, ihr Gehaben erschien mir sofort eine Spur zu grossartig, wir sind stark und gerissen und grosszügig wie jene, nein, nicht Little Caesar, so schlecht kann es doch mit mir nicht enden? Was ist, Noser, was kümmert dich, wer bei Merz eingebrochen hat? Nein, Noser, den Merz, der die Bilder macht, kenne ich nicht.

Mit passender Stimme sagte Jack Zuta die Adresse, Weiss, Drucci und Moran stiegen ein, ich fuhr die drei Zigarrenverglüher zur Burgackerstrasse, verpasste beinahe die schlecht beleuchtete Abzweigung, hielt vor einem älteren Gebäude, knappes Trinkgeld, Capone, Bill Skidmore und Barney Bertsche stiegen aus, ihr Appetit nach Mord schien für den Moment gestillt, kleine Fische, dachte ich, wen ich damals zu Merz gefahren hatte oder ob die drei ein anderes Haus anvi-

hatte. Der mittlerweile als fünfter verhaftete, 39jährige Kunstkritiker und zeitweilige Mitarbeiter einer Zeitung, W., soll die Rolle eines Hehlers gespielt haben. Man rechnet mit weiteren Verhaftungen. Eröffnung einer neuen Filiale der Kredit- und Anlagebank Frankfurt in Baden. Die gesamte

sierten, weiss ich nicht, werde ich Noser sagen, notiere ich, ich erinnere mich nicht, wo an der Burgackerstrasse mir Bill Skidmore die Hand auf die Schulter legte und John Dingbat O'Berta mir ins Ohr brummte: Anhalten!

Bitte, Brunnenhofstrasse 4, bitte, du bist doch frei, Noser steigt zu, oder bedeutet dir sein Name nichts, wenn du einen Menschen siehst? Wer sass sonst noch mit Merz am Tisch dort im ›Turm‹, frage ich Noser, Tamar nennt ihn eine Fürstin, Vasallengeld sei von Einem zum Andern, vom schlau Blickenden zum hastig Rauchenden vom drohend Grinsenden zum würdig Schweigenden zum heftig Erbleichenden vom Dritten zum Ersten zu Joss zu Rathgeb zu Merz, hast du gesagt, da kommst auch du nicht ohne Namen aus, sage ich Noser, während ich vor einem Blinklicht abbremse, da magst du dich winden, habe ich Tamar gesagt, du kennst die beiden, auch Merz, lange schon kennst du sie. Nichts, gar nichts wisse sie von Merz, sie wisse ja kaum etwas von sich selber.

Ich fahre langsam immer noch langsam, auch wenn sich der Nebel gelichtet hat, denke ich, zum Standplatz zurück. Ich frage besser Tamar noch einmal. Insistieren, denke ich. Bootleggers, denke ich. Das Wort spiegelt sich jetzt, da helleres

regionale Presse wurde zur vernissageähnlichen Eröffnung der neuen Filiale des traditionsreichen Frankfurter Bankhauses (Eröffnung 1743) eingeladen. Ihren Willen, nicht nur seriöse und erfolgreiche Geschäfte abzuwickeln, sondern auch die dankbare Rolle eines Mäzens zu übernehmen, zeigte

Licht fällt, an der Windschutzscheibe The Bootleggers this including the exclusive beer and spirits rights for both wholesale and retail trade to bootleg ein Illegales, nichts, gar nichts wisse sie von Merz.

Im Warten hatte ich in dem Buch gelesen, eine halbe Seite zwischen zwei Fahrten zwei Zeilen Saltis knew the beer business and O'Berta had the political drag, ich hatte schon einige Fahrten gemacht an jenem Abend, notiere ich, Maskierte, die sich scheuten, sich den Blicken der Unmaskierten auszusetzen, zum Ball gefahren, ich überlege, Aschermittwoch, erinnere ich mich, fiel in jenem Jahr auf den ersten, am 27. Februar also, mit kühler Stimme nannten sie mir die Adresse, notiere ich, nur den Namen der Strasse, keine Hausnummer. Anschliessend war ich direkt zum Standplatz zurückgefahren, zum Wischen hatte ich keine Lust, auch hatte mich niemand unterwegs aufgehalten. Gabriela war da auf und ab hinein zurück keine Zeit, wie sonst an die Hausecke zu lehnen oder eine Weile an der Bar zu blödeln, ich stellte meinen Wagen mich zurück in die Reihe, stellte kurzes Nachlassen der Nachfrage fest. Anita fehlte nun, ich schaute zu Gabriela hin: sie kannte ich damals am besten, die Pelzjacke, das Kleid hoben sich von den wechselnden Leuchtschriften so ab, dass sich unvorhergesehene Wörter bildeten, ich ver-

die Geschäftsleitung nicht nur mit ausgewähltem Wandschmuck auch in den Arbeitsräumen der unteren Angestellten, nein, sie liess es sich nicht nehmen, der Bank eine eigentliche Galerie anzuschliessen. Galerie ist für den Leiter dieser Filiale, Max Brunner, nicht gleich Galerie: Der internationale

gass mich im Spielen, ich schaute zu, wie sich Wörter hinter Gabriela bildeten auflösten, sie umschimmerten, ich schaue zu gegen Morgen, wie sich unter dem Netz der verblassenden Neonröhren die darunterliegende Fassade abzuzeichnen beginnt, und Gabriela nicht mehr auftaucht, zwei Zeichnungen einer Stadt, in einem zufälligen Bilderbuch, unbedeutende Fassade, denke ich, sobald die Leuchtschrift ablöscht, will ich heim fahren.

Gegen Ende jener Nacht, nachdem ich noch einen Kaffee bei Ines in der ›Stadt Madrid‹ getrunken hatte, lud ich einen Fahrgast auf, der sich nicht weit von meiner Wohnung ausladen liess.

Als ich die Wagentüre hinter ihm zugezogen hatte und mich vor dem Steuer richtig hinsetzte, schaute mich mein Gesicht aus dem Rückspiegel so an, als ob es mir sagen wollte, dass genug sei, dass es schlafen wolle, nicht mehr ins Zentrum zurück wolle. Ich fuhr über die Nordbrücke. Gut, gut, in zehn Minuten schlafen wir, Nordstrasse 175 hörte ich mein Spiegelgesicht sagen, die Rotbuchstrasse hochfahren, auf keine winkende Hand hin anhalten scharf nach rechts abbiegen leicht abrutschen Schneewächte rechts einbiegen die Länge meines Wagens retour gegen die Nordbrücke fahren parkie-

Grossumschlag von Kunst habe mit dem Inhalt von Kunst nichts zu tun, das sei ein Kapitalgeschäft wie ein anderes. Galerien wie die seine aber versuchten, ein kultureller Faktor zu sein, versuchten, verantwortungsvoll, ein Klima für Kunst zu schaffen. ›Damit sind keine grossen Geschäfte zu

ren aussteigen den Wagen abschliessen über den Asphalt unter dem ein Vorgarten begraben liegt, seit ich Taxihalterin geworden war, niemand pflegt den Vorgarten, hatte der Hausbesitzer bei meinem Einzug gesagt, in den nächsten Wochen kommen die Arbeiter, der Parkplatz ist zu vermieten, Frau Renner, für das Taxi, jedoch nicht als Standplatz wegen der Anwohner. Du konntest nicht wissen, als du mich wegen der Sache mit Merz anriefst, wie müde ich war, notiere ich.

Ich notiere weiter, während ich weiter warte, während sich die Helligkeit allmählich deutlicher abzeichnet gegen die Firste, die den Platz abgrenzen, denke ich, Gebäude, ich sehe die Schrift deutlicher werden, denke ich, den Parkplatz hatte ich zugemietet, nachdem ich eingezogen war und die Telefonnummer zugeteilt erhalten hatte. Ich hatte eine einfache Nummer, wie sie Taxiunternehmen brauchen, erhalten. Als du anriefst, habe ich Noser gesagt, notiere ich, hatte ich vergessen, das Stück Pappe einzuschieben, so war es dir möglich gewesen, mich zu erreichen. Merz, ich erinnere mich, hat Noser gesagt, sah an jenem Morgen einigen seiner Gestalten in seinen Bildern sehr ähnlich.

machen, zu keiner Zeit. Da gibt es Ausstellungen, bei denen man nichts verkauft.‹ Ja, eine Ausstellung mit Bildern von Ernst Merz sei geplant. Vier Bilder im Wert von nahezu 10 000 Franken sind in der Nacht zum letzten Samstag aus dem Atelier Bert Kner und Fred Erne an der Ausstellungs-

Den wenigen Maskierten, die noch unterwegs waren, schien es zu gefallen, wo sie waren, in den Tramhäuschen, an welchen kein Tram mehr vorbeifuhr, wo nichts sonst auf verkehrte Welten hinwies. Wieder stellte ich meinen Wagen mich auf den Standplatz, die Wartezeiten waren wieder länger geworden, bitte, fahren Sie uns zum Bahnhof Enge, ja, ja, durch das wegen der fortgeschrittenen Zeit verkehrsfreie Limmatquai gegen den See über die Quaibrücke dann die linke Spur noch immer gesperrt, ich fuhr langsamer als sonst etwas müde, fragte der eine der Fahrgäste, zwischen rostigen Armierungseisen sah ich die ölige Oberfläche des langsamen Flusses im Licht der Kandelaber schimmern, langsam würde die ganze breite Fahrbahn in den Fluss bröckeln, stellte ich mir vor, habe ich Noser gesagt, dann könnten die Maskierten über den Fluss seiltanzen von einer Stadthälfte zur andern und die Strassenbahnen am Morgen und die Autos im Stossverkehr über die Armierungseisen Seil und Netz bis das Netz bricht, habe ich Noser gesagt, wieder sassen Möwen auf dem Wasser des alten Grabens Kreischen Palavern im Kongresshaus war der Ball noch im Gang. Enge also sagte der andere der beiden Fahrgäste, fahren sie uns zur Venedigstrasse. Ich hielt vor der Abschrankung, habe ich Noser gesagt, notiere ich, die die Einmündung zur Venedigstrasse schlecht versperrte. Venedigstrasse 2 hatte der Kunde verlangt, habe ich Noser gesagt.

strasse 24 im Kreis 5 verschwunden. Es handelt sich um einen Siebdruck ›Pinguin mit Palme‹ von Friedrich Kuhn, Grösse 70 auf 90 cm, einen signierten Vierfarbendruck von Friedrich Hundertwasser, 120 auf 30 cm, eine Zeichnung aus der Serie ›Die berechnete Stadt‹, ›Bertastrasse mit Engel‹, 30

Meine alte Adresse, dachte ich, notiere ich, ach darauf kommt es uns überhaupt nicht an, die Hauptsache ist, dass Sie uns jetzt dahin bringen, hätten die beiden in unterschiedlicher Stimmlage und mit gleichartiger Betonung gesagt haben können, hätte ich diesen Satz ausgesprochen gehabt. Da wohnte gar niemand mehr. Ich hätte die beiden Männer gefragt haben können, ob sie sich vielleicht getäuscht, eine Adressänderung nicht nachgetragen hätten, ein Jahr schon sei es her, hätte ich gesagt haben können, seit die Häuser zerstört wurden, ausserkantonale Verstärkung hätten sie für das Zerstörungswerk geholt, einen innerschweizer Bauunternehmer mit dem Abreissen beauftragt nach wochenlanger Besetzung durch die kräftigeren der Bewohner dieser Häuser sei das Niederreissen dieser Wohnhäuser möglich geworden, andere Häuser im selben Viertel seien ohne Gegenwehr der Bewohner abgerissen worden, oft hätte sie an Krieg denken müssen, dessen Bedrohungen sie als kleines Kind stärker wahrgenommen hätte, als später der Generation der älter werdenden Eltern lieb gewesen sei, das Abbrechen und dem Asphaltboden Gleichmachen dieser Häuserzeilen sei deshalb nur unter starkem Polizeischutz zu verantworten gewesen, hätten schliesslich die zuschauenden Behörden mitteilen lassen.

auf 21 cm, von Ernst Merz und das Bild ›Tellenparade‹ von Fred Engelbert Knecht. Der Maler Knecht hat für die Wiederbeschaffung der ›Tellenparade‹ eine Belohnung ausgesetzt, da er das Bild, das als dominierendes Element das Matterhorn zeigt, spätestens nächste Woche benötigt: Er

Ich fuhr vorsichtig, notiere ich, während ich mich entschliesse, mit dem Heimfahren noch ein wenig zu warten, um das aufkommende Morgenlicht nicht zu verpassen, durch eine Lücke in der Abschrankung, wo Nummer 2 der Venedigstrasse gewesen sein musste, die ganze Grundfläche der Wohnhäuser und Terrassenvorbauten, der engen Gärten, der Zugänge zugeordnet als Parkflächen asphaltiert, neu niedergelassenen Firmen vermietet bis Baubeginn. Seit der Zerstörung von Strasse, Häuserzeilen, Gärten war ich da nicht mehr hingekommen. Nun stand da ein Mann im Dunkeln so, als ob er die Vorgärten und Veranden betrachtete. Rasch und schnell kam er auf uns zu, als ich den Wagen anhielt, und stieg als Dritter hinten zu. Die drei umarmten einander, nicht wie Betrunkene dies tun, erinnere ich mich, notiere ich, eher wie Freunde sich in Rom begrüssen, denke ich jetzt, seit ich mit Noser eine kurze Reise dorthin gemacht habe. Ich bin zufrieden, dass alles klappte, Merlin, brummte der eine und der Zugestiegene erwiderte vergnügt, zu dir fahren wir nun, nicht wahr? Sie liessen mich dann vor der Galerie Bernas halten, die Schaufenster dunkel, keine Vernissage, dachte ich, ich dachte nicht weiter, notiere ich, wo käme ich in diesem Beruf auch hin, wenn ich weiter dächte, denke ich, ich mag diesen Gedanken nicht, notiere ich.

muss es dem Transporteur abliefern, damit es für eine Ende August in New York stattfindende Ausstellung der Stiftung Pro Helvetia termingerecht abgeschickt werden kann. Renoir: Aus der Kronenhalle in Massagesalon! Aus dem vornehmen Restaurant ›Kronenhalle‹ am Bellevue ist am 11. No-

Ich wendete unterhalb, wo sich die enge Gasse zu einem Kirchenvorplatz weitet, im Rückspiegel, fällt mir ein und ich notiere, wie einer der Konkurrenz, einer von Berny Wyler, New York Taxi, sich von oben der Galerie näherte, mit erloschenen Scheinwerfern, wie im Kriminalfilm, dachte ich möglicherweise, notiere ich, ich hörte die Wagentür zugehen, keinen Motor gehen, ich fuhr wieder zurück zum Standplatz. Letzte Gäste verliessen die ›Amsel‹, die Tänzerinnen, eine kommt rasch auf meinen Wagen zu, wo die wohnen, franst die Stadt aus, da draussen wohnt auch Noser. Nein, Noser, an der Burgackerstrasse war ich nicht. An der Burgackerstrasse sei bei seinem Freund Merz eingebrochen worden, gegen welchen Morgen hin, hätte ich Noser fragen mögen, Noser liess nicht zu, dass ich Fragen stellte, Noser, habe ich gesagt, was hattest du dagegen, erinnere dich, Noser, habe ich ihn gebeten, Zufall, beruhigte ich mich, Zufall, um welche Nacht handelte es sich, ich erinnere mich, wie schwer es mir anfänglich fiel, die Nächte, während welcher ich arbeitete, einem bestimmten Tag zuzuordnen, als Noser mich vom Einbruch unterrichtet hatte, war Morgen, ich hatte schon geschlafen, die Tage wurden unscharf, am frühen Abend hatte ich ein schönes Trio, erinnere ich mich gedacht zu haben, an die Burgackerstrasse gefahren, ob ich ihn kenne, Merz, Bildermaler, Prestidigitateur, notiere ich, ein Wort-

vember — während des Trubels, den Guggenmusiken beim Fasnachtsbeginn verursachten — ein Renoir verschwunden. Erst bei Geschäftsschluss wurde bemerkt, dass das Bild mit dem Titel ›Les baigneuses‹ fehlte. Jetzt ist es in einem Massagesalon im Kreis 4 wieder aufgefunden worden. Die Masseuse

klang, den er Noser liebe, Zauberkünstler, fragte Noser, notiere ich, was ging Noser an, wen ich wohin fuhr, Zufall, wenn aber die drei Typen, die ich in der vorgegangenen Nacht, während der Nacht sei Merz mit Gästen, unter anderen auch mit seinem Neffen Dübendorfer, zusammengesessen, habe ihm Merz mitgeteilt, sagte Noser, er, Merz, sei dann eingeschlafen, kurz, nachdem die Gäste weggegangen seien. Willst du den Auftrag annehmen, sagte Noser. Ach, sagt Tamar, darauf kommt es bei den Bildern überhaupt nicht an, die Hauptsache ist, dass sie in Verkehr kommen.

Ein prächtiger Sommermorgen, denke ich, keine Spur von Nebel oder Smog mehr, stelle ich fest, ein angenehm warmer Tag wird werden, Ende der Schafskälte vielleicht, denke ich, Zentrale, ich melde der Zentrale meine Position, dann komme ich wenigstens so zum Reden, habt ihr mich vergessen, werfe ich der Telefonistin Wörter vor Schlamperei, mich auslassen doch wissen dass, also bis mindestens sechs Uhr, Anrecht haben auf, jetzt dann, aufhören wollen, auf den Verdienst angewiesen sein, sie sich denken können, schlafen, mich verabschieden, mich entschuldigen. Ich fahre vom Standplatz weg und leiste mir eine Lustfahrt durch den Sommermorgen die Sommermorgenstadt Samstagmorgenstadt, leichte helle Luft eine Lustfahrt, denke ich, überquere

muss sich wegen Hehlerei verantworten. Erste Erfolge! Nach dem Fund von Meisterwerken aus der Sammlung Antonini hat die Polizei ihre Fahndung intensiviert. Entgegen anderen Berichten ist es im Fall Ernst Merz (s. auch unseren Bericht vom 3. März) bislang weder in Italien noch in der Schweiz zu

den Fluss und fahre gegen das Viertel um den Bahnhof Enge, ich erinnere mich gerne an die Venedigstrasse, fahre mit offenem Fenster, die Luft ist hell und leicht und luftig, ich rieche die Linden blühen und das Wasser wärmer werden, ich verlangsame die Fahrt, gegen Ende der Häuserbesetzung, erzähle ich mir, hatten wir letzten Bewohner der vom Abbruch bedrohten Häuser uns in der einzigen schon ganz leerstehenden Wohnung der Zeile versammelt. Seit dem Aufstehen stritten und berieten wir, wie wir auf das neue Ultimatum der Polizei eingehen sollten. Schon war kalt gefrühstückt worden. Gas und Wasser hatten sie uns in den ersten Stunden des Tages abgestellt. Und seit neun Uhr kein Elektrisch, keine wärmenden Öfchen mehr. Die Häuser konnten so nicht weiter bewohnt werden. Wer noch keine Wohnung gefunden hatte, stand auf der Strasse. Ich stand doppelt auf der Strasse, ich hatte den letzten Arbeitstag hinter mir. Mit der Nachfolgerin hätte ich gerne länger geredet. Die Luft wurde immer verrauchter und Beschlüsse konnten so bald nicht gefasst werden. Immer wieder wurde es Zeit, Wachtposten abzulösen. Immer wieder wurde es Zeit, vor das Haus zu

Festnahmen gekommen. Laut Meldungen aus Rom, Locarno und Zürich jedoch sind diese beiden Kunstdiebstähle miteinander verknüpft. Seltsame Häufung von Unglücksfällen: Dreimal wurden Familienmitglieder des für seine Festgelage und Actions bekannten Malers Ernst M. Opfer von Autoun-

treten, frische Luft zu atmen, Argumente zu erneuern. Während einer Pause, die Martin und ich uns gestatteten, hatten wir den Estrich ein weiteres Mal nach noch Brauchbarem durchsuchen wollen. Die Bodenkammern waren jetzt leer, ausgeräumt. Enttäuscht spielten wir an einer Beige kaum vergilbten Papiers herum, spielten mit dem Gedanken, einen letzten fröhlichen Nachmittag in der abgesperrten Strasse zu feiern und dazu noch einmal die Kinder der Nachbarschaft einzuladen. Auf das Papier hätten die Kinder ihre Bilder malen können. Das Geräusch vieler, schneller Schritte im Treppenhaus, die Versammlung musste zu einem Beschluss gekommen sein. Trotzdem nahmen wir beide eine Anzahl Bögen an uns, wollten sie an uns nehmen, um vielleicht eine Wandzeitung, schlug ich Martin vor, wir legten die Bögen auf den Stoss zurück. Unter schützenden ersten Schichten lag beidseits Bedrucktes, Fahnen nie gelesener Bücher? Häuserbesetzung, Druckfahnen nie gebundener Bücher, so könnte einer einen Roman beginnen, mochte ich gedacht haben. Die ersten Seiten des Textes schienen zu fehlen, ich schaute mich nach weiteren Papieren um. Jedenfalls würde ich das Papier wegschaffen, werde ich beschlossen haben. Ich erzähle mir, dass ich den Satz ›noch vor der Räumung durch die Polizei‹ laut aussprach.

fällen. M., der selber nur dank der Geschicklichkeit der Fahrerin des Taxis, das er benützte, einem schwereren Unfall entgangen war, behauptet, seine Familie werde bedroht. Deshalb erhebe er Strafklage gegen Unbekannt. Auf die Frage, ob er jemanden verdächtige, verweigerte er jede Ant-

Ich hörte wie Schweres zum Ausgang getragen wurde Möbel Geschirrkisten Barrikadenbau. Ich hockte auf dem Estrichboden da oben unter dem Dach und vertrödelte auch ihre Zeit mit unnützem Papier. Trotzdem las ich weiter, ich erzähle mir: Trotzdem las sie weiter und vergass Genossen und Genossinnen. Lesend schlüpfte sie in diese Person hinein, ein Ich, das sie ohne Widerstand aufzunehmen schien. Aus den spärlichen Angaben schloss sie, dass in dem Text eine Frau, reduziert auf ihre Fähigkeit, genau und ohne zu urteilen aufzunehmen, worauf sich ihre Sinne, nein, bloss ihre Augen als Kamera richteten, beschrieben wurde. Indem sie leicht in dieses geschriebene Ich hineinschlüpfte, wurde sie selber sofort zu dessen registrierendem Blick. Ich war ein Angsthase, sage ich laut und bin wieder ganz wach. Aber ich schreibe das Protokoll, ich stehe Schmiere, ich überbringe, ich führe aus. Geschirrkisten Barrikadenbau immer wieder Bauabschrankung Begeisterung Absperrung Beschlussfassung, ich führte gleichmässig aus, denke ich, gefährlich gefährlich aber der Zorn, der die Phantasie der andern anstachelte, war mir fremd. Traurig verkroch ich mich, so

wort. Sie dürfen in der Schweiz untersuchen! In St. Cloud bei Paris, am Sitz der Interpol, tagte Ende Februar eine konspirative Runde. Kriminalbeamte aus Deutschland und Frankreich, Österreich, Benelux und der Schweiz trafen sich diskret zu einem Zusammenspiel ohne Grenzen. Über Sprach-

dass sich bald alle befremdet von mir abwandten. Ich verkroch mich in meinen Zuschauerblick. Es konnte nicht genügen, über meine Arbeitskraft zu verfügen. Ihr Zorn ertrug die Zuschauerin nicht. Während sie weiter las, erzähle ich mir weiter, las sie sich in den Bericht dieser Frau ein, las sie sich in diese Frau hinein, las sie sich in ihren Kamerablick hinein. Sie spürte plötzlich eine Lust zu kämpfen, blitzschnell zuzuschlagen, heftig aufzuschreien rasch auszuweichen, wütend zu zielen, jetzt gleich. Mein Kampf wäre dies, sagte sie, sie widerte mich an. Während wir Papierstösse hinaustrugen, beluden die andern Lastwagen mit Hausrat. Am andern Morgen fand die Polizei verlassene Häuser vor. Die Abbrucharbeiter waren von auswärts geholt worden. Alle schauten wir jetzt zu und andere auch, wie sie die alten Ziegel abtrugen und auf Lastwagen zu weiterer Verwendung verluden, wie sie mit Greifern den Dachstock, den ich jetzt sehr leer wusste, auseinanderrissen. Die Abbrucharbeiter arbeiteten geschützt durch Barrikaden, die nicht wir errichtet hatten, und durch Wachtposten, die nicht wir aufgestellt hatten. Ich erzähle mir, was ich beim Durchblättern gelesen habe, Druckfahnen nie gebundener Bücher, zu den Büchern fehlen Seiten, vielleicht

barrieren und Rechtshürden hinweg einigten sich die Fahnder auf eine konzertierte Aktion: Gemeinsam wollten sie einer verästelten Terroristenorganisation, die sich vorzugsweise mit Kunst- und Antiquitätendiebstählen finanziert, beikommen. Der gesuchte S., auch bekannt als ›The Blue‹,

handelt es sich um Teile verschiedener Werke, bestehen als Ganze nicht mehr, haben nie bestanden, weshalb denn Druckfahnen, wer hatte die Papiere zurückgelassen, spät nachts liegt das Grundstück verlassen da, tagsüber ist es ein Parkplatz, meine alte Adresse, ach, darauf kommt es uns überhaupt nicht an, fahren sie uns dahin, ich höre Tamar irgend etwas zurechtschieben, darauf kommt es jetzt gar nicht an.

Die Frau verlässt das Haus und erinnert sich an Verhaltensregeln. Sie flüchtet den hohen Hausmauern entlang und beobachtet klar und scharf, welche Häuser auf welche Art einzustürzen beginnen. Von den einen Häusern lösen sich Steine aus den obern Teilen der Mauern. Bei andern und gerade bei dem, auf das sie zu läuft, beginnt das Dach abzurutschen. Als Ganzes zuerst und dann zerfallend stürzt das Dach so in die Strasse, dass die Frau in den Latten in den Balken eingeklemmt bleibt. Das Stadtviertel brennt. Die Frau geht über Ruinen. Alles ist ganz still. Ein Wind kommt auf. Ein Wind lässt die Ruinen singen. Die Menschen gehen über die Ruinen, als ob sie durch einen blühenden Park gingen. Ganz ohne Maske lachen drei junge Männer das Ding franst aus. Kein Karneval ihr Lümmel verstanden. Worte

lenkt eine mindestens siebenköpfige Gang sowie eine Klientel von rund vierzig Mittätern, Hehlern und Kontaktpersonen. Mit einem Geschwader schneller Opel ›Commodore‹, die sie auch im Taxigewerbe einsetzt, schmuggelt die mobile Gruppe kostbare Beutestücke über Europas grüne Grenzen unwie-

bestreiten Käfige, doch ist der Abbruch nicht weiter hinauszuschieben, sagt der Vorarbeiter. Umschlagplatz dies ist eine lange Bank, sagt Noser, Noser spaziert in Stöckelschuhen über Panzerglas. Die Tänzer ergreifen die Flucht nach vorn. Ein still bewachtes Land, zugegeben. Zugegeben, ich stehe Ihnen zur Verfügung, sagt die Taxifahrerin. Und wer bestimmt die Grenzen, jetzt gerade, während dieser Minute? Vorn stürzen Trommeln in ungenauer Zahl. Zugegeben, dies ist ein Umschlagplatz unter anderen. Was heisst da Druckfahnen, brüllt der Vorarbeiter. Doch heute in diesem Augenblick schieben andere glühende Sonnen Mauern über lange Sandbänke in liebliches Seewasser. Die Taxifahrerin weint. Da sind noch weite Wege zu machen, sagt Noser. Und nun lässt sich nichts mehr korrigieren, der Abend fällt ins Land den See, zugegeben ein gut bewachtes Land. Der Mann, der Merz, der alles was ich, dass du, alles was ich was du und er, da kommen sie, da kommen die Hunde, der Mann, der Merz, der rennt und hüpft und jauchzt, siebenundsiebzig Lastzüge mit Bildern stürzen in den Stadtfluss, alles, was ich und du und er, ein Aufruhr. Löschen geht wie setzen. Löschen geht wie setzen. So geht das also, sagt ein Passant, der Passant

derbringlich auf den grauen Markt. Für S. und die Seinen ist jeden Tag und überall Schlaraffenland. Weltweit, besonders freilich in Europa, registriert Interpol eine seit 1968 steil ansteigende Zahl von Kunstdiebstahlsdelikten. Immer häufiger sieht sich ein Kirchendiener bei Dienstantritt statt

gleicht Jim Colosimo, der sich hinter der Bauabschrankung verborgen hält. Merz bleibt sitzen und stöhnt. Halt da. Halt da. Der Polizist sagt: So. Beides zusammen geht nicht. Weiter ausprobieren. Wenn das Wetter ausfällt. Ich habe vergessen, Tamar noch einmal nach Merz zu fragen. Durch die Spalten der Fensterläden vermute ich hellen Mittag, ich bin verschwitzt, stelle ich fest. Ich stehe auf und gehe ins Badezimmer. Ich dusche, gehe in das Zimmer, das im Moment mein Schlafzimmer ist, zurück. Ich bin Tamar nicht begegnet. Ich höre feine Reibgeräusche, dann ganz leise Schmatzgeräusche. Sie streicht abwechslungsweise mit einem Pinsel und mit einem Lammfellroller, denke ich. Ich schlafe, denkt die, die ich im Traum bin. Sie liegt wie ich auf einer Rosshaarmatratze in weissen Leintüchern auf dem Zimmerboden. Das Zimmer erinnert die, die ich im Traum bin, an irgendein Zimmer. Die, die ich im Traum bin, träumt, denke ich. Ansteigende breite Strasse in der Stadt, in der sie als Taxifahrerin ihr Auskommen verdient. Hohe Häuser aus dem Beginn dieses Jahrhunderts säumen die Strasse. Eine Strassenbahn fährt die Strasse hoch. Die Frau steht im hinteren Wagen dieser Strassenbahn und sieht auf einmal riesige

einem Altarbild einem leeren Raum gegenüber, registriert ein Museumsdirektor beim Routinerundgang, dass wieder eine Rokokokommode mit ein paar Beschlägen weniger dasteht, ja, dass Künstler nach durchfeierter Nacht ein ausgeräumtes Atelier betreten. Restlos aufzuklären ist ein spektakulärer

Stahlnetze, die in der Höhe der Dachrinnen schmal und lang aufgespannt hängen. Sonnenlicht bricht sich im Gewebe. Im einen Stahlnetz steht ein Mann. Es ist Noser. Ein weiterer Mann, den die Taxifahrerin zu erkennen vermeint, schickt sich an, fotografische Aufnahmen von ihr zu machen. Sie hat den Eindruck, vermessen zu werden. Sie verwandelt sich in eine Messlatte.

Eine Weile bleibe ich noch liegen, beschliesse ich. Ich höre Tamar singen. Tamar singt schön. Ich kopfüber, höre ich durch die Wand, tanze mit mit meinem Spiegelbild nachts mit einem Spiegelbild nackt in der Küche, nachts dazu lacht tanze mein Spiegel lacht ich tanz mit dir. Sie lacht.

Wir riechen die Lösemittel. Wir essen den letzten Bissen. Tamar trinkt ihre Tasse Tee. Meine Tasse steht halbvoll vor meinem Teller auf meinem Tisch. Sitzt sie da am Tisch. Spricht sie Worte wie vergnügen vergnügt bin ich heute entzückt. Verschwindet Tamar Besen Schaufel Spachtel Drahtbürste. Stück für Stück. Verschwindet Tamar über den Gang, wird Wohnzimmer werden, sagt Tamar. Ich versuche, mich auf der Matratze einzurichten, die im vierten Zimmer zwischen Tischbeinen und Wäschekörben kaum Platz gefunden hat. Tamar sagt, dies ist dein Bett für die Zeit der

Diebstahl oft nur dann, wenn wenig erfahrene Einzelgänger sich von erfolgreichen Professionellen anstecken lassen und sich spontan an alten Meistern vergreifen, wegen der Einmaligkeit der Objekte aber auf Absatzschwierigkeiten stossen: Elf liebevoll verpackte Gemälde, unter anderen von Vallo-

Wohnungsrenovation. Ich richte mich ein. Tamar bestimmt. Tamar tut die Arbeit. Ich beschreibe Zettel, stelle Schreibmaschine auf Matratze, horche auf Tamar. Sie hat gefrühstückt. Die Dispersion habe gestern gar nicht recht trocknen wollen, sie getraue sich nicht, heute mit dem zweiten Anstrich anzufangen, sagt Tamar, während sie frühstückt, während ich gleichzeitig Tee vor dem Schlafen Schlaftee beruhigt dich vor dem Schlafen, notiere ich. Durch die geschlossene Türe, die meine Vorbereitungen zum Schlaf von Tamars Vorbereitungen zur Arbeit trennt, höre ich Kratzen und Schaben, höre ich Tamars Stimme, auch heute ist die Luft sehr feucht, mit der Arbeit in diesem zweiten Zimmer anfangen die Regel durchbrechen, das Bild ist da, bevor ich das erste Zimmer fertig streichen kann und ich bestreite seine Richtigkeit nicht.

Ich weiss nicht, was sie über Merz weiss. Ich weiss nicht, was sie von den Ereignissen, die Merz betrafen, erfuhr. Ich weiss nicht, ob sie von meinen langen Fahrten mit Merz weiss, von meinem langen Warten auf Merz, das manchmal so lange dauerte, bis ich kaum mehr wusste, auf wen ich wartete, ich nur wartete, aus lauter Gewohnheit, wartete, im Auto, in

ton, Gauguin und Modigliani, hatten im November herrenlos in einem Gepäcknetz des Riviera-Express Ventimiglia – Amsterdam gelegen. Wenn aber der versierte Kunstdieb sich an berühmte Namen wagt, geht es vor allem um das Lösegeld. Dass Versicherungen für Kompromisse mit Kunstdieben an-

Wohnungen, in welchen ich fremd war, in Weinlokalen, die mir neu waren, dann und wann in mir vertrauten Lokalen, Wirtschaften an irgendeiner Bar wartete oder an irgendeinem Tisch. Ich habe dich gesehen, sagt Tamar. Ich habe gesehen, wie du langsam zu seiner Komplizin wurdest. Der Fahrgast auf dem Rücksitz wird breit wird schwer immer lange Fahrten. In fremden Strassen. Der Fahrgast. Er schnauft in meinem Rücken. Immer lange Fahrten. Immer ein Fahren. Der Fahrgast drückt schnauft gegen den Fahrersessel gegen mich jetzt erdrückt er mich will schreien. Der Schrei quillt aus seinem Mund, er schreit in mir durch mich. Aus. Ich schlafe wieder ein. Lange Fahrten. Ein Fahrgast. Er wird schwer dick. Jetzt erdrückt er mich. Die schrillen Töne. Die Stimme, die ich über das Telefon hörte, erkannte ich sofort. Du bist es, Noser, bin ich froh, muss ich nicht weiterträumen, lass mich ausschlafen, Noser, ein wenig Schlaf brauche ich noch. Ich hatte da, sage ich Noser, nach jener Nacht zum Aschermittwoch, 1972, nicht wahr, die meisten Zeitungsausschnitte, ich ordne sie noch, sage ich Noser, 1972 hob ich viele auf, die Jahre zuvor weniger, nachher weniger, ich beobachtete, registrierte, vergessen, sage ich Noser, die Telefonklingel mit einem Stück Pappe zu blockieren.

sprechbar sind, gilt kaum noch als Geheimnis: Öffentlich diskutiert, wenn auch selten geklärt, wurde die Zahlung von Lösegeldern oft genug. Ein Zehntel des offiziellen Marktwertes gilt als fairer Satz. Ernst Merz leidet nicht an Verfolgungswahn. Schon 1972, als in Frankfurt ein grosser, auf

Ausschlafen? sagte Noser. Er, Noser, habe sowohl meine Fahrkünste, als auch meine Diskretion und vor allem meine Fähigkeiten, mich in andere Personen zu versetzen, gelobt, und nun wolle Merz, ich wisse sicher, wer Merz sei, was ich bestätigte, sich von mir chauffieren lassen. Was das bedeute, fragte ich dich damals, habe ich Noser dann gesagt. Ob ich noch nicht allzulange im Gewerbe tätig und eher jung sei, habe, er, Merz weiter wissen wollen, und sich dann für dich entschieden, sagtest du, Noser. Ihm, Merz, gehe es um eine Aufklärung, um Aufklärung ganz allgemein. Für Aufklärungsfahrten brauche er einen Fahrer oder eine Fahrerin. Ob ich mich die nächsten Tage für ihn, Merz, frei halten könne, lasse Merz mich fragen. Du, Noser, würdest dann und wann mitfahren, sagtest du mir dann, habe ich Noser gesagt. Was redetest du, habe ich Noser gesagt, woher konntest du von solchen Fähigkeiten wissen. Du ewiger Mann du. Eine Beobachtung. Ein Halt. Ein passendes Muster. Ein Bild von mir. Gibst es weiter an Merz. Gibst mich weiter. Guten Tag, Stammkunde, habe ich Noser gesagt, zwölf Franken achtzig macht die Fahrt heute morgen.

Ich nahm den Auftrag an. Die Neugier liess mich die Müdigkeit vergessen. Der Verdienst würde nicht schlechter sein als

Kunst spezialisierter Ring arbeitete, erhielt Ernst Merz Hinweise auf geplante Aktionen über seinen Freund, den Kunstkritiker W. Ausgefuchste Einbrecher und Gentlemanganoven schleppten ihre Beute mit Vorliebe in vertraute Autowerkstätten, wo von Fall zu Fall Auktionäre und Galeristen

an andern Tagen, versprach sich Noser, versprachst du mir, habe ich Noser gesagt, notiere ich. Sind sechzig Franken im Tag o. k.? Ich dachte: Aber auch nicht besser. Ich richtete mich und fuhr los. Ich richtete mich auf eine dem Verdienst entsprechende Zahl Arbeitsstunden ein. Ich kannte Merz noch nicht. Von seiner Verstocktheit oder Ausdauer hattest du, Noser, nichts gesagt, sagte ich Noser, notiere ich. Merz schien es nichts auszumachen, noch einmal und noch einmal zu einem Treffpunkt, wie er hin und wieder leise sagt, seiner lieben Freunde, sich fahren zu lassen, habe ich Noser gesagt, erinnere ich mich. Merz. Merz wusste ich seinen Namen, sagte ich dir, Noser, notiere ich.

Ich mag Namen denken an Namen denken, notiere ich. Dass du, Noser, wusstest wie ich heisse, mag ich sehr. Ich erinnere mich, dass ich Nosers Geschichten, die von Merz handelten, nicht entnommen hatte, wie sehr die zwei befreundet waren. Ich hatte sie wohl schon zusammen sitzen sehen, ohne den andern als Merz erkennen zu können. Ich erinnere mich, notiere ich, dass ich, nachdem ich Merz an dem Morgen abgeholt hatte, er wird am runden Tisch sitzen, hatte Noser gesagt, sonst fragst du Ines, mich erinnerte, ihn wohl auch an

wie der nun Angeklagte B., der der Hehlerei verdächtigte M., bisher nur durch die in seinem Betrieb hergestellten Druckgraphiken bekannt, bestellte Ware in Empfang nahmen. An andere Grosshehler lieferte die Gang direkt: so wurde Gängiges in den Handel gebracht. Unter der Anleitung von Spezia-

Sommerabenden gesehen zu haben, er im Freien fürstlich referierte, sass und sich erfrischte, bevor er noch dieses und das, bevor er noch den oder jenen Besuch mache, denke ich, hätte er gesagt haben können.

Merz, am Tisch vorsitzt, sah ich, erinnere ich mich, frisches Brot, dunkles, und scharfe Trockenwurst, spanische in spanischer Weinhalle ›Stadt Madrid‹, einheimische würzige in Bierhalle ›Salmen‹, immer nur Wein, hellen, in spanischer Weinhalle ›Clarete‹, Vorliebe oder Geldnot, ein günstiger Wein, den ich kannte, in einheimischer Bierhalle ›Kalterersee‹, Wein, Wurst, Freunden vorsitzt, trinkt und verschlingt. Immer liessen sich die Freunde einschenken, erinnere ich mich. Immer wieder liessen sich die Freunde füttern, denke ich, Merz fütterte, tränkte, redete. Unter diesen Freunden befand sich Noser nie, denke ich, notiere ich. Rasches Leertrinken der Gläser, schnelles Zugreifen. Eiliges Mundwischen und ausdauerndes Verharren, Warten. Nein, habe ich Noser gesagt, Berührungen gab es keine zwischen ihnen. Lauerten Freunde, ich erinnere, jetzt, immer wieder, wenn ich noch nicht einschlafen kann, jetzt, während Tamar an den Verkleidungen schabt und mit einer Stahlbürste Farbschichten entfernt, die sie über Nacht, sagt sie, mit Laugenpaste aufgeweicht habe, Merz, lauerndes Warten, Vasallen, sagt Tamar,

listen wurden Galerien, private Sammlungen, die Ateliers von Künstlern besucht. Geldanleger würden von den gleichen Spezialisten systematisch in die Marktlücke ›Kunst‹ gelockt. Möglich sei dies, erklärte Ernst Merz, da Kunst nicht nur im gängigen Wortgebrauch persönlicher, sinnlicher Aus-

ich sage Freunde, bis Merz noch einen Wein, noch ein Bild, noch einen Satz, die Geschichte bricht ab, noch eine Zeichnung, wovon die Rede ist, zerbricht, bei Hintermann. Sagte Noser, erinnere ich, Merz sei überzeugt, dass es sich um Zeichnungen handle, die ihm am Vortag oder in der Vornacht abhanden gekommen seien. Lachte Noser, überlege ich und notiere dabei die Frage. Wieder eine von Merz' Geschichten. Sagte Noser, denke ich, verkaufen will Merz seine Bilder nicht. Er verschenkt sie, sagte Noser.

Dich, Noser, kümmerte es nicht, ob ich Zeit hätte, genügend ausgeruht sei, immerhin hatte ich in den Morgen hinein gearbeitet, ob ich den Auftrag annehmen wollte, Noser, habe ich Noser gesagt, notiere ich. Du bist schön, du gefällst mir, sagte Merz. Ich werde dich malen, sagte Merz. Eine Taxifahrerin muss fahren.

Ich lege mich hin. Ich schaue gegen die Zimmerdecke. Sie ist gelblich verraucht von Vormietern. Sie zeigt einige Risse. Sie wird als letzte Decke in dieser Wohnung von Tamar instand gestellt werden. Ich denke, einer dieser seltsamen Aufträge, denke ich, die Taxifahrerinnen selten ablehnen: Bringen sie diese Flöte zu Herrn Krupka im Neumarkttheater. Das Kind muss um neun Uhr im Kindergarten sein am Hügel hinter

druck dieser Gesellschaft bleiben könne, denn auch die persönliche Arbeit des Künstlers erhalte ihre allgemeine Bedeutung erst, wenn sie zur Ware und so öffentlich werde. Da aber Kunst seit der Renaissance eine wachsende Bedeutung zur Rechtfertigung der zunehmenden Macht aufsteigender Klas-

dem Sihlholz Hügelstrasse zwei und hat den Schulbus verschlafen. Ich sage mir Sätze vor, die ich mir damals vorgesagt haben könnte: Also wieder zur ›Stadt Madrid‹ zurück.

Eine Nacht von einem Montag auf einen Dienstag, sage ich, Harlekine, furchterregende Engel, blutende Gärten, verwirrte Vampire, leuchtende Abfallhaufen, Kleidermuseen, Clowns, liebenswerte Grosstanten, ganz sorgfältig hin zum Kongresshaus Auskehrball der Künstler und gegen morgen weg, heim, die nicht mehr mochten, die nicht mehr gehen oder sich an Hausecken anlehnen mochten, nicht mehr frieren mochten auf Bänken am See, nicht tanzen mehr, nur noch heim wollten. Heim zu Ines in die ›Stadt Madrid‹. Ines, du Schönste, Beste, einen Kaffee bräuchte ich und eine Suppe dazu, Mehlsuppe, dunkelbraun sämig, geriebenen Käse darüber, ich sehe ihn schon schmelzen, rieche den Duft nach Kümmel, will warten mit Suppe auf den Kollegen mit der Pauke, mit der verbeulten Trompete, Frau, du hast es gut, über dem Warten auf die Suppe bist du eingeschlafen, Frau, lass mich kosten, lass dich küssen, der allerletzte Fahrgast in jener Nacht hatte sich zur ›Stadt Madrid‹ fahren lassen. Ich schaute Ines zu und vergass die Maskierten, die nach und nach in sich selber versanken.

sen erhalten habe — das Ansehen einer Familie, eines Unternehmens misst man auch am kulturellen Besitz, an der kulturellen Aktivität — sei auch immer eine Käuferschaft vorhanden, die den Zugang zum raren Objekt nur über einen grauen, auch für gestohlene Ware offenen Markt finde und

Ines noch einen Kaffee. Du bist noch wach. Nachtfahrerin, Nachtkröte, wer hat dich so golden grün angemalt? Ich schaute Ines an. Dreissig Jahre arbeite sie nun als Kellnerin, von den Jahren zuvor spreche sie nicht gerne. Zuerst im Bahnhofbuffet, kurz nach dem Krieg, die Amis, Urlauber, sonst Kundschaft wie heutzutage, weniger Touristen, kein Wunder bei den Zuständen damals, später an der Langstrasse, ›Aargauerhof‹, du wirst ihn nicht kennen, Anfang der fünfziger Jahre, die hätten nur gehölzelt, um Batzen, kaum etwas getrunken, einen kleinen gewöhnlichen Schnaps, da hätte sie wenig verdient, sagte Ines, ich schliesse die Augen, vielleicht kann ich jetzt einschlafen, ich höre Tamar nicht mehr. Viele Kellnerinnen seien deshalb auch auf den Strich gegangen, lange ging es ja nicht so, nein, lange nicht so schlecht. Dann konnten wir wieder rennen, sagte Ines, Ines noch ein grosses Helles, Wein sei wieder getrunken worden, Schnäpse, nicht mehr kleine gewöhnliche, hier arbeite sie nun auch schon bald fünfzehn Jahre, sie hätte auch das Buffet machen, so etwas mehr verdienen können und weniger rennen müssen, manchmal springe sie am Buffet ein, wenn die Chefin liegen müsse wegen der offenen Beine, sagt Ines, sie ziehe es vor, zu den Leuten an den Tischen zu gehen. Ines räumte die Gläser ab und rief Polizeistunde Morgenstunde aus. Ob ich die Geschichte vom Anarchisten und seiner

auch bereit sei, dafür den verlangten hohen Preis zu bezahlen. Lieferanten dieses Kunstmarktes seien, so Kripofachmann W. Sterzenberg aus Köln, nicht nur zielstrebige Teams wie die Bilderentführer in Italien, die Kölner Einsteigespezialisten oder auch jene internationale Gang, die ihre

Tochter schon gehört hätte, fragte sie mich im Vorbeigehen, und ob ich wisse von der Alten, die pünktlich jeden Morgen um elf komme, am Spielautomaten herumfummle, eine Handvoll Zweifrankenstücke einstecke, ihre Geschichten erzähle ich dir, das verspreche ich dir. Geh jetzt, ich schliesse jetzt, wir schliessen, rief Ines.

Und dann hatte Noser zu mir gesagt: Du fährst zur ›Stadt Madrid‹, parkierst dein Auto, gehst hinein in die ›Stadt Madrid‹. Bei Merz ist eingebrochen worden, sagtest du, Noser, habe ich Noser gesagt, denke ich. Jetzt hörte ich Tamar wieder schaben und kratzen, laut kratzt sie, kratzt wohl an der Verbindungstüre zum Zimmer, in dem ich auf dem Bauch zwischen aufgeschichteten Einrichtungsgegenständen liege. Die Geschichte der Fürstin auch, sagte Ines, will ich dir einmal erzählen, wenn ich Zeit habe. Die Luft war dicker geworden, eine Maske nach der andern eingeschlafen, Köpfe waren nach hinten gekippt, Stirnen auf Tischplatten gedrückt worden, Schultern hatten sich zur Seite geneigt, zur Nachbarmaske, gegen die grosse Pauke, Körper hatten sich auf Bänke gelegt, Ines hatte sich hinter dem Buffet niedergesetzt, hatte etwas zu ihrer Erfrischung getrunken, was trank sie an einem solchen Fasnachtsmorgen?, ich hatte meine Tasse ausgetrunken, hatte Blumiges, Blechernes, hatte

Taten politisch zu begründen versucht. Nein, die Polizei kenne auch unterschiedlichste Einzeltäter. So sind für Sterzenberg auszumachen: der normale Einbrecher; der auf Kunst spezialisierte Dieb, in ständiger Verbindung mit einem Hehler, der nur abnimmt, was er absetzen kann, und gele-

Arme, Köpfe, Beine, schwere Füsse zu Seiten geschoben, mich hinausgeschoben, Schminke jetzt an meinen Händen, in meinem Gesicht splittert Schminke bei müdem Lächeln grün golden sah ich im dunkeln Schaufenster, noch Dröhnen von vorher in den Ohren, Ines noch nah über dem Tisch, verschwindet im Rauchdunst, hatte gerufen, gelacht, hatte geruht, schwere alte Kellnerin, ciao Ines, im engen Durchgang noch mehr Masken, die kenne ich, Merlin und Rathgeb versuchten blass einander abzuhalten, weisse Morgenluft und Frühlingslicht. Ich schob mich nüchtern zu meinem Auto.

gentlich einen gezielten Auftrag entgegennimmt; der gebildete Dieb, zuweilen abgebrochener Akademiker, der regelmässig Galerien und Auktionen besucht. Als Fachmann wage er nicht, Ernst Merz' Verdächtigungen als den Phantasien eines überempfindlichen Künstlers entsprungene abzutun.

Hörspiel 1

In der Wirtschaft ›Hintermann‹ hockt Merz an einem grösseren Tisch. Mit ihm sitzen der zarte Noser und ein junger Journalist. Es könnte Nachmittag sein, denn das Lokal ist sonst leer bis auf Marcel, den Kellner, und die Frau an der Theke, diesmal Tamar.
Merz: Sie vergessen immer etwas, immer lassen sie Dinge liegen. Auch die Diebe. Die Dinge verbergen dann etwas. *(bedeutungsvolle Pause)* Noser, wie lange, denkst du, kann ich diese Taxifahrerin noch für mich beanspruchen? Es ist nun schon der fünfte Tag meiner Nachforschung: meiner Gegendarstellung. *(längere Pause, dann zu Tamar gewendet:)* Ja, genau du. Es gibt Hinweise. Du warst dabei. Als das Bild herumgereicht wurde. Hier. Dass du das Bild beschriebst. *(für sich)* Ich mag nicht, wenn meine Bilder beschrieben werden.
Junger Journalist: Wir haben noch nicht bestellt.
Noser: Du hast noch nicht bestellt. *(Noser wechselt den Platz, er sitzt jetzt von den beiden weiter entfernt.)*
Merz: Ich mag nicht, wenn andere meine Bilder beschreiben. Du, *(plötzlich zu Noser)* Noser, hättest du nicht wenigstens die Rückseite benützen können? Du machst mich noch verrückt. *(Pause, schliesslich zum jungen Mann:)* Wissen Sie, die Träume. Meine Haut ist sehr dünn. Es stimmt, wenn Gäste sagen, du, Merz, das sind nur deine Träume. Wenn sie sagen: Du spinnst, Merz. Du bist besoffen, Merz. Schreiben Sie das auf. Meine Gäste betreten mein Haus immer, ohne zu klingeln. Meine Gäste bringen nie Gastgeschenke. Auch diese nicht, nein, sie holten sich ihre Geschenke bei mir. Meine Bilder, sage ich, Merz. Es stimmt nicht, wenn sie nun sagen, du, Merz, gabst den Auftrag. Uns den Auftrag, die Bilder zu Bernas zu bringen. Es stimmt nicht. *(angespannte Pause)* Ihr sollt mich nicht beschreiben. Meine Haut ist zu dünn.
Tamar: *(ihr Flüstern, das seit Beginn immer wieder hörbar wird, geht in verständliche Rede über)* beschreibt hier, wer

beschreibt hier, wer beschreibt hier wer wen, was beschreibt hier beschreibt, was wen beschreibt *(Übergang zu erneutem Flüstern, Ansätze zu klaren Klängen)*
Merz: Man zwingt mich, meine Träume *(stockt)* zu verkaufen. *(rezitierend)* Du wirst akzeptiert, nur, soweit deine Arbeit akzeptiert wird. Und wann, frage ich, weiss einer, dass seine Arbeit akzeptiert ist? *(zu Tamar)* Wenn du sie verkaufen kannst. *(zu Noser)* Hast du, Noser, übrigens *(beiläufig)* die Arbeitsstelle erhalten, von der du sprachst? Wie oft *(ironisch, bedauernd)* hast du dich für die Katze vorgestellt. Mich haben sie bedrängt. Du bist jetzt gefragt. Sagen sie. *(für sich)* Von wem. *(zum Journalisten)* Du sollst dich freuen. Sagen sie. Verkaufe. Verkaufe an Bernas. Wenn du das nicht willst, dann überlasse die Bilder Moor. Er versteht viel. Er ist dein Freund. Nun sind die Bilder weg. Die Ausstellung, denke ich, wird ein Erfolg werden. Wer ist alles beteiligt. Die Gäste. Die kamen, als ich schon schlief und träumte, mir wäre *(Merz lacht)* Bernas wird seine liebe Mühe haben, bis er zu den Bildern kommt. Nicht ohne Grund hat Ritzmann das Bild herumgezeigt. Hier in diesem Lokal.
Noser: Marcel, bringe uns noch einen Halben vom Selben und ein weiteres Glas, auch einen Kaffee. *(zum jungen Mann)* Ich lade sie ein. Beunruhigen Sie sich nicht.
Junger Journalist: (zögert) Ich müsste eigentlich.
Merz: (zum Journalisten) Noser war hier, als die Bilder herumgezeigt wurden.
Noser: (hastig, beschwichtigend) Wir wollen nicht behaupten, dass die Bilder geraubt wurden. *(zögert)* Ja. Bilder wurden abgeholt. Ja. Nehmen wir das einmal an. Gehen wir zunächst davon aus. Und dann? *(zu Merz)* Es ist dir lieber, von Raub oder doch von Entwendung zu sprechen. *(zum jungen Journalisten)* Es geht um Vorstellungen auch, nicht nur um Gegenstände wie bemalte, über Holzrahmen gespannte Leinwände oder bekritzelte, hinter Glas gelegte Papiere. Die, zum eventuellen Verkauf, aus Merz' Atelier entfernt wurden. Es wurden *(betont freundlich)* Vorstellungen entwendet, zu missbräuchlicher Verwendung.

Merz: Ja. Auch. Es geht um Vorstellungen, die sich andere von meiner Person machen. Um Vorstellungen, die ich mir von andern erlaube.
Junger Journalist: Es geht doch um Bilderraub, nicht wahr? Mein Auftrag, sie zu befragen. *(zögert erneut)* Es geht um Ihre Arbeiten?
Noser: Jemand will Merz dazu zwingen, seine Bilder als Ware in Umlauf zu bringen.
Merz: Sie zwangen mich so, meine Bilder endlich als Ware zu sehen. *(für sich, dann zu Tamar)* Und das ist auch gut. Zwar *(erschrocken)* sagt mir noch immer niemand, dass ich arbeiten muss. Wieviel ich arbeiten muss. *(betrübt, witzig)* Aber niemand fragt auch, was ich bräuchte. *(Pause)* Das ist ja normal. *(hält inne, zögert)* Niemand kümmert sich. Als Person existiere ich für keinen, auch für die Freunde nicht. Auch Sie, *(zum Journalisten)* ich habe Ihren Namen vergessen, existieren als Person nicht, deshalb sind Sie so unruhig geworden, eben, auch Sie existieren bloss, soweit man Ihre Arbeit als Journalist oder Reporter braucht. Niemand fragt, was Sie brauchen: ein Fest vielleicht, einen Braten, Musik. Bunte Schuhe. Kopfwehmittel. Tage. *(nachdenklich)* Darüber zu klagen ist ja absurd. *(lacht los)* Du wirst akzeptiert, soweit deine Arbeit akzeptiert wird. Basta. *(sehr leise)* Ich wollte einmal Bilder zerstören. Ja. Kaputt machen wollte ich. Mit Bildern Bilder zerstören.
Tamar: Du wirst noch ersticken an deinen Bildern.
Merz: Eigentlich bin ich auf den Verkauf angewiesen. Eigentlich brauche ich Geld. Muss die Bilder doch verkaufen. Anbieten, selber. Auf Angebote eintreten. Für dies oder jenes Bild. Die ganze Produktion, sagen die andern. Die später in diesem Jahr Vögel schrecken sollte oder Besucher *(kichert)* oder Katzen? Und *(zitierend, mit fremder Stimme)* ›in dem purpurroten Lichte laute Stimmen, hell Gelächter, überredende Gebärden und das frevle Spiel der Augen: eine kurze, kleine Strecke treibt das Leben leidenschaftlich und erlischt im Schatten drüben als ein unverständliches Gemurmel.‹

(leise) Das Zimmer ist sehr leer und sehr gross. Auf der Staffelei, fremd, ein Bild, das andere hergestellt haben. *(plötzlich heftig)* Marcel, zahlen. *(beschwörend)* Marcel, was weisst du von der Angelegenheit? *(zum jungen Journalisten, sehr freundlich)* Oder soll ich Ihnen für die Zeitung eine Geschichte erzählen? *(lauert auf dessen Reaktionen)*
Junger Journalist: (verlegen) Ich muss jetzt leider gehen.
Merz: (lacht ein tiefes, zufriedenes Lachen, das plötzlich abbricht) Gehen Sie nicht gleich. Ich habe Sie irgendwo doch gesehen. *(drohend)* Im Traum. *(lächelnd)* Im Traum stand ich unter der Tür Ihrer Zeitung. Bilder bot ich Ihnen an. Ich wusste nicht: sind das nun meine eigenen Bilder? Dann waren es auf einmal keine Bilder mehr, die ich Ihnen bot: Menschen offerierte ich ihnen, wie ein Vertreter seine Ware. Nehmen Sie doch diesen, sagte ich.
Junger Journalist: Ich möchte jetzt gehen. Lassen Sie mich gehen. Ich will Sie nicht gekannt haben. *(er stösst den Stuhl zurück, auf welchem er bisher unruhig gesessen hatte, steht abrupt auf und durchquert das grosse Lokal)*
Merz: (zu Noser) Er will mich nicht kennen. Aber Bernas kennt er. Die Ausstellung in der Galerie Bernas will er besprechen. Das dann gewiss. Und Moor kennt er natürlich auch. Warum auch nicht? Beruflich natürlich. Deshalb hat er mich treffen wollen. Deshalb sich mit mir verabredet. *(nach einer Pause)* Mit wem hat er sich verabredet, sagst du, Noser? Mit mir nicht. Du kannst ja gehen, Noser. Und wenn du dann Dübendorfer antriffst, *(Merz zögert)* du wirst ihn treffen, davon bin ich überzeugt. Sage ihm, ich wolle mit ihm ins Kino, an einem der kommenden Tage, er möge mich anrufen, bald. Fake, von Orson Welles. Das gibt ihm einen Einstieg. Ich habe den Film mit meinem lieben kleinen Neffen Dübendorfer zwar schon einmal angeschaut. Merlin war da auch dabei gewesen. Aber das war vorher. *(nachdenklich)* Fake. Verfälschung. Exakt. *(Pause)* Und dann, sage ihm noch, er solle sich ›Die Kunst des Handelns oder das abenteuerliche Leben des Fernand Legros‹ beschaffen. *(Merz kichert)*

Das erste Zimmer ist ausgemalt. Blau. Tamar wollte es so. Sie bestimmt. Sie wählt die Abtönungen und lässt Proben vom Farbhändler mischen. Sie entscheidet. Sie bestimmt die Abfolge der vorbereitenden Arbeiten. Sie macht die Arbeit. Ich rieche die Lösemittel. Ich schaue ihr zu. Ich ziehe mich zurück. Tamar bestimmt. Sie fragt nicht, ob ich ruhen, wie lange und wann ich ruhen will, wo ich ruhen will, sie fragt nicht, wann ich arbeite, wie lange und warum.

Tamar flüstert streicht Tamar streicht jetzt die Wände im zweiten Zimmer da vervielfache sich die Wand in Leisten und Füllungen, was das bedeute, frage ich, du, ich ärgere mich, wenn ich nicht verstehe, was deine Bemerkung bedeutet. Ich schaue Tamar zu. Ich habe mich einzurichten. An einem hellen Nachmittag, an einem solchen Nachmittag flüstert Tamar streicht Tamar jetzt die Wände im zweiten Zimmer, da ist Wand nicht einfach dreieinhalb auf vier Meter misst die Grundfläche des Zimmers Höhe exakt zwei Meter neunzig gemessen die Flächen jeweils dreieinhalb auf zwei neunzig mal zwei und vier mal zwei neunzig mal zwei die Zimmerdecke deckungsgleich mit der Grundfläche klar wieviel Farbe du brauchst, sagt der Farbhändler, einmal Tiefgrund über alles, zweimal Dispersion. Besser Kunstharz für den zweiten

Auch sein Misstrauen gegenüber gewissen Polizeibeamten sei leider nicht unbegründet. Er befürchte nur, dass Ernst Merz sich selber schade, wenn er in seinem Fall die Arbeit des Kriminalbeamten auf sich nehme. Immerhin sei er als Betroffener sehr gefährdet. In Western mit Jack Nicholson gibt

Anstrich, besser Glanz für das erste Zimmer Tiefgrund und Dispersion für vierzehn Quadratmeter Deckenfläche, Dispersion für neunzehneinhalb Quadratmeter Tapetenfläche, Dispersion für vierundzwanzig Quadratmeter getäferte Wandflächen im ersten Zimmer geht die Täferung bis zur Höhe meiner Schultern, sagt Tamar. Flüstert dreieinhalb mal vier mal zweineunzig mal dreieinhalb zweineunzig mal vier, die Masse stimmen blaues Pigment dazu, um das Weiss zu brechen und ein wenig Karmin, bei diesem zweiten Zimmer werde ihr gewiss nicht mehr passieren, was ihr beim ersten passiert sei, sagt Tamar, die Farbe, die sie für die Zimmerdecke vorgesehen gehabt habe, habe zwar ausgereicht, knapp, obwohl sie zwei oder drei Kilo mehr angemacht habe, als von der Berechnung her notwendig gewesen, sie habe dies auf ihr mangelndes Können zurückgeführt, vom Tiefgrund habe sie sowieso genügend eingekauft gehabt, wegen der andern drei Zimmerdecken und für die Küche da ist mir noch nichts aufgefallen flüstert Tamar streicht Tamar hält ein schaut auf den Pinsel Farbe tropft flüstert Tamar jetzt wieder sagt Tamar was ist ein Zimmer Wand an Wand an Wand an Wand Kunstharz für vierundzwanzig Quadratmeter getäferte Wandflächen, Türfutter, Fensterrahmen, Spros-

es nur ihn und eine Welt von Nebendarstellern. Er dominiert die Einstellung, auch wenn er in einer Dialogszene nur zuhört. Das besondere an ihm ist sein schläfriger, starrer Blick, die schleppende und fast rauhe Stimme, die die Worte tief unten hervorholt und sie kaum über die Lippen bringt. Und

sen, Türflügel, Fussleisten auf dem Zettel notiert ausgemessene Flächen, ein aus den Flächen Hervortreten lange nicht bemerkt, erst gegen Ende des folgenden Tages, als sie noch immer am Täfer gewesen sei, sagt Tamar, zweimal schon die Hände gereinigt, zum Farbhändler, rasch rasch, pro Zimmer ein Tag, jetzt schon der zweite Nachmittag, schmunzelt der Farbhändler wieder, ich fürchte mich vor dem Schmunzeln der Farbhändler. Schläfrig starr streicht Tamar weiter dann die Tapeten, was weiss man schon über Tapeten über Augenhöhe überstreichen, stellenweise lösen sich die Tapeten herunterreissen? Sie hätte die Tapeten überall, wo sie sich schon abzulösen begonnen hätten, wieder festgeklebt. Wahrscheinlich würden sie sich bald an andern Stellen zu lösen beginnen, sagt Tamar, oder zerreissen im Januar vielleicht wird der Winter sehr kalt sein, wir werden den Ofen in diesem Zimmer kleiner Ofen wird heiss schwitzen in diesem Zimmer. Die Tapeten zerreissen müssen, flüstert Tamar.

Man spricht vom Wechseln der Tapeten, ich will die Tapeten behalten, sagt Tamar, ich rieche die Lösemittel, ich höre Tamar sprechen, an den Oberflächen der Tapeten fangen die

wenn die Worte da sind, scheinen sie ein bisschen zu spät und zu wenig. Unruhe im Zürcher Taxigewerbe. Nein diesmal handelt es sich nicht um die umstrittene neue Taxiverordnung: Der Verband freier Taxihalter (VFT) hat zu dem Artikel ›Schärfere Kontrollen für den Zürcher Taxifahrer: Welche

Bilder an. Aufplatzen reissen herabhängen, flüstert Tamar streicht jetzt die Tapete im zweiten Zimmer ablösen mich einhüllen in den Dunst die Schatten mich in die alten Tapetenbahnen hineinrollen, nicht die alten Tapetenmuster, die siehst du nicht mehr sagt Tamar, weil ich sie überdeckt habe, weil sie verdeckt sind, weil ich sie fortwährend verdecke, wir werden in den alten Mustern wohnen, sagt Tamar, ob du willst oder nicht, ob ich die Tapeten übermale oder nicht, flüstert Tamar wieder, als zähe Haut überdecken die Farbschichten die Tapetenpapiere die starren Konstruktionen aus dem letzten Jahrhundert. Ich liebe Bildtapeten, sagt Tamar, Traumtapeten, weisse Tapeten, auf die ich Träume werfen kann, so weiss, so hell. Ist die Tapete meine äusserste Haut? Ist die Tapete die innerste Haut des Zimmers gleichgültig flüstert Tamar flüstert lange kannst du da nicht bleiben. Wand ist Wand sagst du, sagt Tamar plötzlich heftiger du du stehst da unten unter der Türe, du schaust mir zu, betrittst das Zimmer nicht, Wand unter dem Pinsel löst sich mir auf, soll ich dir von den Tapetenträumen erzählen? Nein nicht jetzt, jetzt nicht, flüstert Tamar jetzt streicht jetzt die Pa-

Rolle spielt das Taxigewerbe im Prostituierten- und Kriminellenmilieu?‹ eine Stellungnahme verfasst, die wir im folgenden gekürzt wiedergeben: ›Der VFT, der rund zweidrittel aller in der Stadt Zürich angemeldeten Taxihalter stellt, wendet sich gegen Verdächtigungen, die er als ehrverletzend

neele im zweiten Zimmer besonders die getäferte Wand, sagt Tamar, hört unter dem Pinsel auf, blosse, glatt abschliessende Fläche zu sein, sagt sie zerfällt unter dem Pinsel. Wann, sagst du, wurde das Haus gebaut? Ich höre Tamar zu. Ich schaue Tamar zu. Ich drehe ihr den Rücken. Ich verlasse das zweite Zimmer. Tamar macht die Arbeit. Tamar flüstert. Sie hält inne. Sie spricht. Sie bestimmt. Ich rieche die Lösemittel, auch in der Küche. Nein, ihr sei das nicht wieder passiert, dass sie die Farbmengen falsch berechnet habe. Sie wird heute weiterarbeiten, denke ich, bis das grelle Licht der Strassenbeleuchtung die Dämmerung verdrängt und die Farben verfälscht. Sie wird weitersprechen von den sich vervielfachenden Flächen und von Merz, den sie mit Fürstin bezeichnet, weil die andern ihn auch so nennen. Immer wieder, sage ich zu Noser, habe Tamar gesagt, sei sie während jener Tage und Nächte Merz begegnet. Kennt sie die andern auch, denke ich, nachdem ich Noser aussteigen lassen habe. Was weiss Tamar anderes als ich? Sage ich zu Noser, vielleicht sitzt sie jetzt im Dunkeln auf der Leiter des Hauswartes. Es war also doch Tamar gewesen, sage ich zu Noser.

Ich döse über dem Steuerrad. Der Platz ist jetzt leer. Wortlos, als ob es nichts zu diskutieren gäbe. Manchmal meine ich, dass nur Tamar mich immer wieder zu Merz zu-

und kreditschädigend einstuft. Insbesondere protestiert er gegen die Behauptung, die gegenwärtige Regression und das Überangebot an Fahrzeugen und Fahrern zwinge diese, jeden Auftrag anzunehmen und so unter Umständen auch nicht vor der Beihilfe zu kriminellen Handlungen zurückzuschrek-

rückzwinge. Langsam hätte sich das Lokal mit Gästen aufgefüllt, habe Tamar gesagt, während sie an den Paneelen war, habe ich Noser gesagt.

Tamar streicht flüstert langsam sind sie hereingekommen, überflüstern, sagt Tamar, ich lege den Kopf auf die Arme auf das Steuer, ich denke, der Regen lässt nach, etwas Bodennebel in den Aussenquartieren, mich fröstelt, ich höre Tamar flüstern streichen, denke ich, Gäste, sagt Tamar, gepflegte Hände, Geldscheine eilig, wortlos zu Merzfürstin, weggelaufen, als ob es nichts zu diskutieren gäbe, hastig Merzfürst, ich verstehe nicht. Dann muss sie aus dem Lokal weggelaufen sein. Etwas muss sie erschreckt haben.

Da nimm, du schlotterst, du gehst zu Hintermann, der hat noch auf, die tun dir nichts dort, setz dich nur weit weg von der Tür an den Tisch beim Buffet, da sitzt er gewöhnlich, sag Ritzmann einen Gruss von mir von Ines, sag ihm, er kann vorbeikommen geh jetzt. Du, du störst hier. Fortgestürzt, sagt Tamar, bloss Name Tamarname verzerren, sagt Tamar streicht weiter. Ruhig flüstert Tamarname aus dem Turm hinaus weg weggestürzt. Häuser und immer wieder anstossen. Nicht anstossen du störst hier nicht anrühren Maskenmünder. Beschwören sagt Tamar, verflüstern, versagen,

ken. Das Taxigewerbe spürt in der Tat die Rezession in besonderem Masse. Die Zürcher sparen und nehmen lieber das Tram als ein Taxi. Dazu kommt eine der höchsten Taxidichten in Europa, fallen doch hier 2,6 Taxis auf 1000 Einwohner. Nicht zuletzt wegen der Rezession haben verschie-

gestorben, du, komm du du geh bloss scharf Mädchen oder bloss Körper Tamarkörper und bloss dann hätten sie sie die Treppe hochgezerrt, habe ich Noser gesagt. Es war wirklich Tamar gewesen, die ich für Merz unterwegs mit Merz unterwegs so oft erblickt hatte, sie sei immer wieder auf Merz gestossen, sagt Tamar, habe ich Noser gesagt, mehrere Tage und Nächte muss sie so herumgeirrt sein. Dann sah ich die ganze Gruppe in dem alten engen Haus, das zwischen ›Amsel‹ und anschliessendem Geschäftshaus eingeklemmt ist, verschwinden, habe ich Noser gesagt.

Die Nachtluft ist sehr feucht, warm, fast neblig, damals, habe ich Noser gesagt, 1972, fiel später Schnee in den üblichen Winternebel. Dies ist ein Vergleich, denke ich, während ich meinen Kopf wieder auf die Arme auf das Steuer zurücklege. Jemand entfernt sich in Richtung See. Mich fröstelt. Tamar flüstert übermalt fremde entwendete Tapetenbilder in ausgeräumtem erstem Zimmer, in ganz leerem zweiten Zimmer rollt sich Tamar in übermalte Tapetenrollenreste. Löst Tapete ab, ersetzt Tapetenbahnen durch Tapetenbahnen, die Muster bleiben, sagt Tamar schläfrig starr gleichgültig, als ob es nicht darauf ankäme: Wie kommt es, dass du

dene Berufsleute, die ihre Stelle verloren haben, auf Taxichauffeur gewechselt. Taxiwagen, die früher stillgelegt waren, wurden in Betrieb gesetzt, Taxiwagen, die nur in einer Schicht im Einsatz waren, werden nun in zwei Schichten gefahren. Entsprechend ist für viele Taxichauffeure der Ver-

dich in der Stadt zurechtfindest? Wie kommt es, dass du weisst, wer du bist? Wie kommt es, dass es dir genügt, den Namen zu kennen? Wie kommt es, dass du ich sagen kannst oder du? Wie kommt es, dass du weisst, wen du meinst? Warenannahme. Das ist es.

Gib mir das Bild gib her. Bei Hintermann sagt Tamar, zeigt Ritzmann legt Ritzmann rasch die Hand auf die Hand das Bild auf den Tisch eckig auf rund du bist die, sagt Ritzmann, sagt Tamar, gib her gib mir das Bild lass mich los lass das Bild los. Die Gemalte ist sie Tamar fragt Tamar fragt bist du die, sagt Tamar, während sie den Pinsel vom Pinsel braunrote Farbe tropfen lässt. Ein Abbild doch wessen steht abgemalt steht abgeschrieben Warenannahme. Gib mit das Bild gib her flüstert Tamar, streiche jetzt, Tamar, streicht jetzt weiter kauert. Fussleisten jetzt Englischrot, sagt Tamar, flüstert Mantelrot Fürstinnenmäntel vielleicht ich eine Gespiegelte? Gezeichnet: E. Merz, sagt Tamar. Nicht anstossen nicht die Münder nicht anrühren ging Tamar müde müde hochgezerrt. Nicht ausgekannt. Der Fürstin bringen sie mich abliefern. Ein Wareneingang eine steile Treppe ein Lager

dienst kleiner geworden. Deshalb bieten Taxiunternehmen mehr noch als während der Hochkonjunktur zusätzlich zur banalen Transportleistung weitere Dienste an.‹ Dazu erklärt der VFT: ›Wir garantieren nur für unsere Mitglieder: Schliesslich gibt es noch jene B-Taxis, die sich dem A-Tarif

braucht Fürstin Tamar Merzfürst. Nicht wagen nicht anbieten. Später sei sie dann aufgewacht, fremde Matratze.

Es ist nichts, gar nichts ist bloss Farbe fremde süsse Farbe süsse Hände drängen Hand legt Hand an Farbe Maske Makeup, als ob nichts besonderes daran wäre, Masken drehen Tamarmaske. Musik nackt gemacht, zieh doch den Mantel aus, es ist so warm hier, die Jeans, es ist so warm hier, doch den Pullover es ist so warm hier, Hände ziehen es ist nichts es ist gar nichts. Sie habe ihre Kleider an sich genommen, in einer Ecke des kalten, leeren Zimmers sich rasch angezogen, rasch den Kaffee ausgetrunken, den der von den Maskierten Übriggebliebene ihr gebracht habe, rasch das Haus verlassen, den Maskierten hinter sich gelassen.

Jetzt bestimmt Tamar, denke ich, während ich mich auf dem Sitz aufrichte und mich für die Heimfahrt einrichte, was wie angemalt wird. Ich lasse den Motor anspringen und wende den Wagen.

An einem hellen Nachmittag, an einem kalten Nachmittag, an einem Abend in einer Nacht es schneite, sagt Tamar, sie streicht jetzt die Sprossen des ersten Fensters im zweiten Zimmer braunrot, Kunstharz Hochglanz streicht Tamar

nicht unterstellen und eine gelbe Kennlampe haben.‹ Vorfälle, von denen in letzter Zeit auch in dieser Zeitung berichtet wurde, liegen den im kritisierten Artikel geäusserten Vermutungen zugrunde, Vermutungen, die jetzt im Gemeinderat Gegenstand eines von P. Hiltebrand (CVP) einge-

vom Pinsel, Tamar führt den schmalen Pinsel voller Farbe genau über die erste senkrechte Sprosse des ersten Fensters, es schneit Blütenblätter, sagt Tamar. So hatte sie den Maskierten hinter sich gelassen. So war sie von Ritzmann weggelaufen, nachdem Ritzmann ihr Abbild dem andern am andern Tisch hinübergereicht hätte, was wird er tun, sagte der andere, dann sei sie aus dem Stadtzentrum zum Stadtrand gelaufen, dann sei sie zurückgelaufen, niemand sei mehr maskiert gewesen, sie habe dem Maskierten die Frage nicht mehr stellen können.

Ich höre Tamar zu. Ich mache mir meine Gedanken. Ich verlasse das Zimmer. Ich lege mich im dritten Zimmer zwischen zusammengestellten Einrichtungsgegenständen auf ein Bett. Ich schaue zur Decke. Eine helle leise rauhe tiefe Flüsterstimmenmelodie, denke ich. Ich sehe die Risse im Gips der Zimmerdecke. Ich sehe die unscharfen Kanten der Gipsrosetten.

Als Merz mich als Fahrerin wollte, hatte ich noch keine grosse Erfahrung, sage ich Noser, immer setzte sich Merz auf den Rücksitz, sage ich Noser, während ich den Wagen vor dem Haus, vor welchem er auszusteigen pflegt, abbremse, er ziehe den Überblick von hinten her vor.

reichten Postulats sind. Dass sich der VFT von diesen Ereignissen distanziert, ist sein Recht. Dass er aber gleichzeitig diese selben Verdächtigungen einer bestimmten Kategorie von Taxihaltern weitergibt, stimmt nachdenklich. Man weiss, warum die Taxihalter der Kategorie B das Gefüge der

Ich schaue nachts zu. An der Einmündung zur Schmalen Gasse, die den kleinen Platz, den ich als meinen Standplatz betrachte, mit der obern Strasse verbindet, war sie immer wieder aufgetaucht. Damals, in jener Fasnachtszeit, war Verweigerung schon Mode geworden, Vogue empfahl Verweigerung, Gabriela und ihre Strichkolleginnen trugen diesen Winter Verweigerung, Merz weigerte sich, die Polizei zu avisieren, Tamar verweigerte Mode, wie ich mir jetzt denke, seit ich Tamar besser kenne, wenn sie ausgetragene Röcke, Jakken auf dem Flohmarkt einkaufte. Tamar damals wurde genommen, als Frau, die sich verkauft, Tamar setzt sich immer wieder Verwechslungen aus, denke ich, Blütenblätter oder Schneeflocken. Solches Geld will ich nicht, habe Merz im ›Turm‹ gemurmelt, sagt Tamar, es müsse eine Verwechslung vorliegen, habe er gesagt, fällt mir ein.

Ich schlafe wenig und unruhig, während Tamar weiterarbeitet. Ich höre die Strassengeräusche. Ich höre zu, notiere ich: Als sie aufwachte in dem fremden Zimmer fror, wusste sie nicht, wie sie zu dem bemalten Körper gekommen war. Als Tamarscherben zwischen die Häuser fielen. Immer wieder war etwas plötzlich da. Sie war immer wieder irgendwo weggestürzt. Immer wieder war kein Geschäft zustande gekommen. Immer wieder liess sie den Maskierten hinter sich

abgesprochenen Preise nicht akzeptieren wollen. Solch unfaires Verhalten steht in einem Zusammenhang mit den mühsamen Kämpfen um eine neue Taxiverordnung. Die Kunsthalle München für moderne Kunst plant eine Ausstellung mit frühen Werken von Ernst Merz für den kommenden Oktober

zurück. Immer wieder war das Zimmer besetzt gewesen, war Tamar auf die Zimmerlosen, auf die sich in Türen Irrenden, auf die sich erwartet Wähnenden gestossen. Immer wieder stürzte sie auf Gabriela zu, betasteten Hände wortlos, als ob es nichts zu diskutieren gäbe gingen Geldscheine. Immer wieder war es geschehen, dass Tamar dort auftauchte, wo auch Merz war, wo ich auf Merz warten oder für ihn Beobachtungen machen musste. Tamar setzte sich immer wieder Verwechslungen aus Tamar setzte sich immer wieder aus vorgefundenen Scherben zusammen Tamar klaut Tamar wo klaut Tamar sich zusammen.

Immer wieder sass ich dort im Auto von Merz gemietet, möglichst nahe beim Eingang zur ›Amsel‹, schau genau, wer das Lokal in den nächsten dreissig Minuten verlässt, stell dir vor, du seist Spades Teilhaber, sagte Merz, als ob es nichts zu diskutieren gäbe. Nieselregen fiel dazwischen, Tamar schob sich dazwischen, Gabriela verdeckte Tamar, die beiden verbargen die Türe. Ich öffnete das Wagenfenster, ich versuchte mich von Merz zu befreien, ich versuchte mir Gesichter zu merken, ich versuchte Merz gerecht zu werden. Allmählich atmete ich frischere Luft.

und bedauert, die Ausstellung nicht durch neueste Arbeiten ergänzen zu können, da der Künstler bis jetzt jede Mitarbeit verweigert hat. Das Kunstmuseum Locarno hat beschlossen, die Sammlung zeitgenössischer Kunst durch zwei Bilder von Ernst Merz zu ergänzen. Es handelt sich um zwei Bilder aus

Tamar würde ein paar Mannequinschritte tun und dann rasch in einen Gang zurückfallen, wie ihn Menschen zeigen, die oft lange durch grosse Städte streifen. So eine wie Tamar prägt sich kaum ein, hat Noser noch gesagt, als er ausstieg, leicht reibt sie sich an Affichen und Kinofiguren, streift flüchtig die feinsten Farbschichten von mehreren Personen hintereinander ab, streift an ihnen vorbei, ohne dass sie überhaupt merken, wie sie abfärben. So eine wie Tamar erinnert an viele, hat Noser gesagt. Auch wenn sie sich von Gabriela oft kaum unterschied oder von anderen Frauen, prägte sie sich mir sofort ein, als ich sie zum erstenmal mit Gabriela zusammen erblickt hatte, habe ich Noser erwidert. Los, Brunnenhofstrasse, ich denke du bist frei, irgendeiner schlug gegen die Frontscheibe, heftig und wohl leicht zu kränken, der Mann, bitte, ich liess ihn einsteigen aus blosser Gewohnheit, liess ihn aussteigen an der gewohnten Stelle, dachte mir nichts dabei, Merz hatte mich für den Rest der Nacht schon entlassen, habe ich Noser nachgerufen, als er sich schon von meinem Wagen wegbewegte.

So war es, Tamar, sage ich immer wieder. Dabei war das alles ganz anders gewesen. Ich erzähle Tamar die ganze Sache so. Dann erinnere ich mich: So. Sie antwortet, gibt wider, so. Sie gibt mir zurück, was ich gesagt, sie sagt, behauptet hätte.

seiner Periode ›Stadtzerstörung‹, die dem Museum vor kurzem über den bekannten Kritiker und Publizisten Wolfgang Wahrig angeboten wurden. Wie der Konservator des Museums, Sandro Antonelli, unserem Berichterstatter erklärte, erwägt er auch den Kauf eines der neuesten Werke des

Dies Wort hätte ich benützt, kein anderes. Ganz andere, schreie ich ihr ins Gesicht. Sie wischt meine Schreie ab.

Ich habe die neue Schreibmaschine vor mir, ich habe mir eine neue Schreibmaschine leisten können, denn seit ich bei der Taxi Union angeschlossen bin, schaut mehr bei der Arbeit heraus. Wir haben jetzt Fernsehen. Wir haben jetzt gute Betten. Ich habe einen passenden Stuhl an einem passenden Schreibtisch. Ich schreibe jetzt das Erinnern auf. Während ich mich erinnere, schaue ich aus dem Fenster und schaue den neuen Nachbarn zu, wenn sie aus den Fenstern hängen oder zwischen den dichtgewachsenen Büschen auftauchen. Wenn Tamar zuhause wäre, käme sie jeden Augenblick in mein Zimmer und läse, was ich schreibe. Sie dächte wieder an das Erinnern das Streichen das Reden das Abkratzen an das Sitzen in der Küche und sie hätte nichts gesagt und ich hätte uns Tee eingeschenkt und ich hätte in irgendeinem Zusammenhang erwähnt, wie dann Merz das Haus verlassen hätte und Noser nach ihm auf den Platz hinausgetreten wäre und sie seien beide an mir vorbeigegangen, obwohl mein Wagen in der Reihe der wartenden Taxis der vorderste gewesen wäre, sie seien bei einem Fahrer von Berny Wyler New York Taxi zugestiegen. Da hätte dann Tamar kühl geantwortet, so kann es nicht gewesen sein.

Malers. Festliche Vernissage: Die Galerie Bernas feiert ihr zwanzigjähriges Bestehen und gibt eine Rückschau auf vergangene Ausstellungen. Als besondere Überraschung erhielten die geladenen Gäste einen Gutschein für eine Fahrt mit einem jener gelben New York Taxis — Berny Wyler, der

Lügst du mich eigentlich an oder was, so war es. Ich sage laute Sätze, so ist es gewesen, sage ich, genau so. Ich tue so, als ob diese Sätze wahr wären.

Merz lachte vor sich hin. Krötenaugen hätte ich. Wie er. Wie oft hätten sie ihm das nachgesagt, verwundert, vorwurfsvoll, hämisch, Krötenaugen, du hast Krötenaugen. Ich setzte mich an den Tisch. Nicht neben Merz, nicht Merz gegenüber, Merz war mir unheimlich. Krötenaugenblick Merz lachte in ihre Salons werde ich mich setzen, in ihre Bankhallen stundenlang mitten in ihre Wohnungen an ihre Stammtische verwundert will ich mich setzen, Kröte. Warten musst du können. Ich kann warten, sagte Merz. Stundenlang und beobachten, genau beobachten. Ich tat so, als ob ich Merz zuhörte. Merz redete mir zu. Wenigstens redet er, hatte ich gedacht, erinnere ich mich. Ich erzähle dir Stadt, diese Stadt, sagte Merz, du fährst, ich rede, ich rede dir die Stadt vor, sagte Merz. Wenig Licht dringt durch wenig Fenster der Moorschen Druckerei. Es war dunkel geworden, ich sah kaum mehr das Papier der Zeitung sich abheben gegen den Zeitungshintergrund, ich fühlte das Zeitungspapier zwischen meinen Fingern, wie fühlt sich frisches Zeitungspapier an elastisch. Ich hatte mir in der Zwischenzeit eine Zeitung gekauft, es war mir unwichtig gewesen, welche, Sie können

Besitzer des florierenden Unternehmens ist ein enger Freund des Galeristen — mit der dringenden Aufforderung, den Gutschein doch für Hin- und Rückfahrt zu benützen, da Wein gut und reichlich fliessen werde. Die Gutscheine wurden weitgehend benützt. Eine Idee, die ich anderen Veran-

nicht einfach sagen, eine Zeitung bitte, ich hatte gelesen und nicht gelesen, die Dämmerung kam rasch, das lag nicht an der Zeitung, das lag am Hochnebel, der sich leicht gesenkt hatte, was wusste ich nun genauer?

In den meisten Büroräumen, die ich von meinem Wagen aus sehen konnte, brannte kein Licht mehr, weder Kerzenflakkern, in den Wohnungen werden Lampen angezündet, noch Petrollampen, dachte ich, Sätze, nichts weiter, Glühlampen, einige Menschen laufen Kindern nach weg es war kalt geworden, doch nicht der Moment für Eiszeitvorstellungen, in der Nähe ein Kino.

Die Strassen, die ich von meinem Wagen aus überblicke, hatten sich entleert von Angestellten zur Bahn ist ein Trottoir eine Strasse eine Strassenbahn ein Fussgängerstreifen ein Bahnsteig ein Heimweg zwischen Häusern ist kein Ausweg, dachte ich, ich sass am Steuer dieses Wagens, weil Merz mir zu warten aufgetragen hatte. Warte auf uns, hatte Noser gesagt, hatte Merz gesagt, auf dem Parkplatz, der zur Drukkerei gehört.

Es wird niemand mehr aus dem Haus treten, dachte ich, es wird niemand mehr die Druckerei betreten, dachte ich, ich

staltern zur Nachahmung empfehle. Bald waren die Gäste, zu welchen viele bekannte Grössen aus der Sport- und Kunstwelt zählten, in Fahrt. Der auch sonst nicht ungewandte Kunstkritiker Wahrig hielt eine brillante Ansprache auf den Gastgeber und die gezeigten Werke, die einen schönen

kann nicht mehr sehen, was ausserhalb des Taxis passiert, ich könnte ihre Gesichter nicht mehr unterscheiden, jetzt ist es zu dunkel, sagte ich mir, fühlte das Zeitungspapier, am Zeitungspapier finde ich Halt, ich lachte über diesen Einfall. Ich legte die Zeitung über die Knie, ich schaute aus, ob niemand sich meinem Wagen oder der Druckerei oder überhaupt annäherte, eben war jemand, spannen zögern, auf dem Trottoir vorbeigetreten, ich war schon misstrauisch geworden, denke ich jetzt, misstrauisch wie Merz, wenn sie nicht bald herauskommen, dachte ich, fahre ich die Wohnblöcke oder Bürohäuser ab, ich kann sowieso keine Gesichter mehr erkennen, was bringt es, wenn ich gross sage, kleine, breit, schmal, maskuline Silhouette vielleicht, was verstehst du davon, Renner, hätte Noser geantwortet.

Ich hatte dann eine Zeitung gekauft, meine Gewöhnliche, hatte ich gedacht, die gewohnte Zeitung, sie durchblättert, beruhigte ich mich, wie eine sich eine Zeitung kauft, die Zeit hat, ich war ausgestiegen, ich hätte mit dem Inhaber einige Ansichten austauschen können, wissen sie, sagte der ältere Herr, als der er mich anblickte, schon manches habe ich gesehen hier, sagte er, ich habe eben den Besitzer das Geschäftshaus betreten sehen, vorsichtig sei er hineingegangen, die Firma sei Pleite gegangen, rotes Mauerwerk, damals seien

Überblick über die Ausstellungstätigkeit in den vergangenen Jahren geben. Der Kulturpapst unserer Stadt, F. Altberg, ein traditioneller, sonst eher zurückhaltender, älterer Herr, stellte sich trotz Gewicht und Hexenschuss auf einen Stuhl und konterte mit geistreichen Scheinangriffen auf den gefei-

die Ziegeleien der hiesigen Stadt gross geworden, Archiv in der Küche Xerox und Umdrucker, die Arbeiter hätten einen Aufenthaltsraum im später dazugefügten Maschinengebäude, heben sie nie den Kopf, Listen vergleichen oder so, Korrekturen, hätte der ältere Herr gesagt haben können, hin und wieder habe er Raucherwaren hinübergetragen. Augenblicklich hätte ich losfahren können.

Ich las und las doch wieder nicht. Was heisst da genaues Beobachten, er hatte eine wahrscheinlich männliche Person hineingehen sehen.

Ich versuchte, mir Merzlächeln an Moors Schreibtisch vorzustellen, Merz an Moors Stelle, Merz spielt Moor zu, der Maler spielt den Sammler, der Maler fühlt dem Sammler auf den Zahn. Merz sagt zu Moor, er kenne ihn, Moor, sagte Merz, ihn, Moor, kenne ich, ich stelle Moor Moor dar, ich stelle ihn immer wieder dar. Er, Moor, kennt mich noch nicht. Jener, den der Kioskinhaber das Geschäftshaus, das eine Druckerei war, betreten sehen hatte, mochte Moor gewesen sein. Hatte sich Moor sein eigenes Geschäft zu betreten gefürchtet? Dies ist keine Beobachtung, dies ist eine Frage, die ich mir jetzt stelle, denke ich, damals beschrieb einer einen anderen Geschäftsinhaber, der sein Nachbar war, nervöser Gang, ge-

erten Bernas. Nicht lange dauerten Rede und Gegenrede, bis Ernst Merz, mit seinen ausdrucksvollen Stadtbildern häufiger und gern gesehener Gast der Galerie, mit lauter und bitterer Stimme eingriff. Doch die Gäste liessen sich die Stimmung nicht verderben. Sie erklärten das taktlose Beneh-

beugter Rücken, bedauernswert, ist es soweit mit ihm gekommen, ein Einzelfall hoffentlich, ein Betrieb mit Tradition, Sorgen, die Druckerei in Konkurs geraten, nicht einmal mehr das Geld der Pensionskassen vorhanden gewesen, das Vermögen in Kunst angelegt. Davon hatte ich in einer früheren Ausgabe der Zeitung, die ich mir gekauft hatte, gelesen. Ich nahm mir vor, die älteren Ausgaben, die ich in meiner Wohnung aufbewahrt hatte, nach Hinweisen auf die Ereignisse, von welchen der Kioskinhaber, Beobachtungen anstellen, möchte ich jetzt Tamar sagen. Wenn Tamar jetzt hier wäre, denke ich. Auch ich hatte einen hingehen sehen. Mich schien er nicht bemerkt zu haben. Nie heben die den Kopf. Nie tun sie so, als hätten sie einen bemerkt. Moor also, nehme ich an, hätte ich Tamar sagen können, war es diesmal gewesen. Licht also im Vorzimmer, eine Annahme, von der Stelle her getroffen, die ich da einnahm, die Druckerei im Überblick, ich, nicht Moor, als ob er Listen verglichen hätte, dies hin und her Wenden des Kopfs, den Blick gerichtet auf etwas, das auf gleicher Höhe liegt, Licht also im Büro, im Vorzimmer wartet ein Vertreter, überlegte ich mir, warum beachtet Moor ihn nicht, er Merz mochte ihm dann in den Weg getreten sein, Merz dann mit Moor hinter dem Schreibtisch, der doch Moors war, geh weg, geh mir aus dem Weg, Licht im Verbindungsgang, der Bürogebäude und Druckerei

men mit dem guten Wein, den Merz halt nicht mehr ertrage. Und bald begann zur Freude der geladenen Gäste der Schriftsteller Paul Merlin mit der Vorführung ungewöhnlich schöner Zaubertricks. Die junge Tamar erwies sich dabei als zauberhafte, einfühlende Assistentin: ohne Tamar wäre ich nie-

verhängt, Moor hastet die Wendeltreppe hinunter in den Maschinenraum, auswegslos, auf der Stelle, Änderung ist fällig, ab jetzt keine Überstunden, Unterlagen beibringen. Ich sehe von dort, wo sie mich warten geheissen hatten, wie sich ein Schattenbild hinter der Fensterscheibe im schwach erleuchteten Maschinengebäude bewegt. Später verliessen zwei Männer das Bürogebäude. Die beiden hielten sich eng aneinander, redeten ruhig, während sie in einiger Distanz vorbei und in Richtung See gingen. Hast du gesehen? Hast du sie auseinanderzutreten sehen? Fast alle sind gekommen. Sie kommen alle. Merz' leise triumphierender Stimme gelang es nicht aufzuheben, was sein starrer, schläfriger Blick in mir angerichtet hatte.

Ich hatte glattes büroangestelltes, die üblichen Gäste, gepflegtes Haar Krawatte ein Mineral gesehen, ein paar Bauarbeiter, Kraft holen ein dunkles Bier noch drei Stunden bis Mittag hingeben, hartnackig, Vertreter stören wedeln ich danke, wen meintest du von diesen, Merz? Immer wieder öffnete sich die Wirtshaustür, aufgestossen aufgerissen. Nicht jedesmal Eintreten, Auftreten, nicht jedesmal folgte der Bewegung einer Tür ein Auftritt, das war mir als aussergewöhnlich aufgefallen. Dazwischen das zu dieser Tageszeit vertraute Kommen und Gehen. Kalter Luftzug trotz provi-

mand, gestand Merlin gegen Ende der Nacht. Venturis Ziel ist eine unreine, eklektizistische Architektur aus Wörtern, Skulpturen und Assoziationen. Diese Architektur demonstriert aber trotz aller populistischer Gebärden Venturis ein altes Thema: die Transformation des Trivialen in Kunst, in

sorisch gegen die Gasse angehängtem Windfang aus Fensterglas.

Gegen die rasch ansteigende Ausfallstrasse hin den Blick richten, befahl Merz, ich richtete mich aus, an der Bar einige schöne Menschen schön aufgerichtet, üben sich aus, dachte ich, ich kenne sie nicht, ich bin ihnen noch nicht begegnet, aufs Geratewohl merke ich mir ihre Gesichter und ihre passende Kleidung, kopfluftig, notierte ich, erinnere ich mich, ich traute meiner Merkfähigkeit nicht alles zu, seit ich den Beruf der Taxifahrerin auszuüben begonnen hatte, hatte ich mich darin geübt, die Erinnerung an Fahrgäste rascher und rascher zu verlieren. Wieder hatte ich kalten Luftstoss verspürt. Der Auftretende in heftiger Erregung, die schwere Eingangstür heftig aufgestossen, den während der kalten Jahreszeit vorgehängten, schweren Tuchvorhang kräftig zur Seite gedrängt was will denn Fritz Altberg hier, sonst hockt er doch in der ›Amsel‹, sonst grüsst er uns doch nicht. Altberg? Der dies über mich hinweg einwarf vom hintern Ende der Theke, diese Bemerkung, wandte sein Gesicht Merz zu, der etwas von mir entfernt und auch in einiger Entfernung vom Einwerfer sass. Merz regte sich nicht. Altberg zuckte zusammen. Ich sehe ihre Staubmäntel und ihre Schlapphüte.

diesem besonderen Fall: die des Warenschönen in Kunstschönes. Am amerikanischen Alltag interessieren ihn die räumlichen Szenerien, insbesondere die Inszenierungsstile dieses Alltags. Plädiert Venturi für einen neuen Realismus, für eine realistische Auseinandersetzung mit dem amerikanischen

Übrigens, Joss, die Fasnacht ist vorbei. Ausflüchten, sagte der Einwerfer Silbergesicht und erbleichte.

Altberg stand, vielleicht noch immer unschlüssig oder abwartete aufgetreten, wie er war, fast ein netter Mann, auf halbem Weg zur Bar, hin, hinweg, er blickte Merz an, vielleicht flüchten. Merz liess ihn nicht aus den Augen, Merz hatte ihn in den Augen, Altberg stand in Merz' Augenblicken herum, Merz, ich muss dir etwas sagen, ein Satz gibt den andern, er stiess hervor, was ihm nicht leicht zu fallen schien, Merlin und ich. Merz lachte ein sehr trockenes Lachen, wir fahren. Sie hat schon lange gewartet. Als wir den Raum verliessen, versuchte Altberg noch einmal, Merz zum Reden zu bringen.

Als wir die Wirtschaft verliessen, drängte sich Altberg an uns vorbei, durch den gläsernen Windfang auf die Strasse. Als wir das Geschäftshaus verliessen, lief uns Altberg nach und versuchte Merz anzuhalten. Als wir den Raum verliessen, suchte mir Altberg einen Umschlag zuzustecken. Wir bestiegen meinen Wagen und fuhren die Ausfallstrasse hoch. Einer war langsam aufgestanden und folgte dem andern unschlüssig nach. Merz lachte mich an Krötenauge.

Alltag, dann beinhaltet dieses Plädoyer immer nur eine Auseinandersetzung mit den Oberflächenphänomenen dieses Alltags und nicht mit neuen gesellschaftlichen Verkehrsformen, die sich im amerikanischen Alltag ausdrücken. Der Alltag steht hier also nur als Inszenierungsstil zur Debatte und ist

Der Kollege war aufgestanden und folgte uns entschlossen nach, er, mein Konkurrent von Anfang an, Firma New York Taxi gegründet, mit einem einzigen Wagen, kurz, nachdem er von drüben, er brauchte diesen Satz wie alle andern auch, die einmal in den Vereinigten Staaten von Amerika gewesen waren, wobei er jedoch offen liess, was der Ausdruck ›ich bin drüben gewesen‹ oder ›ich komme von drüben‹ sonst bedeuten konnte, gekommen, gewisse frühere Beziehungen pflege er noch immer, pass auf, Mädchen, nichts für dich der Beruf, etwas für harte Männer, Chevrolet, Jahrgang 53, direkt importiert, echtes New York Taxi, echtes New York Taxi Gelb, für Spezialkundschaft, wer einmal drüben war, weiss den Service zu schätzen, du mit deinem beigen Opel, hatte er verächtlich gemacht, drängst dich an mir vorbei, aber aus dem Geschäft drängst du mich nicht. Krötenauge. Fahren wir. Schauen wir. Eigentlich, sagte Merz, erinnere ich mich, habe er geglaubt, Altberg hätte sich aus dem Geschäft zurückgezogen. Alt genug sei er und zu leben habe er. Offensichtlich ist er noch nicht vernünftig geworden. Oder sie lassen ihn nicht gehen, die Freunde, fügte Merz zögernd hinzu. Ein Taxi stehe noch immer überall für Altberg bereit. Berny Wyler sei dafür besorgt, seit. Manchmal behauptete Merz, er hätte nur gesoffen während der vergangenen Monate, nichts zustande gebracht. Merz erwartete keine Ant-

nur dort von Belang, wo sich dieser Inszenierungsstil manifestiert: In Las Vegas und nicht anderswo. Handelt es sich bei diesen Inszenierungen des Alltags um die Anwendung von Techniken der werbenden Überredung auf die Stadt, so geht es bei den inszenierten Szenen dieses Alltags um das Stadt-

worten. Ich gab keine Antworten. Die Freunde antworteten. Merz lauerte.

Fahren wir. Ich muss wissen, wie gross diese Stadt ist, sagte Merz, ich muss sie während der kommenden Tage im Gefühl haben, die Grösse der Stadt, die möglichen oder existierenden Verbindungslinien, die Trennungslinien, die sich durch die Stadt ziehen und Knoten bilden. Ich bin ein Knoten, sagte Merz, die Grösse der Stadt bestimmt sich mir als die Summe der möglichen Distanzen, die sich in Abhängigkeit von der Tageszeit ändern, wir fahren während der Stosszeit, hatte Merz gesagt, ich will Distanzen gewinnen, da hilft mir dein Taxi, du kannst den Hauptverkehrsströmen nicht ausweichen, sagte Merz, jetzt brauche ich genauere Kenntnisse von der Vielfalt der Distanzen in dieser Stadt, um dann Distanzen nicht zwischen den Örtlichkeiten, sondern, hier brach Merz ab, erinnere ich mich, mir fiel ein, wie er ›meine Freunde‹ aussprach, sondern Distanzen ganz anderer Art mit dir zu erfahren, sie auszumessen, ausgemessene Wegstrecken oder Abstände vorzulegen, hast du dir je überlegt, auf wieviele Arten du die Grösse einer Stadt ausmessen kannst, sagte Merz, jeden Tag durchfährst du die Stadt nach dem Raster, der sich aus der Abfolge der dir vorgesagten Adressen ergibt.

bild als Mittel werbender Überredung. Las Vegas bezeichnet dann die in Architektur umgesetzten Bilder des verordneten Glücks. Schwere Verletzungen zog sich der Motorradlenker D., ein Neffe des kürzlich mit dem Preis der Stadt München ausgezeichneten Malers Ernst Merz, am frühen Samstagmor-

Merz redete. Merz erwartete keine Antworten. Ich achtete auf den Verkehr. Merz besprach die Distanzen. Er redete ohne abzusetzen vom *Predigerplatz,* wo ich meinen Wagen auf sein Geheiss abgestellt hatte, um ihn von der ›*Stadt Madrid*‹ her rasch erreichen zu können, er wolle keine Zeit verlieren, hatte Merz gesagt, er wolle Zeit oder Distanzen gewinnen, vom Rande der dichtesten Altstadt her wolle er die Stadt mit mir abfahren, über die breite Brücke dann an der *Sternwarte* ›*Urania*‹ vorbei, Aufblinken von Warenhausilluminationen zum Beispiel *Jelmoli* blitzender Aufwand preist im Preis herabgesetzte Ware anfahren Verkehr fliessend zähflüssig, bei Stillständen unterbrach Merz seine Rede, Merz lauerte, die *Sihlporte* gänzlich von stehenden Fahrzeugen verstopft, schau, rief Merz, da läuft Joss wieder, *Müllerstrasse,* an der alten *Reithalle,* am *Italiener,* am ›*Halbmond*‹ vorbei, am *Spanier,* einige, die ich damals kannte, hatten es diesen Einwanderern gleich gemacht, aus dem, was ihnen vertraut war, ein Geschäft gemacht, fällt mir jetzt ein, ich kaufe dort Kaffee aus einem Land in *Mittelamerika,* ich kaufe dort Tee aus *China,* ein Zug Rekruten überquert die *Müllerstrasse* in der *Kaserne* wird Essen gefasst werden, wir kommen rascher als erwartet durch, sage ich Merz, Merz

gen bei einem Verkehrsunfall auf der Zugerstrasse in Horgen zu. Der beteiligte Autofahrer kümmerte sich nicht um den Verletzten, sondern setzte seine Fahrt fort. Gesucht wird ein heller Opel, wahrscheinlich Modell Commodore. Die Bevölkerung, vor allem auch Garagisten, werden gebeten, ihre Beob-

redete, *Brauerstrasse*, ich habe oft schlimmere Verstopfungen auf dieser Strecke erlebt, sage ich Merz, ich bremse ab, *Brauerstrasse*, bei nassem Wetter, bei Wettereinbrüchen, besonders im Falle von plötzlichen Platzregen, Merz redete, wir fuhren bei ›*Hintermann*‹ vor, ich achtete auf den Verkehr, ich achtete auf Merz, ich sah Merz, wie er sich auf dem Hintersitz ausgebreitet hatte, sie breitete ihre Röcke aus, sass da, sie redete, ich liess ihn aussteigen und suchte einen Parkplatz, um auf ihn zu warten.

Was sehe ich, das du nicht siehst, Merz, du bist drinnen, ich bin draussen, ich sehe ein Kreisförmiges, Gehaltenes, von Fellartigem Umhülltes, Getiegertes, davon hängt alles ab, vom Steuer, die Steuerung kann blockieren, die Bremsen können versagen, das geht dich nichts an, könntest, du, Merz, gesagt haben. Ich sehe was, das du nicht siehst, es ist breiter als hoch, es bestimmt mein Blickfeld, es ist oft klarer als jetzt gerade, es ist von einem Weichen, Schwarzen und von einem gespannten, silbrig glänzenden Harten gehalten, es ist so hart, dass es zerspringen muss, wenn ein Kopf heftig dagegen stösst, es ist so hart, dass es zerschneidet, wenn es

achtungen der Kantonspolizei Zürich oder dem nächsten Polizeiposten zu melden. «The Little Girl Down The Lane». Kinder als Vehikel für Kino-Horror — je sanfter, lieblicher, putziger sie ausschauen, desto hinterhältiger schlagen sie zu. Die kontrastierende Mischung von Unschuld und satanischer

zerbricht. Ich bestimme, wie es mein Blickfeld bestimmen soll. Merz, das, was du nicht siehst, weil du drinnen bist und weil du sagst, dass es dich nicht angehe, es schützt in allen Winden, vor allen Winden, wenn er so gesoffen habe, sagte Merz, habe er seine Bilder als eine harte undurchdringliche Scheibe fest in seinem Kopf empfunden, und wo er stehe kaum mehr sehen können, wo er stehe, was das immer auch bedeute, stehen oder gehen, das sei nicht die Frage gewesen, die er sich in solchen Augenblicken gestellt habe, ich sehe was, das du nicht siehst, Merz, du bist drinnen, du siehst Anderes. Geradeaus, direkt vor mir, erblicke ich das Heck eines gelb gespritzten Fahrzeugs, eines Autos, selbstverständlich, wo kämen wir hin, wenn noch Postkutschen zu Stosszeiten führen, wenn ich schräg aufblicke, sehe ich das Taxizeichen, wenn ich jetzt den Blick leicht senke, sehe ich den Fahrer warten, ich sehe, was du nicht siehst, Merz, ich sehe, wenn ich nach rechts schaue, eine Reihe von Ladengeschäften, ein Fotogeschäft, Brügger und Klingler in Leuchtbuchstaben, eine Haustüre, den Anfang einer dicht mit Efeu bewachsenen Brandmauer, mein Blick verfängt sich im Efeu, in den passierenden Fussgängern, kein Ereignis, Silbergesicht nicht in Sicht. Joss, was denkst du dir dabei, hatte Merz

Verworfenheit empfahl sich, vorab in den USA, als Rezept, das abgebrühte Publikum eine neue Spielart des Gruselns zu lehren. Der von allem Anfang an international produzierende Nicolas Gessner hat in seinem fünften Spielfilm darauf verzichtet: niemanden ängstigen schlimme Omen, noch droht

gesagt, Merz in engen Jeans, unvorstellbar, warte, Merz, hatte Altberg Merz nachgerufen, Altberg war in Mitten der Gäste verwirrt stehen geblieben, wo hätte er sich nur hinsetzen können, Minuten wurden zu Merzjahren zu Taxifahrten zu Merzstätten, Merz hatte ihn nicht stehen heissen, die Abmachung, wie weit mich an die Abmachung halten, wie weit band mich Merz' Auftrag, den ich über Noser erhalten und den ich angenommen hatte. Dann sehe ich Moor aus dem Fotogeschäft treten. Er überquert die Strasse und betritt Hintermanns Speiselokal, dann sehe ich den Taxifahrer einem weiteren Taxifahrer, den ich über den Rückspiegel erblicke, der neben seinem Fahrzeug steht, ein Zeichen geben, sehe ich Joss kommen. Dann sagte Merz, dass wir weiterführen, dass er zufrieden sei. Ich esse Nüsse und Datteln, sagte ich Merz, während ich mich auf Beobachtung einstelle, ob er Beobachtung gleich setze mit Schmierestehen? Sonst war das mit den Aufträgen immer klar gewesen, dachte ich, Taxi! zum Bahnhof.

Noser hatte mich Merz angeboten, was war Noser eingefallen, du gefällst mir, hatte Merz gesagt, dann hatte mich Moor am Telefon gehabt, Taxi-Renner, hatte ich mich gemeldet, er

wüste Besessenheit. Das Drama um die frühreife Aussenseiterin macht eigentlich nur sichtbar, wie viel zu schnell mitunter die Umstände viele Kinder in erdrückende Verantwortung stossen. Hübsch ist Rhynn, gefällig. Manieren hat sie: die perfekte kleine Dame. Trotzdem erregt das Mädchen

bräuchte einen Wagen, Kernstrasse 17, ja, sofort. War das
Merz' Moor, ich war mir unsicher, wer dann unten wartete,
glich jenen drei, die ich mir unter dem Namen ›Big Jim‹
merkte, ich hatte mir, seit ich für Merz arbeitete, eine Methode zurechtgelegt, mit deren Hilfe ich meine Beobachtungen besser ordnete.

An jedem jener Tage hiess mich Merz, wie mir vorkam,
einmal mindestens ziellos durch die Stadt oder dann durch
einige Gebiete ausserhalb der Stadt fahren. Wenn er dann
irgendwo aussteigen wollte, hiess er mich gewöhnlich im
Wagen warten. Hin und wieder, erinnere ich mich jetzt,
nahm er mich mit. Drinnen war es dann wie draussen, ich
fand mich draussen, oft sass ich jedoch am selben Tisch wie
er und sah deutlicher, was vorging.

Die Hausnummer brauchst du dir nicht zu merken, du wirst
sehen, es ist das einzige Haus im Quartier, das an das frühere
Bauerndorf erinnert, sagte Merz, ein Haus unter Kirschbäu-
men unter Mehrfamilienhäusern, selber jetzt ein Mehrpar-
teienhaus, der vorletzte Rebhang verwildert noch nicht, der
Hang ist noch nicht eingezont, sagte Merz, wir fahren dorthin, an den Ort des Geschehens, das er selbst nicht näher
bezeichnete, des Ereignisses. Beschädigte Autos versperrten

Anstoss. In dem verschlafenen amerikanischen Provinznest
will man seine bemerkenswerte Selbständigkeit nicht akzeptieren. Allzuoft fällt das, was sie tut und wie sie es tut, aus
dem der traditionellen Familie abgesteckten Rahmen. Der
von Laird Koenig vorgezeichnete Stoff hätte sich durchaus

die Zufahrt, Personenwagen, ein abgetakelter VW-Transporter, zwei Männer hoben einen Grabstein, der am Haken eines kleinen Krans festgemacht war, auf die Brücke eines Camions, ich durchfuhr auf Merz' Geheiss eine Zypressenallee, stellte fest, dass die Bäume aus dicken Bohlen gefügt, mit Spiegeln verhängt waren, erblickte einen Stuhl, auf welchen sich Keiner hätte setzen können, da auf dem Stuhl ein Stuhl ein Stuhl sass, die Vorstellung eines einen Stuhl ersitzenden Stuhles brachte mich zum Lachen, weshalb lachst du. Über die Allee liefen Enten mit hochgereckten Hälsen, wie ich sie bisher nirgends zu sehen die Gelegenheit gehabt hatte, sie jagen nach Schnecken, sagte Merz, wir jagen alle nach Schnecken und lassen den Salat stehen, die Sonne spiegelte sich im Teich, die Sonne brach sich in den Spiegeln, im langsamen Vorbeifahren spiegelte sich der Wagen in den Spiegelbäumen. Facetten einer Vorfahrt, die Lust, Spiegel zu zerbrechen ist mir jetzt von Tamar vertraut, denke ich, ich erinnere mich an mein Befremden, als wir dieses Gelände, ich sagte Merz, ist das dein Territorium, befuhren, mit eiligen Sätzen, jetzt nenne ich sie Merzsätze, wenn ich Tamar von ihnen spreche, sie sind dann besser einzuordnen. Manchmal brauche ich Ordnung, denke ich, so wie das Tamar mit sich

zum Versuch ausformen lassen, den ins Extreme gesteigerten Kampf einer Heranwachsenden tauglich darzustellen, die sich gegen die Zwänge ihrer Umwelt mit der grausamen Logik des von moralischen Normen bedrängten Kindes zur Wehr setzt. Glücklicherweise verfügt das einsame Haus am

hält, ist es für mich zu schwierig, Zerrspiegelscheiben, sage ich Tamar jeweils, mit Sätzen beschrieben, in Eile, dein Merz. Oft hätte Moor, fuhr Merz weiter, damals, als sie beide zusammen waren, auch noch, als sie sich schon heftig stritten, versucht, sich in diesen Spiegelstücken anzuschauen, er, Moor, hätte immer wieder von neuem auszuhalten versucht, wie seine schöne Gestalt in Stücke zersplitterte, verzerrt ihn anschaute, überschrieben mit Merz' Schriftzügen, die ihm dann böswillig hingeschrieben erschienen, immer wieder hätte sich Moor diesem ihm beinahe unerträglichen Schmerz aussetzen müssen, Fallen nannte Moor, sagte Merz, jede dieser verspiegelten Zypressen, ausser der letzten waren damals schon alle vollendet bespiegelt beschrieben, sagte Merz, gestern habe ich, nach einem längeren Unterbruch, die letzte behängt, sie noch nicht beschrieben, sagte Merz, Moor hätte immer wieder gedroht, die ganze Allee zu zerstören, schliesslich sogar ihn, Merz, direkt bedroht, ihm, Merz, vorgeworfen, du machst mich kaputt, könnte ich Tamar sagen, wenn sie jetzt die Wohnung beträte. Versuche doch du, dich zu spiegeln, während du auf mich wartest. Merz' ganze schwere Gestalt lachte herausfordernd.

Ende der Strasse über einen grossen, tiefen Keller. Zwischenfall. Das bekannte Nachtlokal ›Amsel‹ macht wieder von sich reden: Gestern abend, kurz vor Lokalschliessung, erhob sich ein Gast von seinem Platz in der Nähe der Bar — Zeugen behaupten, bei dem Gast habe es sich um den hier berüchtig-

Früher sei das anders gewesen, man hätte die beiden immer zusammen sehen können. Und jetzt, flüsterte Ines weiter, während sie den Tisch abräumte, seit zwei Stunden sitzen sie einander gegenüber, am gleichen Tisch wie früher, früher hätten sie jedoch gewöhnlich über Eck zueinander oder auch nebeneinander gesessen, es sei ihr schon ganz unheimlich, flüsterte Ines, als ich zur Toilette ging, kaum tränken sie etwas, dabei seien beide gewöhnlich starke Trinker, was willst du, sagte ich, ich ging zum Tisch zurück und setzte mich an dessen von den zweien entferntestes Ende.

ten Maler Ernst Merz gehandelt, der längere Zeit an der Bar gesessen habe —, legte Banknoten auf die Theke, neben ein kaum berührtes Glas, Eiskrem Soda oder Whisky, und flüsterte deutlich in die plötzliche Stille: Solches Geld will ich nicht. Solches Geld akzeptiere ich nicht. Dann verschwand er

Hörspiel 2

Merz und Moor sitzen einander erregt gegenüber. Es ist Mittagszeit. Hart nach dem grossen Aufbruch der Masken. Die Masken sind auf den nahen Platz hinausgegangen. Man hört die Instrumente deutlich dröhnen und heulen, auch Rufe tanzender Menschen. Füsse schlagen auf: Letzte Masken tanzen mit müden, wirren Schritten an den beiden vorbei, ciao Ines, und verlassen das Lokal. Das Lokal, die ›Stadt Madrid‹, ist leer. Ines räumt die Tische ab.
Merz: (heftig) Du, Moor, behauptest, diese Bilder hätte ich verkauft? An Bernas verkauft? Nie, das weisst du, hätte ich sie verkauft. Gewiss nicht an Bernas, der nach allem noch behauptet, mein Freund zu sein. Ja, er geht noch immer bei mir aus und ein. Ja, er isst bei mir, trinkt. Das stimmt. Fragt nicht, ob mir das angenehm sei. Das kümmert ihn nicht, das weisst du. Er ist ein Betrüger und essigfieser Bilderhändler, das ist er, das weisst du. Er braucht Bilder, die gerade jetzt laufen. Meine braucht er. Er lässt deshalb die Bilder abholen. Wie abgemacht, sagt er. An dem und dem Tag, frühmorgens, Anlieferung der Waren. Warenannahme, immer frühmorgens. Er lässt das Geld überweisen. Wie abgemacht, sagt er. Er kündigt eine Ausstellung an. Wie abgemacht, sagst du. Du hilfst ihm dabei, stellst ihm ältere Arbeiten aus deiner Sammlung zur Verfügung, obwohl du weisst, wie ich zu Bernas stehe. Und Wolfgang, Wahrig meine ich, schreibt einen halbseitigen Artikel im Kulturteil der Abendzeitung ›Zur Eröffnung einer lange erwarteten Ausstellung mit neuesten Werken von Ernst Merz‹. Damit ich nicht mehr zurück kann. Damit ich mitspiele. So ein Freund ist Wahrig. Ein Freund wie du auch. Man sagt, deine Sammlung sei auch nicht kleiner geworden, in den letzten Tagen.
Moor: (in ängstlichem Ton, abwehrend) Nein, so musst du nicht, das musst du nicht so. Nicht, so nicht, du, nein. *(plötzlich sehr laut)* Du hast wieder getrunken, Ernst.
Ohne eine Reaktion von Merz abzuwarten, die heftig sein

könnte, steht Moor auf. Ines, die sich mit den bestellten Getränken dem Tisch nähert, fährt er bedauernd über das erstaunte Gesicht.

Dieses heftige Denken und Erinnern, sage ich Noser, Noser kommt jetzt häufiger als Gast, Sätze, nichts weiter, antwortet Noser. Sage ich, ich freue mich, dass du jetzt häufig als Freund kommst, dieses heftiger denken. Dieses heftige Denken, dieses Heftige denken, von Innen heraus, welches ist der Gedanke, worin besteht der Gedanke, er, man power mir gestatten Sie ich mir erlaube. Ich sehe dies, ich höre dies, notierst, sagst du, sage ich Noser, zufällig gehört haben, gesehen, also Tamar, sage ich Noser, Abschnitt für Abschnitt, man power, wenn auch ad interim, sie arbeitet in einem beliebigen Büro, sagt sie, dies ist ein Ansatz. Also ich befrage, nicht dich, Noser, dieses denken Können, dieses Können fürchten, dieses Fragen gestatten, also ich frage dich, Noser, Abschnitt, notiere ich, dieses heftige Töten am Fernseher, seit kurzem auch TV installiert in der frisch renovierten Wohnung. Taxi ist grammatikalisch ist sächlich eine Sache das Taxi ist ein Mietwagen mit Taxameter mit Fahrer mit Fahrerin Fahrgast ist eine Wirtschaft eine Dienstleistung am Kunden, ich bin deine Taxifahrerin, sage ich Noser, wie geht das zusammen, dieses Warten auf Kunden, was bist du für ein Kunde.

in der Menge. Ein anderer Gast griff hastig nach den Banknoten, doch hatte auch der Barkeeper geistesgegenwärtig zugepackt und wenigstens zwei der Banknoten noch erwischt. Da man sich in solchen Lokalen nicht in die Angelegenheiten anderer einmischt, konnte auch dieser Gast ungehindert das

In den Zeitungen hätte es dann von randalierenden Rockern geheissen, sagte Ines, habe ich notiert, manchmal überlese ich Notizen, die ich, während ich auf Merz' Wiederauftauchen wartete, auf Notizpapier schrieb, dann, sagte Ines, habe Merz von Western geredet Einsamkeit der Helden die Prärie abreiten, auch so, hätte Merz gesagt, liessen sich Menschen darstellen, immer surre ein Ventilator, hätte Merz gesagt, den Fuss, lauter redet Merz, aufsetzen, spielt keine Rolle, alles stillschweigend betrachten, Moor, sagte Ines, sei an jenem Abend nicht lange geblieben, was erzählte mir Ines vor Arbeitsschluss an einem Montagmorgen, der Schankraum zweigeteilt, von zwei Seiten her zugänglich, Ines stützte sich auf die Kante des Buffets, am Montag hatte Ines immer Frühschicht, ich sass gegen das Licht hin, Ines durchsprach diese ganze, etwas tiefer als die andere, wo sich meist Merz aufhielt, gelegene Abteilung, Moor sei rasch wieder weggegangen, bestellt, jedoch nicht getrunken, den Zweier Clarete, den dann Joss hingestellt, den muss ich nie fragen, was er zu trinken wünsche, einen Zweier und noch einen, die andern zwei, die halten sich an die Schnäpse, sagte Ines,

Lokal verlassen. Der Gerant, Paolo V., übergab die Noten natürlich nach Arbeitsschluss der Polizei. Die Überprüfung ergab zunächst keine Resultate. Schliesslich konnte aber nachgewiesen werden, dass es sich um Noten aus der Serie handelte, aus welcher die Summe zusammengestellt war, die

Dübendorfer, der Merz' Neffe sei, und der Dritte, der Rathgeb, ein hübscher wie Antonio Lombardo, da bist du, Renner, zu jung, in den dreissiger Jahren oder wann, selber für ihn geschwärmt, nicht für Rathgeb, ein Nahredner, für Toni, die dann immer zu dritt auftreten abtreten in Kneipen auftrumpfen die Kleinen, wenn Alkohol alten Stolz aufleben lässt, sagte Ines, die Wärme im Bauch, mir, Joss kannst du solches nicht sagen, so nicht, ich erschlage dich mit der nackten Faust, ein Wort gibt das andere, Scheiben in Brüche, Entsetzen, hört mir zu, hört mir endlich zu, hätte geschrien Merz oder Dübendorfer, mit nackten Händen die ganzen Scheiben zwischen vorderer und hinterer Schankstube, Verzweiflung, zertrümmert, sagte Ines, so geht das immer, am andern Tage sei dann Merz mit verbundenen Händen wiedergekommen, müde, was gestern abend denn passiert sei, ob ich ihm jetzt zuhören möge, ich hörte ihm zu, sagte Ines, kaum geschlafen hatte er, ich konnte ihm nachher den Rems nicht geben, nicht weil er ein berühmter Mann sei, das spiele bei ihr, Ines, keine Rolle, nein, das nicht, wenn du ihn gehört hättest, wärst du mit mir einverstanden. Immer surrt ein Ventilator. Kein Programmheft braucht die Vorstellung zu erläutern. Lange schwinge die Saloontüre nach, wenn er,

zur Auslösung von Renato Mazzini, PCI-Mitglied und Gerichtspräsident in Mislano, an einem unbekannten Ort hinterlegt worden war. Die Polizei bedauert, diese heisse Spur nicht weiter verfolgen zu können, da Paolo V. behauptet, Barkeeper Luigi und er selber vermöchten sich auf keine

Merz, die Eleganz des unausweichlichen Count Down vorwegnehme. Rasch den Schauplatz verlassen, Rache vorbereiten, hörst du Little Richard schreien? Ob sie sich an Moor erinnere, an ihn und Moor, was jetzt läuft, hat mit Moor zu tun, ist das eine Menschendarstellung, sagte Merz, sagte Ines zu mir über die Tische hinweg, immer schreie Tiny Tim aus dem Wurlitzer oder Little Richard, drüben im Café Schlauch, dort gibt es eine Schallplatte, die musst du dir anhören, Ines, sagte Merz, das schönste Liebeslied, das er kenne, ein Liebesduett zwischen Louis Armstrong und Ella Fitzgerald, Louis und Ella, er sei sich jetzt gar nicht mehr so sicher, du wirst es finden, Ines, das schönste Liebeslied, das ich mir denken kann, ich muss einiges klarstellen, gestern, hast du gesehen, als er mich sah, als Moor mich erblickte, nachher, was nachher, ich erinnere mich nicht, die Scherben, meine Hände sind verbunden worden.

Hin und wieder fuhr Noser mit. Noser setzte sich dann, im Unterschied zu den nächtlichen Fahrten, nicht neben mich hin, sondern mit Merz auf den Rücksitz. Ich bin nicht aus dem Quartier, antwortete ich, notiere ich. Er habe gesehen, wie ich seit einer Weile, auch er müsse warten, ich hatte das Wagenfenster gegen die Strassenseite hin aufgekurbelt, ein

Weise an das Aussehen der beiden suspekten Gäste zu erinnern. Was hält die Polizei zurück? Der Maler Ernst Merz, dem aus seinem Wohnhaus und aus seinem Atelier im Kreis 4, dessen lebendige Atmosphäre er für sein Schaffen braucht, in einer einzigen Nacht ein ganzer Stapel eigener Radierungen und

Anflug von Märzensonne, über der Strasse einige Bäume, etwas Schnee, paarweise Betonunterstützungen für vorsorglich entfernte Sitzbänke, Schrittspuren überkreuzten sich, die nämlichen meist, schwarz glänzt beinah blendet Asphaltcowboy auch er müsse warten, er warte auf einen Freund, Freunde notiere ich, eine Umständlichkeit, berichtete ich etwas später, als Noser wiederkam, er habe mich warten sehen, über eine Stunde schon, sagte er, berichtete ich Noser, als er etwas später wiederkam, er mag mich oder uns beobachtet haben, sagte ich Noser, notiere ich, er habe sofort zu plaudern begonnen, das komme doch teuer, ein Taxi so lange warten zu lassen, es müsse sich um einen speziellen, wichtigen und wohlhabenden Kunden handeln, hoffe er, sagte er, er störe mich nicht, wenn er so, um sein Warten zu einem Reden zu machen, so mir nichts dir nichts mich anspreche, ob ich mich in dem Quartier auskenne, ob ich die Konditorei gekannt hätte, die sich gerade da drüben, er wies mit seiner linken entblössten Hand, in der rechten mit einem gelben Handschuh bekleideten trug er den linken Handschuh, weshalb ich dir das sage, Noser, werde ich Noser etwas später

Zeichnungen entwendet wurden — Merz beklagt auch den Verlust von Malereien —, konnte die Gesetzeshüter auch dann nicht zum Eingreifen bewegen, als Unbekannte, anscheinend im Besitz mindestens einer bedeutenden Radierung, sich beim Basler Galeristen Franz Eppler angelegent-

gesagt haben, Merz hatte mich auf Details und Nuancen zu achten aufgefordert, auf gerade das Gebäude, dessen Umgebung ich beobachtete, ein eher niedriges und etwas altertümliches Haus, sicher nicht älter als vielleicht fünfzig oder vierzig Jahre, das sah ich aus gewissen Eigenheiten der Fensterausgestaltung, ich erinnere mich, wie ich mit meiner Aufmerksamkeit bei dem Haus, insbesondere bei dem halb oder ganz durch hohe Büsche verborgenen Hauseingang hängen blieb, so dass ich den Sprecher nicht weiter beachtete, der weiter redete, als ob er mir Wichtiges mitteilte, ich erinnere mich, notiere ich, an Aussagen, die er mit dem Haus, das ich überwachte, in Verbindung brachte. Zuerst hätten die Eltern ihn hinausgeschmissen. Dann seien sie, die Eltern, vertrieben worden, da der Besitzer des Hauses gewechselt habe. Der Alte habe dann als Handlanger, in einer Handdruckerei, die einem Freund der Familie gehörte, gearbeitet. Nun pflegt er seinen Garten unter einer der Anflugschneisen zum Flughafen. Der Kunde, sagte der junge Mann, der hat es gut, eine Frau wie sie zur Hand zu haben. Sie warten schon lange, beunruhigt Sie das nicht, ob der Kunde nicht wiederkommt, der Mann kam mir jetzt unsicherer vor, ich erwarte Freunde, vielleicht ist etwas geschehen. Um die Kurve, auf deren Innenseite das von mir genauer betrachtete und von

lich nach dem Wert von Merzscher Grafik erkundigten. Zum Schluss wurde der Künstler gar zu dem Geständnis aufgefordert, er habe die Straftat — ob aus Publizitätsgründen oder wegen der Versicherungssumme — nur vorgetäuscht. Ein Glücksfall, dass ein Teil der Beute im Rahmen der Erpres-

dem jungen Mann erwähnte ehemalige Konditoreigebäude sich befand, näherte sich in geringem Tempo ein gelber, etwas schmutziger Opel Commodore, aus meiner Kindheit, notiere ich, habe ich die Angewohnheit, den Wagentyp sofort festzustellen, beibehalten. Mir schien, als ob der Mann, der sich noch immer gegen das Wagenfenster, das offen stand, und in dessen Öffnung ich meinen Unterarm stützte, innehielte, dem Fahrer des langsam und etwas stockend vorbeifahrenden Wagens ein Zeichen gäbe, was ich später Noser, kurz bevor auch Merz wieder auftauchte, hatte sich Noser zu mir in den Wagen gesetzt, beiläufig mitteilte, ich pflegte damals keine langen Geschichten zu machen, was auch Noser lieb war, denn Geschichten, das waren seine Angelegenheit, ich denke immer häufiger, dass Noser aus diesem Grunde so häufig mit mir und Merz mitgefahren war, ich notiere: auch mich hielt die Faszination des Kriminalstücks, das Merz zu inszenieren schien.

Zuerst, sagte ich Noser, war mir der Mann nicht aufgefallen, wie du weisst, sagte ich Noser, notiere ich, handelt es sich bei dem Quartier, wo ich an jenem Nachmittag auf dich und

sungsaffäre von Franco Esposito in der Nähe einer Gaststätte in Gudo aufgefunden wurde. Niemand sagt, dass er arbeiten, wieviel er arbeiten soll. Niemand fragt andererseits auch, ob er Lebensmittel braucht, welche er braucht, wieviel er braucht. Niemand kümmert sich um ihn, er existiert für

Merz warten musste, sage ich Noser, der im selben Zimmer wie ich sich aufhält, wenn er an einem Nachmittag vorbeischaut, auf einem Sessel in der Nähe des Fensters, von welchem aus er auch auf den Garten zwischen den Häusern blicken kann, während ich in meinen Notizen nach einer Einzelheit suche, sitzt, es handelt sich um ein Quartier, fahre ich weiter, in dem auch einige Hotelbetriebe und deshalb auch Hotelangestellte anzutreffen sind, ich hielt den Mann, sagte ich Noser, notiere ich weiter, für einen Hotelangestellten, einen Kellner, Zimmerstunde, man steht an der Sonne, palavert, die Zeit ist zu kurz, etwas anderes anzufangen, um kurz zu schlafen, man arbeitet schon seit sechs Uhr früh, ist Küchenbursche, Etagenkellner, man hat Auslauf, in einem solchen Quartier verliert man sich nicht leicht. Die Häuser in der Art von Malbuchseiten benützen, Stadtskizzen oder Stadtgemälde, Entwürfe sozusagen im Massstab eins zu eins, notiere ich.

Auf einmal war der Platz mit den Bäumen leer gewesen, ich hatte ihn auch noch nicht bemerkt gehabt, er muss sich hinter den Bäumen verborgen gehalten haben, sagte ich Noser dann, als wir noch nicht abgefahren waren, er war auf einmal neben meinem Wagen gestanden und hatte auf mich einzureden begonnen. High Noon vorüber, er halte es nie

die Gesellschaft nur in dem Masse, wie sein Produkt im Tausche von anderen genommen wird. Seine Existenz wird akzeptiert, wenn seine Arbeit akzeptiert wird. Als Privatperson ist er kein Gesellschaftsmitglied, ebenso ist seine Privatarbeit keine gesellschaftliche. Lesen Sie morgen unseren Spe-

lange alleine aus, als ob das ein Grund sei, mich anzureden, dachte ich, ein schwarzes Schaf wie der Onkel genügt, kannst wiederkommen, sobald du dich anders besonnen hast, ich hatte den Eindruck, einen von den dreien ›Jim Colosimo‹ vor mir zu haben, sind Sie Dübendorfer, warum, ist etwas los, er gehe nun.

Diese Szene wiederholte sich. Einmal Rathgeb, einmal Joss. Wieder Dübendorfer. Ob ich ihm zuhören möge, es müsse doch teuer sein, ein Taxi so lange warten zu lassen, entschuldigen Sie, störe ich Sie sicher nicht, Joss' Stimme brüchig, Rathgebs glatt, Lack, dachte ich, frisch gespritzt, ob ich ihm böse sei, weil er mich angesprochen habe, die Orte wechselten, die Quartiere, er selber halte es schlecht aus, alleine zu warten und die andern sind da drinnen, da in diesem Haus hier, eine Fotokopieranstalt, eine ehemalige Konditorei, ein ganz gewöhnliches Wohnhaus, ein neuerer Mehrfamilienblock, eine kleine Quartierbank, da in diesem Haus drin, die andern beiden, Dübendorfer wieder, lass sie reden, sagte Merz, ich liess Dübendorfer machen, immer klagte er, er zeigte, die da drinnen, auf das Gebäude der Druckerei, das von früher, das kommt dann hoch, ob es mir manchmal auch

zialbericht: Über den grauen Kunstmarkt erwerben Sie krisensicheren Kunstgenuss! Ein Insider packt aus. Es geht um unser kulturelles Erbe: Aus Kirchen, Museen und Galerien oder direkt beim Produzenten holen sich immer mehr Diebe immer mehr Kunstwerke. Allein in der Bundesrepublik ent-

so ergehe, dann müsse er reden, sonst, wenn nicht, dann
einen drehen, dreinschlagen, die Angst wegschlagen, einfach
um sich schlagen, reden, er habe mich warten sehen, redete
Dübendorfer, Merz und Noser waren drinnen, Moor war
drinnen, vielleicht auch Joss und Rathgeb, Dübendorfer
schaute mich nicht an, während er sprach, er blickte an mir
vorbei, ich war auf Vermutungen angewiesen, ich wollte mich
an Sachverhalte halten, Dübendorfer hielt sich an seine Klagen. Sehr tiny Nobody, dachte ich, erinnere ich mich. Immer
genau um neun Uhr. Die Herren am runden Tisch damals.
Gesten ernsthafter junger Männer. Sie, Ines, habe dann einiges mitangesehen, gehört auch. Sie hätten es nicht für nötig
befunden, ihre Stimmen zu dämpfen, wenn sie, Ines, in der
Nähe abräumte, mit dem feuchten Lappen über den Tisch
fuhr, hinter den Arbeitern her, nach deren Neunuhrpause.
Sie selber sei damals auch noch jünger gewesen, beinahe so
jung wie die Herren. In jener Zeit, glaube sie, damals nannten einige der Herren den vielleicht gegen die Vierzig gehen-
den Merz die Fürstin. Da sei auch, in der Zeit, das Gerücht
über den vergangenen Merz aufgekommen. Geschichten. Die
Freunde hätten Merz immer begleitet, wenn er nach einer

stand im letzten Jahr ein Schaden von 10,4 Mio. Mark. Auf-
klärungsquote unter 20%. Was wird mit dem Erlös finanziert? — Welche Wege geht die Beute, bis sie, vielleicht,
wieder auftaucht? Grauer Kunstmarkt: Unterstützen Bürger
mit ihren Kunstkäufen die Zerstörung der Demokratie? Ge-

guten Stunde, die manchmal den halben Tag dauerte, wieder ging. Moor, später auch Merlin, du weisst ja nun, wer Merlin ist. Viele hätten damals um Merz geworben. Sie glaube zwar nicht, sagte Ines über die Tische hinweg, sie war die ganze Zeit, während sie redete, beim Buffet stehen geblieben, dass Merz damals als Maler schon sehr bekannt gewesen sei. Ihr falle ein, sagte Ines, da sei oft von einem Haus die Rede gewesen, das Merz zu erwerben plane, das Merz erben würde, das Merz irgendwo in der Stadt entdeckt hätte, an einem Ort, wo keiner ein solches Haus vermute, ein Haus mit Saal, ein Haus mit Gartensaal, sie kenne solche Häuser, sagte Ines, oft handle es sich um eine Art Landhäuser mit vorgebauten Waschhäusern, die dann aufgestockt, mit einer Art intimem Gartensaal versehen, über eine Brücke vielleicht vom Haupthaus her zugänglich gemacht, rundherum Fenster, die Dekken und Wände, sagte Ines, hätte Merz auszumalen geplant, mit lustvollen Szenen Traumbildern, so stellte sie, Ines, sich das vor, seit sie einen gewissen Roman gelesen habe. Manchmal habe Merz, sagte Ines, seinen kleinen Neffen mitgebracht, mit wem sich dieser Neffe, dieser Dübendorfer, jetzt herumtreibt, sagte Ines heftig, notiere ich, Milch trinkt er

stern wurden nach mehrstündigen Verhandlungen der Geschworenen die Urteile im sogenannten Kritikerprozess gefällt. Mitglieder jener Bande, der auch der Anschlag gegen die Filiale der Kantonalbank im Industriequartier nachgewiesen wurde, konnten endlich der Entführung des Präsiden-

jetzt nicht mehr, gelegentlich habe ich, sagte Ines, für ihn über die Gasse einen halben Liter Milch besorgt, es kümmere einen, wenn eine einen schon als kleines Kind gekannt habe, sagte Ines, der kleine Prinz der Fürstin, hätten ihn die Herren manchmal geneckt, daran erinnere sie sich jetzt, sagte Ines, so ein Kind hätte sie sich damals gewünscht.

Er stört mich du störst mich ich störe es ist alles so laut geworden klar geworden es ist klar, dass sie jetzt schlafen muss, wenn sie nachts arbeiten soll, sie will nachts arbeiten, sagt sie. Ich störe sie wird doch schlafen ist sie müde, sie hatte immer einen tiefen Schlaf, sagt sie. Aufschreiben. Die Fakten sagt sie. Ich muss sie stören, ich komme nicht darum herum, sie muss verstehen, hörst du musst verstehen, schreie ich dann verstehen. Fixieren. Die Fakten muss sie, sagt sie. Tamar, du musst schlafen, sagt sie, du schläfst doch, ich störe dich doch nicht, ich möchte dich nicht stören, träumst du, Tamar, sagt sie, jetzt häufig, wenn sie nachts zurückkommt, wenn sie sich nachts an die Schreibmaschine hockt, träumst du, Tamar, sagt sie, es ist so laut in dem Zimmer. Gabrielas Zimmer nennen wir es niemand wohnt jetzt in dem Zimmer, ich halte das Zimmer für Gabriela frei, du, sage ich, ich

ten der eidgenössischen Kulturkommission überführt werden. Während der Untersuchung hatte sich herausgestellt, dass Aktionen gewisser Gruppierungen, deren Vorgehen in erschreckender Weise an jenes faschistischer Schlägertrupps zwischen den beiden Kriegen mahnt, nicht nur durch Über-

benütze dieses Zimmer, bis Gabriela einzieht, wenn ich nicht schlafen kann, höre ich dich schreiben. Ich benütze das Zimmer vorläufig, wenn Gabriela kommt, muss das Zimmer leer stehen, sage ich lege vorläufig eine Matratze auf den Fussboden, sage ich der Taxifahrerin, so nenne ich sie.

Im Treppenhaus ist es wie sonst, auch die Bananenkisten stehen wieder da mit meinen Büchern drin und Tamars unförmige Reisetasche, die sie heim und wegschleppt. Ich verlasse das Haus und spaziere in der Sonne. Wenn ich früh genug zurückkomme oder morgen stelle ich mein Zimmer um, auch wenn Tamar dagegen ist, da sie befürchtet, deshalb selber umstellen zu müssen. Die Arbeit ist wie sonst, auch wenn Tamar dagegen ist. Es hälfe nichts, wenn ich Tamar häufiger zuhören könnte. An den Orten hängen die Szenen, sagt Tamar. Die dösen dort herum. Da war doch noch etwas, das mich anging, sage ich Tamar, ich kann es nicht erwischen, Leute um einen Tisch, ausflüchtende Rücken, Sitzungszimmer, einige verlassen den Raum.

fälle und Erpressung, sondern vor allem auch durch gezielten Kunstraub finanziert wurden. Dabei leisteten ihnen Kunstkritiker — ungewollte? bis jetzt konnten keine Anklagen formuliert werden — Dienste. Ein Markt braucht objektive Kriterien — Bongard erfindet sie ihm. Nach einem Punkte-

Nass schwer kalt werden und die Wolle beginnt zu stinken. Tamar war weiter gelaufen, die eisige Bise am Fluss, die Dünste, die Nebel, aus der Waschbärjacke, aus dem Flusswasser, Nebeltropfen oder giftige Schwaden, Tamar sitzt hoch oben auf der Bockleiter und bringt mit dem Lammfellroller weisse Farbe an die Gipsdecke, dieses dritte wird ein weisses Zimmer, Tamar bestimmt, ich habe mich einzurichten, siehst du, sagt sie, ich lief den Maskierten in die Arme, ich schlüpfte in ihre Pelze in ihre Masken ihre Wörter, garantiert nicht tropfend vor Tropfen wird nicht gewarnt, die von Decken fallen, ungeheissen sind die modernen Design-Techniken, sie fallen immer dichter, geh aus dem Zimmer, pass auf deine neuen Kleider auf, trägst du, ist Sonntag? Kleider, sagtest du, so kannst Tamar du nicht arbeiten, in solchen Kleidern, Farbtropfen immer dichter fallen Farbtropfen, seit wann fürchtest du dich so. Um gegen sie aufzukommen, zerbreche ich jeden Satz, der mir in die Ohren gerät, in einzelne Silben.

Sommerhochnebel, sagt sie. Smog über Los Angeles. Kein Verkehr auf der Strasse. Stille. Keine Fussgängerschritte. Kein Auto kein Fahrrad kein. Es ist ganz still. Zwischen den Wörtern ist es ganz still. Hörst du? Hörst du die Pausen zwischen den Wörtern. Die Pausen werden länger. Hörst du?

system wird hier jeder Künstler bewertet — aufgrund seiner Ausstellungen, der Orte, an denen sie stattfanden, der Zeitungen und Zeitschriften, die darüber berichtet haben, der Abhandlungen, in denen sein Name vorkam, und der Kritiker, die ihn erwähnt haben. Eine Erwähnung im ›Modern

Hörst du die Tropfen auf die farbfeuchten Zeitungen schlagen? Geh den Tropfen aus dem Fallweg, du störst die Tropfen. Stell dich auf die Schwelle der Türe zum Korridor. Stelle dich auf die Schwelle der Türe zum Treppenhaus, stell dich weg, ich bitte dich. Sie sei nur müde gewesen, sehr müde. An die Mauer habe ich mich gelehnt, sagte Tamar, habe ich Noser gesagt, sehr müde bin ich, sehr verflüchtet, ich habe nicht gewartet, ich habe nicht gedacht ich habe nicht mich gedacht. Nicht kommst du vertraut und doch bald wirst du fünfundzwanzig sein, Tamar ganz leise, was sträubst du dich noch Tamar, vielleicht hat dir der Mann nur eine Stelle angeboten? Soviel Hass in der Stimme. Ich lief mit. Ein Stück Strasse weit mit den Maskierten, es schneite schneite mitten in meinen zerbrochenen Puppenkopf vereise aber sofort, bloss ist mein Puppenkopf und zerbrochen nur es ist kalt, wenn es schneit zieh die Handschuhe an die Buben laufen geschwind, wenn es schneit so kalt schön und so schön dunkel, wenn ich die Figuren nicht zu fürchten brauche, keine Angst keine Angst tröstet Tamar. Ich werde eure Kartonleiber nicht zerreissen, kein falscher Knick wird einen

Art› zum Beispiel gibt 100 Punkte, eine in ›Arte Moderna‹ nur 50. Je weiter oben ein Künstler auf dieser Liste steht, desto eher, sagt Bongard, ist für ihn eine Wertsteigerung zu erhoffen. Es ist klar, auf welche Weise sich hier die Katze in den Schwanz beisst. Die Galeristen, Museumskustoden, Kri-

eurer Arme verunstalten, ihr werdet euch nicht mehr an mir stossen, ich bin jetzt eine von euch, das habt ihr doch gewollt, jetzt werdet ihr mich nie mehr alleine lassen? Jetzt werdet ihr die Türen nicht mehr vor mir abschliessen. In der Puppenklinik habe ich mich ausgetauscht.

Sehr laut dröhnte ihre Musik die grosse Trommel durch das Schaufenster, Sambarhythmen, Walzer, Klarinette, Tuba, sie konnten mich darum nicht hören, sie konnten nicht hören, wie ich wie sie sang, tonlos den Mund auf und zu sperrte, im Rhythmus der Musik. Der Schritte, die ich dazu nahm. Warenannahme. Wo ist der Lieferanteneingang. Wer liefert mich aus. Ich nehme mich an als Ware. Ihr nehmt mich an als Puppe. Benützen Sie bitte den Lieferanteneingang. Ich biete mich an. Schönes Fräulein. Schöne Puppe, was kostest du. Wer mich ausliefert, nimmt mich mir ab. Es schneite in meinen zerbrochenen Puppenkopf.

Gabriela, sie, sagte Tamar, hatte sich vor Störungen zu schützen gewusst. Geh' weg, hatte Gabriela gefaucht, verreise. Wohin sollte ich verreisen, sagte Tamar, ich nahm sie beim Wort, Verreisen, dabei war ich noch nicht angelangt. Innehalten, bloss stillhalten, sagte ich zu mir, ich musste

tiker und Kunstschriftsteller, also die Kunstwelt insgesamt, die einen Künstler vielleicht nur durch das Zusammentreffen von Zufällen in diese Liste katapultiert haben, nehmen ihrerseits wieder diese Liste als einen objektiven Gradmesser, und die Schraube kann sich um eine Umdrehung weiter drehen.

mich abstützen die Mauer im Rücken fühlen die Spuren, die die Mauer in die Haut meines Rückens drückte, feststellen, ich war an Gabrielas Stelle gestanden, ich hatte sie nicht vertreten, bloss Eine wollte ich sein. Ich war an ihre Stelle getreten, Gabriela unterschied sich, was bildest du dir ein.

Es schneite in meinen zerbrochenen Puppenkopf, tagelang, drei nächtelang vielleicht, regnete es in meinen Porzellankopf, es war mir nicht gelungen, mich in eine richtige Plastikpuppe austauschen zu lassen, es waren keine Plastikpuppen in meiner Grösse vorrätig gewesen, ich müsse bedenken, die Ausstellungen. Dann verhüllte Nebel den klaffenden Riss in meiner Puppenschädeldecke und die Zeitungsfrau gab mir eine Zeitung und ich faltete einen Zeitungshut und die Zeitungsfrau zeigte mir, wie ich zu ›Hintermann‹ gelangen würde, sagte Tamar, lese ich in meinen Notizen, sage ich Noser. Ich ordne meine Notizen, sage ich Noser, Noser, sind die Kirschen bald reif?

Gabriela, die weiter auf Kunden wartete, unberührt, ich dachte, wir warten beide, wie komme ich dazu, notierte ich, lese ich jetzt, sie und ich zusammenzunehmen, was habe ich mit Gabriela, hatte ich notiert. Ich hatte damals immer ein kleines Notizbuch neben mir auf dem Sitz liegen, um irgend-

Dazu kommt, dass Bilder, anders als Theaterstücke oder Bücher oder Personenwagen, keinen öffentlichen Markt haben, auf dem das Publikum seine Wertschätzung ausdrücken kann. Bilder sind stets nur einer verschwindenden Zahl von Betrachtern zugänglich: das heisst, dass ihr allfälliges Re-

welche Besonderheiten zu notieren, oder was ich zu erledigen hatte. Doch wie kam ich selbst dazu, die Fremde, die zwischen ihr und mir besteht, auch wenn wir hin und wieder einige Wörter uns über den Platz zuspielten, in der Vorstellung aufzuheben?

Jetzt arbeitet Gabriela ohne Beschützer, sage ich Noser. Meist kam Gabriela so gegen sechs Uhr abends ein erstes Mal auf den Platz. Dienstag bis Freitag schaute ich ihr zu, wie sie wartete, schaute sie mir zu. Niemand soll wissen, dass sie mehr Geld und niemand soll wissen, was sie in der Stadt tut. Möglicherweise arbeitet sie tagüber als Angestellte. Ich stellte mir vor, wie sie mit dem ersten Zug aus der Stadt fährt. Vielleicht trägt sie, stellte ich mir vor, sage ich Noser, im Vorort einen andern Namen, Ritzmann hält sie als Gabriela, ja. Liebte Gabriela Ritzmann? Hielt sie Ritzmann hin? Ich stellte mir vor, sage ich Noser, die Bar, wo sich nun Merz aufhielt, halbleer. Wollmäntel dampfen, Gabriela noch stumpf, stumm, noch die Geräusche von Fakturiermaschinen in den Ohren, Ritzmanns wütendes Schimpfen mischt sich dazu, sie wird schon in Schwung kommen, sie wird schon arbeiten, ihre Stimme fremd in ihren Ohren.

nommée stets nur unter einer mikroskopischen Zahl von Kennern ausgemacht wird. Dazu sagt Ferdinando Scianna in der italienischen Zeitschrift ›Epoca‹: ›Da eine wirkliche Beziehung zwischen dem Publikum und dem Künstler nicht möglich ist, haben die Werke die Vermittlung des Kritikers

Die Bilder überlagern sich, die Konturen verschwimmen im
Regen, durchnässt steht eine Frau noch an der Ecke dort.
Eisregen dann, erinnere ich mich, sage ich Noser, der steht
am Fenster und macht mich auf ein Näherkommen des
möglichen Gewitters aufmerksam. Ich hörte den Eisregen
auf das Dach meines Wagens schlagen, ich sah das Regen-
wasser über die Frontscheibe rinnen, sofort sah ich, was sich
ausserhalb befand, nicht mehr klar, es war mir unmöglich, zu
erkennen, wer dort stand, ich schaute zu, wie etwas Dunkles,
Menschenartiges die Gasse herunterlief oder glitt, anzuhalten
versuchte, sich aufzuhalten, abzuhalten versuchte, auf den
Platz glitt oder den Platz betrat, weiterlief oder ausrutschte
über den Platz in Richtung Fluss oder See, woher ich Re-
genklänge die Klänge fasnächtlicher Musik schwach hörte,
der Regen fiel stärker. Vielleicht hatte Merlin auf Tamar
gewartet, der Regen fiel jetzt sehr dicht, ich sah nur noch
Unterschiede der Lichtstärke, etwas wie ein Baumeln von
Strassenlaternen, das Innere der Scheiben hatte sich nun
beschlagen manchmal hörte ich Schritte. Eine unklare Situation, dann öffnete ich das Handschuhfach, zündete eine
Zigarette an. Noser hatte Tamar in jener Nacht gesehen.

Das Prasseln der erwachsenen Lacher, wenn das Kind aus-
sagt, und das plötzliche Weinen dieses Kindes. Ich rieb die

nötig, der, da es sich um eine reine Marktsituation handelt,
praktisch dazu gezwungen ist, ob er will oder nicht, der zu
sein, der schliesslich das Preisschildchen an einem Bild anbringt.‹ Das Marktprinzip von Angebot und Nachfrage spielt
also nur bedingt; sonst müsste es für unverkäufliche Künst-

Frontscheibe von innen her klar. Dann hörte auch der Eisregen auf. Ich stieg aus und kratzte die Eisschicht ab. Venedigstrasse zwei, sage ich Noser, ein Kunde, der mit Bernas angesprochen wurde, eine Strasse, die nicht mehr existierte, ich fuhr dorthin, wie man mich geheissen hatte. Bei Merz war in der gleichen Nacht eingebrochen worden. Tamar hatte auf meinen Gruss nicht reagiert, antwortete Noser.

Verschieben Immer wieder Noser, immer wieder: Brunnenhofstrasse 4. Wenn er ins Reden kommt: eitel sich zuhörend. Du weisst jetzt *aufdrängen* Du weisst jetzt, sagte Noser plötzlich, als ich, vom Quai her, den Wagen gedankenlos in die Fahrspur lenkte, die mir erlaubte, mühelos in die Richtung abzubiegen, die ich gewöhnlich mit Noser wählte, um rasch genug Brunnenhofstrasse 4 zu erreichen, du weisst jetzt, dass ich oft, nahezu täglich, bestimmte Orte in gewissen Quartieren aufsuche in der Gewissheit, dort merkwürdige Gegebenheiten aufzuspüren, mir merkwürdige und bedeutsame Begebenheiten, während du mit Merz herumfährst. Die Orte wechseln. Damit wechselt auch die Blickrichtung. Oft scheint zusammenzuhängen, was getrennt auftritt. Wiederholt durchquert ihr, du mit Merz, mein Blickfeld. Letzte Nacht liess ich mich zuerst dazu verlocken, mich eine Weile auf die abbröckelnde Sandsteinbrüstung einer der älteren

ler eine Art Nullpreise geben. Kunstpreise sind aber auch keine Leistungspreise nach dem Prinzip so und so lange an einem Bild gearbeitet = der und der Preis. So ist der Fall üblich, dass ein Galerist oder mehrere Galerien miteinander für einen Künstler, den sie hinausbringen wollen, eine Art

Brücken, die alte Stadt mit alter Stadt verhängt, zu hocken, um, wie ich dies liebe, mit Blicken zu verfolgen, diesmal einen Haufen tanzender Liliengärten, die zwischen Baustellengerüsten und Tramgeleisen entlang flussaufwärts wogten, Flötenschnörkel in die Nässe der letzten Fasnachtsnacht zeichnend, Trommelwirbel mit Schneeflockengewirbel verreibend. Tamar wogte mit, die einzige, die, ohne Verkleidung mitlief, sinnlos, ihr nachzurufen, liess sie sich treiben oder trieb sie die andern, die Liliengebüsche? Ich blieb nicht lange, mich trieb es weiter, ich eilte weiter, über die Brücke in die leere City, da hörst du die eigenen Schritte wieder, dein eigenes Wort verstehst du wieder, nachts laufen die Rolltreppen für sich ganz von alleine, ein leichter Vorhang aus angewärmter Strassenlust verweht noch immer in ihren verspiegelten Fassaden das Lachen der Tanzenden in ihren blinden Gängen, wer da? Leichter Rauhreif frühmorgens. Freinacht. Ich liebe es, sagte *verkennen* Ich liebe es, sagte Noser, mich dort, also in der Amsel, auch mit Freunden zu treffen. Zu gewissen Abendstunden ist es dort still und ruhig, wie an wenigen andern Orten auf dieser rechten Seite des Flusses. Während anderer Abendstunden: still, jedoch Erregung, der Nachbar an der Theke ist weggetreten, wer wählt wen? Dann nichts von geheimer Besprechung, keine verborgenen Abmachungen oder so tun, als ob ein Liebespaar den Raum verliesse,

Phantasiepreis festsetzen. Der Preis soll dann einen Wert bestätigen, den der Künstler noch gar nicht hat. Wie der Käufer, auch der Sammler, allerdings durch öffentliche Meinung und insbesondere durch die Kunstkritik manipuliert werden kann, hat jüngst der New Yorker Tom Wolfe in seiner

nein, ein Abgehen, ein Tun, ein Wissen. Kein Geruch von Einmaligkeit soll gewahrt werden. Stille Verhandlungen, ruhiges Begutachten, doch leichte Verlegenheit, sagte Noser, das *veräussern* Doch leichte Verlegenheit, das stelle er immer fest. Deshalb wird es selten laut, dort, in der Mitte jeder Nacht, wenn aus anderen Lokalen wegen alltäglicher und vorgeschriebener Polizeistunde Ausgewiesene hordenweise einbrechen. Ich gesellte mich *entwenden* Ich gesellte mich also, nachdem ich die Liliengärten aus den Augen verloren hatte und damit auch Tamar, allein wie alle andern, wie jede andere Nacht, fügte mich in die Reihe der an der Bar wartenden Männer und schaute mich um. Ich erblickte einen freien Platz an einem besser gelegenen, kleinen Tisch.

Trotz schlechter Sicht genau zuhören, dachte ich, Schnee fiel nun sehr dicht, so dass die Scheibenwischer ein nur mehr sehr eingeschränktes Sichtfeld freischabten.

Zurücktreten Sagte Noser dann, er sei zu dem kleinen Tisch hinübergewechselt, in der Absicht, die beiden weiteren Sessel sobald wie möglich für sich zu beanspruchen. Ich ging, es handelt sich um die letzte der Fasnachtsnächte, wie ich dir gesagt habe, sagte Noser, nicht bloss an den süss lockenden Damen, die hier arbeiten, an verstaubten Herren, wie sonst,

Satire ›Das gemalte Wort‹ ätzend karikiert. Wieviele Lokale werden noch geschlossen? Nach einer Razzia hat die Wirtschaftspolizei der Stadt Zürich in Zusammenarbeit mit der Kriminal- und Sittenpolizei die Schliessung des berüchtigten und beliebten Nachtlokals an der Brauerstrasse, des ›Hinter-

vorbei, sondern drängte mich vor allem zwischen Maskierten durch, die sich, während sie auf das übliche Gratisgetränk warteten, ihre glänzenden Gesichter aufzufrischen bemühten, Gold diesmal. An den üblichen, Posten stehenden Hells Angels vorbei, trotz Fasnacht alles wie sonst, dachte ich, sagte Noser. Ich grüsste sie *handeln* Ich grüsste sie, sagte Noser, ich setzte mich schliesslich nicht an den kleinen Tisch, da er unterdessen von weiteren Maskierten belegt worden war, sondern auf die rotgepolsterte Bank nahe bei der Bar und beim Durchgang zum Kabarett, ich setzte mich dorthin, ohne auf die missbilligenden Mienen der beiden zu achten, üblicherweise, sagte Noser, wagt sich an diesen Tisch kein Gast zu setzen, da dies der Ort ist, woher die Herren Lokal und Geschehen, die Geschäfte halt, beobachten und überwachen, was sich so anbahnt, was wie ausgetragen wird, woher sie auch eingreifen, wenn ihr Auftritt ansteht, sagte *veräussern* Von dem Tisch aus greifen sie ein, wenn es soweit ist, sagte Noser. Er habe sich, sagte Noser, plötzlich unbehaglich gefühlt, dabei festgestellt, dass die Unruhe der beiden Hells Angels oder Gorillen nicht so sehr ihm gegolten habe, sondern der Szene, zu der er, wie er nun anzunehmen berechtigt sei, von ihnen als Figur miteinbezogen worden sei. Heute, sagte

mann‹, wie es nach dem langjährigen Geranten genannt wird — offiziell heisst es ›Zur weissen Tulpe‹ — angedroht. Fällt der Polizei nichts anderes zur Verbrechensbekämpfung ein? Lokale wie das ›Hintermann‹ sind vor allem Orte, an welchen Entwurzelte so etwas wie eine Stube finden.

Noser, habe er zu sich gesagt, beherrschen weder die Gorillen wirklich die Szene, noch sind die Herren im Lokal anwesend.

Wenn das so weiter schneit, das Chaos, das dann wieder herrschen wird. Grösste Aufmerksamkeit. Eine Weile schwieg Noser.

Benützen Ich also, sagte Noser nach einer kurzen Redepause, während welcher ich mich ausschliesslich auf die Fahrt auf vom neuen Schnee und dem darunterliegenden, glatten Eis oder zu Eis festgefahrenen Schnee äusserst unsicheren Strassen konzentrieren konnte, ich also am Tisch der Herren. Links die lange Theke: sich spiegelnd hinter Flaschen und so verdoppelt Kellner Huren Kunden Luigis Tanz. Mir gegenüber, jedoch in grosser Entfernung, der Ausgang zum kleinen Platz, wo du möglicherweise auf Fahrgäste zu warten hattest, die Aussentüre vom Windfang verdeckt, der jeweils während der Dauer der Kälte eingesetzt wird, einen Stauraum bildet, sagte Noser, der hie und da ein Weib, sagte *anbieten* Ein Stauraum der Windfang, sagte Noser, der Männer, hin und wieder eine Frau hereintropfen lässt. Wer einen Platz sucht, löst schärfer prüfende Blicke *verkennen* schärfer prüfende Blicke als sonst, sei ihm aufgefallen, sagte Noser,

Spektakulärer Auffahrunfall an der Brauerstrasse. Ohne Zeichen auf die Fahrbahn. Sie sei langsam durch die Brauerstrasse stadtauswärts gefahren, erklärt die Taxifahrerin R., und habe eine bestimmte Hausnummer gesucht. Dabei sei ihr aufgefallen, dass sich in der Reihe der parkierten Wagen

hätte ausgelöst, wer einen Platz suchte. Drei der anwesenden Gäste schienen zunächst nur mir aufzufallen. Ich war mit nichts Besonderem beschäftigt, weder suchte ich Vergnügen noch musste ich aufpassen. Dann fiel mir einer auf, der an der Bar zwischen anderen Männern und mit den Huren sass und zu den dreien hinüberblickte, als ob es da etwas Bestimmtes zu sehen gäbe. Ein verräterisches Herunterspulen von Text vielleicht? Überstürzen? Dann *widerstreben* Dann, sagte Noser, sprach niemand mehr zutraulich Zutrauen mimend, angestrengtes Vorbeiblicken nun Vorbeireden. Das Lokal jetzt überfüllt ein Gedränge, doch deutlich drei dort an Tischen einer an der Bar in den Lokalen Polizeistunde hier nicht, sagte *verschieben* Hier war es nun nicht mehr still und ruhig, still und beunruhigend plötzlich, sagte Noser, im ganzen Schankraum ein Gedränge, eine Enge, dann erst, sagte Noser, fiel mir Merz auf, er war plötzlich dagewesen, in einiger Entfernung von mir, lauerte, wartete, sein Gesicht schweissnass und angestrengt, Count Down, Spieler spielen, Hänger hängen herum, ein Gedränge, Held tritt auf, Stille, die Saloontüren pendeln langsam in ihre Ruhestellung zurück, kein Schuss. Fällt. Der Rächer blaublond. Revolverdunst *zurücktreten* Revolverdunst, sagte Noser, Deep Night. Angst und Schnapsdunst. Angst und Geilheit. Und alle wären dabei gewesen? Oder die blosse Hoffnung, noch einmal davonzu-

mehrere Taxis befanden, was ihr ungewöhnlich erschienen sei. Und dann sei es geschehen. Knapp vor ihr sei er aus dem Parkplatz weggefahren. Eines jener gelben New York Taxis, dessen sei sie sicher. Um einen Zusammenstoss zu vermeiden, habe sie abrupt gebremst. ›Und schon krachte es hinter mir.

kommen vor Lokalschluss, sagte *abdrücken* Ich sah, sagte Noser, wie Luigi langsam, ungeschickt, den Korken mit flatternden Händen der bestellten Champagnerflasche, ich beobachtete den Vorgang trotz Gedränge, ich sah das alles gespiegelt hinter den Flaschen, ich setzte Vorgänge zusammen, Menschen, ich ergänzte Bruchstücke zu sinnvollen Gestalten, ich hatte Merz aus Spiegelbildteilen und Vorstellungen zusammengesetzt, die Vorstellung hatte schon begonnen, verstummt, schaute Luigi zu, wie Champagnerschaum über seine Hände floss, da war Merz schon aufgestanden. Neben ein Glas auf der Theke legte er Banknoten und sagte ruhig: Diese Geld gehört mir nicht. Es muss sich um ein Missverständnis handeln. Die Herren Eigentümer sitzen hier im Lokal. Du musst sie, sagte Noser, das Haus betreten *zurückgehen* Du musst sie gesehen haben, sagte Noser, wie sie das Haus betreten haben, jene und andere, unscharf durch den dicht fallenden Regen, Schnee dann später, sagte Noser, ich vermute, dass es sich um Personen handelt, die wir noch treffen werden, sagte *ausbeuten* Es gab kein Drängen, Merz drängte sich nicht zum Ausgang. Ich folgte Merz nicht sogleich, sagte Noser, keiner setzte sich mehr in den Sessel, den

Ich bin noch ganz durcheinander.‹ Ein Taxi derselben Firma New York Taxi habe sie von hinten gerammt. Die Taxifahrerin vermutet, man habe es aus gewissen Gründen auf sie abgesehen: Das Taxi sei direkt aus dem Parkplatz auf sie losgefahren. Ein Passant, der den Vorgang beobachtet hatte,

Merz benützt hatte, seine Stellung blieb offen, sagte Noser, niemand nahm sogleich die Geldscheine an sich, die Merz neben das Glas jenes auffälligen einen Beobachters an der Bar gelegt hatte, niemand hinderte mich, das Geld an mich zu nehmen. Sie taten, als wäre ich der Herr Eigentümer. Doch, einer griff rasch zu, Luigi, der Barkeeper, Merz mochte ihm einiges schuldig geblieben sein. Sagte Noser.

Das Schneetreiben hatte etwas nachgelassen. Auf einer flachen Strecke hielt ich den Wagen an, stieg aus und kratzte die Schneeschicht, die die Sicht allmählich bedrohlich behinderte, mit einem Schaber weg.

Begehren Sagte Noser dann, mit ›He, Schöner‹ sei er dann angesprochen worden, als er vom Platz her, auf welchem er mich warten sehen hätte, die Gasse hoch wollte. Eine dunkle Stimme, doch, Merzstimme. ›He, Schöner, kommst du endlich, hast du das Geld genommen?‹ Er sei verwirrt stehen geblieben. Er sei der erste gewesen, der nach Merz das Lokal verlassen hätte, bis er hinter Merz her gegangen sei, hätte sich noch keine und keiner gerührt gehabt. ›Hast du das Geld

alarmierte sofort die Polizei. Doch bis der Streifenwagen eintraf, waren die am Unfall beteiligten Taxis verschwunden. Auch die anderen, wartenden Taxis hätten es plötzlich eilig gehabt, meint die verunfallte Fahrerin. Bei der Taxifahrerin R. handelt es sich um dieselbe Person, die schon im Zusam-

gezählt? Weisst du, wieviel du mitlaufen lässt? Soviel, wie drei meiner Gemälde oder vier gehandelt werden oder eine Unmenge von Zeichnungen oder zwei Dutzend Radierungen. Letzte Nacht oder frühmorgens haben sie die Zeichnungen abgeholt, alles, was ich in den letzten paar Monaten gemacht habe, drei Gemälde auch, aus meinem Haus abgeholt, einiges auch aus dem Atelier an der Schlachthofstrasse, du kennst es, du kennst das eine Bild, ›Stadtzerstörung Blick des Künstlers auf Hintermann‹. Ich habe da meine Vermutungen. Oder auch nicht. Komm, Schöner, komm geh mit, du wirst doch deinen Merz jetzt nicht alleine lassen. Komm, geh, jetzt ist es zu spät. Treffen wir uns morgen. Und organisiere einen Wagen. Sagte *anbieten* Sagte Noser dann, er sei noch einmal zurück in die ›Amsel‹ gegangen. Nichts weiter Auffälliges sei bis zur Schliessung des Lokals um fünf Uhr vorgefallen. *abholen* Ich bin ein Vorwand, habe er *verdingen* Erst habe er Merz, sagte Noser, einen, der neu für New York Taxi fährt, vorgeschlagen, da diese Firma nicht gegen ungewöhnliche Aufträge eingestellt sei, wie man wisse. Nein, dieses Mal nicht, er habe so seine Vermutungen, habe Merz erwidert, sagte Noser.

menhang mit der Affäre Beer aussagte. Der Polizeisprecher meinte aber, es sei noch zu früh, einen Zusammenhang zwischen diesem Unfall und jenen Vorkommnissen anzunehmen. Es sei zu bedenken, dass die Frau seit Tagen beinahe ausschliesslich den Maler Ernst Merz in der Stadt herumchauf-

Während zweier Wochen, notiere ich weiter, tat ich für Merz Dinge, die nicht zu meiner Arbeit gehörten. Hast du deine Tabletten genommen, fragte ich ihn schon am dritten Tag, als ich ihn vor der Stadt draussen nicht weit von seinem Wohnhaus abholte. Auf seinen Wunsch hin begann ich vom fünften Tag an alle Zeitungsausschnitte, die sich mit Kunstraub, Kunsthandel, Kunstbesitz, Kunstproduktion befassten, auszuschneiden und in eine Schachtel abzulegen. Ich ging so weit, dass ich die Packen alter Zeitungen, die schon auf der obersten Stufe der Kellertreppe bereit lagen, um abgeholt und wiederverwertet zu werden, aufschnürte und in freien Augenblicken genau nach den gewünschten Informationen durchsuchte. Noser habe ihn, Merz, darüber informiert, dass ich früher als wissenschaftliche Sekretärin gearbeitet hätte. Für Merz las ich und blätterte und schnitt aus, obwohl ich vor Erschöpfung kaum mehr konnte, denn Merz' Arbeitstage bestanden aus weit mehr Stunden als die Arbeitstage, deren Dauer ich bestimmte. Ich informierte mich über alles, was mit Kunst zusammenhing, nicht aus Interesse an der Sache. Ich notiere: Der Opel, den ich dann auf Abzahlung erwarb, hat sich bewährt. Ich fahre ihn noch jetzt.

fiere. Dieser sei selber am 28. Februar Opfer eines Raubüberfalls geworden und vermisse seither eine Anzahl seiner neuesten Werke: ›Sehr wahrscheinlich sollte die Taxifahrerin eingeschüchtert werden.‹ Die Polizei bittet die Bevölkerung, speziell auch Garagisten und Carosseriespengler, um Hin-

Abrücken Ich registrierte, wie sorgfältig Noser sprach, wenn er erzählte, was er beobachtet hatte. Ohne mich zu wundern, notiere ich, habe ich Noser gesagt, fuhr ich Merz immer wieder dorthin, wohin zu fahren er mir auftrug. Nosers Erklärungen dieser Fahrten genügten mir zunächst. Ich tat, was Merz mir auftrug. Ich dachte mir nichts dabei, ich registrierte. Damals hatte ich mir die Gewohnheit, zu registrieren, was ich während meiner Arbeit sah oder hörte, noch nicht ausgetrieben. Ich registrierte, speicherte. Merz, die Bedeutung liegt in den Fakten, hätte ich Merz sagen können, Merz war anderer Meinung. Da dein Auftrag unscharf war, könnte ich Merz sagen, verselbständigte sich das Beobachten, ich wurde Beobachterin nicht in deinem, sondern in meinem Auftrag, und, als mich dann Tamar nach dir zu fragen angefangen hat, Beobachterin meiner Erinnerungen in ihrem Auftrag.

Wetter. Sichtverhältnisse. Fahrsicht. Möglicherweise leichter Nebel. Möglicherweise Morgennebel. Ende Februar oder erster Märztag. Möglich, dass auch Glatteis meine Aufmerksamkeit erfordert hatte. An exponierten Lagen Glatteisbildung. Wenig Nachtruhe. Lange Tage. Nachtfahrten. Müdes Transportgesicht morgens im Spiegel. Zwei Tage mit Merz

weise. Bei dem gesuchten Wagen handelt es sich um einen gelben Opel vom Typ ›Commodore‹, mit oder ohne gelbe Taxikennlampe der Firma ›New York Taxi‹, der vorne Beschädigungen aufweist. Als er seine letzte grosse Ausstellung in Mailand hatte, im März werden es zwei Jahre sein, erwar-

unterwegs. Absicht, seine? Mangelnde Klarsicht. An den folgenden Tagen eher Schrägsicht. Hole mich da und da ab. Fahre mich dort und dort hin. Gegen neun Uhr. In zwei Stunden. Bei mir oben, an der Burgackerstrasse.

Eine klare Nacht. Zweiter Merztag. Gewohnheiten durchbrochen. Hinblicke. Eine klare Nacht, sagst du Noser. Ich behaupte Nebelbänke. Hinsicht erschwert. Auch tags dunkle Stadtstrassen. Zeiten, Orte, die bestimmte mir Merz. Hinweise. Zusammentreffen. Ich erinnere dichten Eisregen. Insicht. Auf der Windschutzscheibe erstarrt Wasser zu trüber Schutzschicht. Verspätungen. Gleiten. Warnung vor Eisglätte. Unbegründet hatte Merz mich frei gegeben.

Umsicht. Dübendorfer finden. Ich muss heute abend noch mit ihm sprechen. Ein Merzsatz und kein Merzsatz. Besorgnis. *Schneetreiben.* Und wenn der andere mit ihm ist, sagte Merz, sage ich Noser, der Zauberer mit dem passenden Namen, Verhängblick, wenn Merlin ins Flunkern gerät, Aufsehen, die üblichen Tauben oder Amseln auffliegen lässt, niemand weiss, woher er sie nimmt, Unterwerfblick, fürchte ich um ihn. Die Sichtverhältnisse sind schlechter geworden. Dübendorfer finden. *Abhängigkeiten.* Merlin, der seiner Sache nicht mehr so ganz sicher ist, auffliegen lassen. Woher er die

tete er einige seiner Freunde, Schriftsteller und Künstler; mit Ausnahme von Giovanni Testori und meiner Person kam niemand, von der Kunstzunft schon gar nicht, keine Kritiker, fast keine, und keine Kunsthausdirektoren. ›Wir werden also unter uns sein‹, schrieb er mir Ende Februar 1976

Tauben nimmt, will keiner wissen, Geldscheine aus fremden Taschen in fremde Beutel lässt Zauberer gleiten. Der Besitzer sitzt da und staunt. *Absehen.* Ich muss heute abend noch mit Dübendorfer reden. Ein Missverständnis, Merz. Musst mich nicht missverstehen, Merz. Ich bin doch nicht gegen dich, Merz. Hinsehen, Merz. *Machtverhältnisse.* Voraussicht. Nachlassende Schneefälle. Du musst verstehen, Merz. Ich bin ja nicht gegen dich. Ich bin verpflichtet. Wahrig. Ich bin Wahrig verpflichtet. Nicht so, wie du das verstehst. Nur mitgespielt, Merz. Diesmal habe ich nur mitgespielt. Du bist ja zu Geld gekommen, sagt Merlin, sagte Merz, notiere ich. Für mich muss er keine Kritiken schreiben, Gaukler bespricht er nicht. Für meine Bilder muss er keine Käufer interessieren. Schräggesicht, notiere ich. Absicht. *Schneeglätte.* Vorsicht. Dübendorfer finden. Gegen Abend waren wir, Merz auf dem Rücksitz wie sonst, und ich, vom Haus an der Burgackerstrasse weggefahren. Merz hatte da längere Gespräche mit mehreren Besuchern geführt, während ich wieder in der Stube auf ihn zu warten hatte. Altschneedecken. Abgesehen von meiner Sympathie für ihn, hörte ich Merlin zu Merz

ahnungsvoll. Ich schrieb dann in der ›Weltwoche‹ einen grösseren Artikel, mehr über seine Person, die vom Tod vorgeprägt war, als über die Bilder; ich schrieb — bewusst — ein Porträt, ein zweites und letztes, und erfuhr dann, dass er enttäuscht und unglücklich war, weil ich so wenig über seine

sagen, als sie das Zimmer, in welchem ich wartete, durchquerten, um sich in Merz' Arbeitsraum zu begeben, und von unseren uns gemeinsamen Neigungen habe ich mich für Dübendorfer wegen seiner ständigen Missachtung aller Regeln des bürgerlichen Lebens schon immer interessiert, aber du siehst doch, Merz, sagte Merlin, ich kann nicht länger bleiben, ich muss jetzt weg, ich bin mit deinem Neffen verabredet. Altschneedecken. *Nächtliche Niederschläge.* Später Hochnebel. Spät waren wir weggefahren. Die spärlichen Strassenlampen erleichterten es mir kaum, mich in die Vorstädte hinaus zu finden. Die feuchten Dünste über dem Abfluss aus dem See hatten sich wie immer beim Einbrechen der Abendkälte zu bräunlichem Nebel verdichtet. Merz redete, redete. Merz lachte vor sich hin. Warten musst du können. Das Bild ist da. Als Dübendorfer das Zimmer bezog, habe er ihm seine Sachen gefahren. Der Transporter müsse mir aufgefallen sein, sagte Merz, ein Wrack, im Hof hinter seinem Haus an der Burgackerstrasse, sagte Merz, er führe ihn gerne wieder durch Landschaften zum Beispiel. *Nachsehen.* Das bestreite ich nicht, sagte Merz. Als Dübendorfer mit meiner Hilfe dort einzog, stand er kurz vor dem Abschluss seiner Bauzeichnerlehre. Die Bäume, die eine Gartenbaufirma im Auftrag der Genossenschaft in die Zwischenräume,

Bilder geschrieben hatte. Er hatte nicht unrecht, obschon alles Bilder ausgestellt waren, die man kannte, berühmte, zum Teil schon legendäre Bilder. (Meine Beschreibung der wunderbaren alten Dame, Frau Zumsteg aus der ›Kronenhalle‹, trug mir dort lebenslängliches Wirtshausverbot ein...

die die Wohnblocks liessen, nach deren Fertigstellung gepflanzt hatte, reichten kaum über die Brüstung der untersten Wohnungen. Seither, sagte Merz, notiere ich, habe er Dübendorfer nicht mehr aufgesucht, er kenne sich in der Siedlung also nicht besser aus als ich. Die hohen Bäume, die die Zwischenräume zwischen den Wohngebäuden durchwuchsen, eine Allee, die die von Merz erwähnte, provisorische Erschliessungsstrasse ersetzte, verstellte den Blick auf die Zugänge. Ob Dübendorfer das Zimmer für anderes als für Übernachtungen benützt habe, bezweifle er, Merz, sagte Merz, denn es sei über die Jahre kaum ein Tag vergangen, ohne dass er an der Burgackerstrasse aufgetaucht sei, meistens vor dem Mittag oder gegen Abend, dann, wenn er erwarten konnte, zum Dableiben aufgefordert zu werden. Bis er dann während Tagen, Vierzehntagen weggeblieben sei. Wie nun wieder. Seit vorgestern. *Vorfinden.* Schneegestöber dann. Ansuchen. Absuchen. Nebelbänke, doch, Noser, parkierte Wagen, Einmündungen von Stichstrassen in letzten Augenblicken ersichtlich, Hausnummern verdeckt, unbeleuchtet. Ich weiss nicht, ob wir lange kreisten. Was liest du, Noser? *Versehen.* Wie sollte da einer seinen Neffen finden.

ich schien da ohnehin keine glückliche Hand zu haben.) Ich rief Varlin an, seine Verbitterung war nicht zu überhören, und er flocht auch ein paar Bemerkungen ein, die mich betrafen und die ich erst Tage und Nächte später als Bösartigkeiten gegen mich erkannte, so fein und scharf waren sie

Wir fuhren die Strasse in beiden Richtungen ab. Noch einmal fuhren wir die sich biegende Strasse ab, langsamer diesmal, sechs Blöcke links, quer zur Strasse, sechs Blöcke rechts, quer zur Strasse, sich auffächern, sich verengen, links und rechts von Anfang an zu Recht gestutzte Linden, sechs Plattenwege links, sechs Plattenwege rechts, aufgehäufter Schnee. *Schneegestöber*. Wie sollte da einer einen Neffen finden.

Die Bilder sind da, ich bestreite ihre Richtigkeit nicht, doch wie ist, was wir durchfahren, mit ihnen zu verbinden? Merz fluchte vor sich hin. Finden musst du können. Aber immerhin. Rosenbüsche sind noch da. Auch Chrysanthemen. Gemüsegärten oder Blumengärten, mögliche Merkmale. Abwarten. Quecke oder Hahnenfuss. Abplagen. Tomaten. Jasmin. Parkrosen geben wenig zu tun. Abgeben. Nun erinnere er sich, sagte Merz. Wir werden Dübendorfer finden, sagte Merz. Der Vermieter des Zimmers, das Dübendorfer damals bezog, sei als Gärtner bei der Stadtgärtnerei auf Rosenzucht spezialisiert gewesen. Nach der Pensionierung Hauswart geworden. Die Verantwortung für Zwischenräume und Treppenhäuser übernommen. Den Hauswart finden. Schon damals, sagte Merz, sei der Hauseingang, den er suche, durch besonders kräftige Rosenstöcke aufgefallen. Nachlassender

geschliffen; als er vermutete, dass ich den Schmerz gespürt hatte, und dass er nun wieder verflogen sein müsse, rief er mich nachts an, und rühmte nun meinen Aufsatz über den resedagrünen Klee. Ich sagte, einmal mehr, meinen Besuch an, und er nahm dies zum Anlass, festzustellen, welche ent-

Schneefall. *Leichter Nordwind.* Dunkelheit. Schliesslich, sage ich Noser, stiegen wir aus, suchten die Blöcke ab, drei Hauseingänge pro Block, zehn Namenschilder pro Hauseingang, jedesmal Parkrosen, niemand hatte die Hagebutten abgepflückt. Ich verlor Merz aus den Augen. Aufgeben. *Schneeglätte.* He, Merz, hast du ihn gefunden? He. Langsam ging ich zum Wagen zurück. Ich wartete nicht mehr sehr lange. Mir reichte es. Die Einmündung in die Hauptstrasse des Aussenquartiers verdeckten dichte, trotz ihrer Nacktheit die Durchsicht verhindernde Büsche. Zögernd fuhr ich gegen die Einmündung. Ich hatte andere Wagen anfahren hören. Ich schaltete hinunter und geriet leicht ins Schleudern. Trotz meiner geringen Geschwindigkeit musste ich heftig abbremsen. Ein anderer Wagen fuhr direkt auf mich zu. New York Taxi hatte hinter Holundergebüsch gewartet. Ich frage dich, Noser, war das eine Warnung? Wer war gemeint? Abschrecken oder Aufschrecken. Schreckte mich und liess mich vorbeifahren. New York Taxi, grau im Dunkel, ich fuhr mit abgeblendeten Scheinwerfern. Ausfallstrasse. Ich fuhr stadteinwärts. Alltagsgedanken. *Hochnebel.* Allmähliche Verbesserung der Sichtverhältnisse. Wo wollte ich essen. So tarnst du dich, hatte Merz einmal gesagt. Plötzlich hiess er mich hin

setzlich langweiligen Menschen ihn in letzter Zeit in Bondo heimgesucht hätten. (Dies sollte mir wohl wiederum das Rätsel aufgeben, ob ich vielleicht nicht auch zu jenen gehöre...) Wiederum ein paar Monate später kam ein Brief, ein sehr langer, und er nahm unter anderem wieder Bezug auf

und wieder anhalten und stieg aus. Nimm inzwischen andere Fahrgäste. Ich machte dann Fahrten, die nichts mit Merz' Untersuchungen zu tun hatten. Dann fiel mir auf, dass der Kunde oft schon bereit stand, wenn Merz ausstieg, dass manchmal mehrere bereit standen, die nur auf mich zu warten schienen. Sie standen jeweils angespannt wie die, die ein Taxi bestellt haben und schon vor das Haus getreten sind.

Nach dem Essen in die Wohnung zurück. Meine Wohnung. Den Wagen zur Reparatur anmelden. Der Schlag der Räder gegen den Randstein war hart gewesen. Man musste die Räder auswuchten, die Spur kontrollieren.

Am nächsten Tag, notiere ich, war die Luft fast warm gewesen. Gegen Mittag hatte sich der Hochnebel zum ersten Mal seit dem späten Herbst wieder aufgelöst, ich hatte am Nachmittag Merz an der Burgackerstrasse abholen müssen. Nein, Merz, diesmal habe ich niemanden warten sehen. Merz sagte wenig.

Schwärzliche Schneemaden, notiere ich, erschwerten das korrekte Hinstellen des Wagens. Leichter Nieselregen. Sie standen da. Ich nenne sie so: sie. Sie erinnern an niemanden. Sie

jenen ›Weltwoche‹-Artikel. ›Bei dir ist es wie bei Dante‹, schrieb er. ›Wer bei dir eintritt, hat keine Hoffnung mehr.‹ Und ›Mailand war für mich ein Erfolg, ich glaubte ja, es würde für mich ein Staatsbegräbnis erster Klasse. Viele ausserordentlich gute Kritiken in den Zeitungen. Ein Titel:

sind da. Sie werden nicht benannt. Sie sind auch dann da, wenn Merz mich für andere Fahrten frei gibt, sage ich Noser, hatte ich damals notiert. Nur schnell zu Moor hinein. Ich warte wieder vor dieser Druckerei, hatte ich notiert. Weder Merz oder Noser noch einer von der andern Partei scheinen sie zu beachten, wenn sie da sind. Anders Rathgeb, Dübendorfer, Joss oder, in meinen Notizen, Big Jim Colosimo, die gibt es wirklich, für beide Parteien kleine Fische, sagte ich Noser, lese ich, ein Hauch von Liebe, von Augenblick. Nach einer Viertelstunde: ich schalte den Motor ab, lese ich, Zeit, ich lese Zeitung, Annoncen, ich notiere, lese ich schliesslich zu Schleuderpreisen ab Fabriklager kurzfristig wenn sie für die Regulierung ihrer Schulden gesicherte Existenz für die ganze Schweiz gesucht jetzt zugreifen Sex für alle diskrete Zusendung bei grossen oder kleineren Schwierigkeiten in Ehe und Geschäft bieten wir sorgfältiger Service besuchen sie uns nur schnell will Merz. Die Zeichnung, erinnere ich mich, sage ich Noser, hatte Merz am Morgen desselben Tages in der ›Stadt Madrid‹, angefertigt. Moor soll die Zeichnung drukken. Das war vielleicht der vierte Tag gewesen. Er ist mir im Nieselregen untergangen.

Schweizer rächt in Mailand die Niederlage von Marignano! Oha!‹ Ich kenne keinen Künstler, in der Schweiz schon gar nicht, der sich selber, seine Zeitgenossen, seine eigene und ihre Kunst, so erbarmungslos beurteilen konnte, und zugleich doch alles und alle liebte, von denen er (ich hab' das

Weiterfahren. Gewaltverhältnisse. *Antasten*. Noser, erinnerst du dich? Ich hatte damals gerade den Taxifahrer gemacht und arbeitete noch die drei Monate ab, zu welchen ich mich verpflichtet hatte. Du hattest ein Taxi bestellt, weil du den Zug verpasst hattest. Du liessest dich von mir in den Abend hinaus fahren. Eine längere Fahrt zwischen den vielen kurzen Fahrten auf Stadtgebiet schätzte ich. Ich war nicht aus eigener Neugier in die andere, kleinere Stadt hinausgefahren. Ich kannte dich vom Sehen, du warst verschiedentlich mein Fahrgast gewesen. Die Einladung zur Vorführung galt für zwei, du konntest mich ohne Weiteres einladen. Geschwindigkeitsverhältnisse. Ich wende mich um und lache. Noser schaut aus. Wir lachen einander zu. Ich beschleunige. Er warnt mich. Leichter Herbstnebel. *Werben*. Porträts sind Mode, sagtest du, sage ich Noser. Wir sind auf der Autobahn und fahren dieselbe Strecke wieder. Porträts sind, was sind Porträts, ein Freund von dir, sagtest du, Merz heisst er, ein Maler, vielleicht kennst du ihn irgendwoher, unwichtig, wir näherten uns dem Ziel der Fahrt.

Es wurden mehrere Filme vorgestellt. Einer ist mir geblieben. Es hatte sich um eine Art Werbespot gehandelt. Reklame für Schuhsohlen, die den Schmutz, wie praktisch!, den sie an Regentagen auf Teppichen und Parkettböden zurück-

Wort nicht erfunden) Schöpferisches erwartete. Max Bill, nein, den mochte er nicht. Das war für ihn die personifizierte Polarisation, die Verneinung des Lebendigen; Intelligenz gegen Logarithmentafel, Chaos gegen Zahl, Phantasie gegen Dogmatik, Einbildungskraft gegen Disziplin... Es ist dies

lassen, selbsttätig zusammenkehren, eine echte Erleichterung für den Hausmann! und die Hausfrau! und die Politiker! und die Kinder! Zwei Hauptfilme schlossen an diesen Vorfilm an. Beim zweiten handelte es sich um jenen, zu dessen erster Vorzeigung du eingeladen warst. Nein, Berührungen gebe es, hörte ich dich sagen, zwischen Merz und seinen Freunden keine mehr. Unpersönliche Verhältnisse gegenwärtig. sagtest du, hartnäckige Gastfreunde. Ich will einen Tag in deinem Haus, in deinem Garten aufzeichnen. Ich will, dass endlich einer deiner Tage zu meinem wird. Ich will dich festmachen. Ich will dich so für mich festnageln. Und bist du nicht willig, so brauch ich Gewalt. Gar schöne Spiele spiel ich mit dir. Warte nur, warte, ich fange dich, so fange ich dich endlich, du Merz du. Merzchen, Herzchen, Merz lässt sich so nicht fangen, sagte Merz, sagtest du, Noser, nachdem du den Handzettel gelesen hattest. Ich gehe in der Sonne und denke mir meine Erinnerungen aus. *Anpassen.*

nicht der Ort, um zwei Arten von Kunst gegeneinander auszuspielen, doch ist es immerhin die Örtlichkeit, um jenen verzweifelten Tag anzuführen (1972, glaub ich), da Max Bill eine Ausstellung von Zürcher Künstlern organisierte und dabei Bilder von Varlin gegen dessen ausdrücklichen Willen

Eher so, wie ich jetzt arbeite, der Zentrale angeschlossen, mit regelmässiger Arbeitszeit, mit Kunden, an die ich mich nicht erinnern muss. Sommer. Auch wenn Tamar dagegen ist. Tamar arbeitet tagsüber.

Du bist weggelaufen, wird sie sagen, wenn ich nach dem Spaziergang in die Wohnung zurückkehre, nur um rasch meinen Pullover und die Tasche mit dem Geldbeutel und den Ausweisen zu holen, ohne mit ihr zu sprechen, ohne etwas gegessen zu haben, weggehe, meinen Wagen besteige, den Funk einschalte und mich bei der Zentrale melde: Union 34/Nordstrasse. Ich stelle mir vor, wie sie das sagen wird, eine blosse Feststellung und doch eine kleine Klage, ich gehe über die Brücke, die in der Nähe der Wohnung über eine Bahnlinie führt, ich schaue hinunter auf die Dächer des Eisenbahnzuges, der stadteinwärts fährt, ich stelle mir vor, was Tamar jetzt, ihr freier Samstag, du gehst, sagt Tamar, in der Wohnung tut, ihre Wohnung, sagt sie, eine kleine Klage, sie vergisst dann, was ausser ihrer Zeit, ausserhalb der Wohnung, ausser ihr existiert, du gehst, sagt sie erschreckt und verkriecht sich in den Samstag. Ich gehe über die Brücke. Ich blicke auf die leeren Schienen hinunter, leichter oder nur anders, vor Tamars Reden laufe ich weg. Ich folge dem Weg,

trotzdem ausstellte und sich sogar eines Kommentars nicht enthalten konnte. Varlin erfuhr an einem Sonntagmorgen in einer Niederdorfbeiz von dem Ereignis; was dann geschah, ist bekannt. Wem es nicht bekannt ist: Varlin eilte in die Ausstellung, holte eine Rasierklinge aus seinem Portemonnaie

der den Bahnschienen ein Stück weit entlang führt, ich weiche Tamars Verstummen aus, als das mir ihr Schweigen vorkommt. Wenn ich ihr antworte und erzähle, so war es, Tamar, sage ich immer wieder, schweigt Tamar, bleibt lange stumm, ich bin überzeugt, eine an mich gerichtete Frage richtig beantwortet zu haben. Doch wenn wir zusammen mittagessen, da ist es schön, zusammen zu sein. Aber dann verlässt Tamar schnell die Küche. Dann verdrücke ich mich in mein Zimmer und schliesse mich ein. Fürchte mich davor, dass Gabriela einziehen wird. Tamar bestimmt. Ein Zimmer, sagt Tamar, ist frei. Gabriela braucht ein Zimmer, sagt Tamar, in der Stadt. Du darfst nicht nein sagen, sagt Tamar. Auf Umwegen spaziere ich nach Hause. Ein Fettfleck an der Wohnungstüre. Eine Handbreit vom Spion entfernt. Der Teppich vor der Türe. Leicht aus der Mitte verschoben. Lebensspuren. Doch, wenn wir zusammen essen, ist es fast gemütlich. Ein Anflug von Herzlichkeit, leicht aus der Mitte verschoben.

und — zerstörte, zerschnitt mit ihr ein paar seiner eigenen Bilder. Ein Zyniker würde das mit Selbsthass abtun, und damit hatte es tatsächlich auch zu tun. Varlin hasste sich für seine Gutmütigkeit; er hasste es, unfähig zur plakativen Arroganz zu sein, er verabscheute zutiefst seine Unfähigkeit,

Anlächeln. Eine kleine Klage, ein kleiner alltäglicher Mord. Merz lachte über sein Weinglas hinweg. Warten musst du können. Ihn hat es erwischt. Dübendorfer. Schwerer Motorradunfall. Er wird davonkommen. Merz, eine Handbreit vom Weinen entfernt, rückte ab. Merz grinste. Warten, es genügt, wenn ich warte. Sie kommen vorbei. Todsicher. Ich warte, mit dem Rücken zur Wand, das Knistern in der Wand in den Ohren. Das Holz arbeitet oder die Zeit für mich. Sie kommen. Sie sind schon gekommen, die mit dem schlechten Gewissen, denn, stelle dir vor, sie haben ein schlechtes Gewissen. Haben sie auch Angst? Ich möchte sie nicht ängstigen. Wenn sie Angst haben, muss auch ich mich fürchten. Noser hat Angst vor ihnen. Noser hat sich zurückgezogen. Zufällig, meinen sie, kämen sie vorbei. Unruhig, antworte ich. Ciao, Merz, sagen sie oder: Schön, dich wieder zu treffen. Nein, Türen waren keine eingedrückt, keine Schlösser aufgebrochen. Nein, die Fenster waren nicht eingeschlagen worden. Eigentlich ist alles in Ordnung. Ich hatte sie eingeladen. Ein Abend mit Freunden. Nein, einen Vorwand brauchten sie nicht, keine Gewalt, um in meine Arbeitsräume einzudringen. Sowieso, sie gehen ein und aus. Ich fühle mich bei Merz wie zuhause. Fuchs du hast die Gans gestohlen gib sie wieder heraus. Was wollen sie?

von Fall zu Fall, den Pöbel vom Volk zu trennen. Und zuweilen verleugnete er sich selber: aus Selbstrespekt. Der Selbstrespekt eines Künstlers allerdings. Respekt vor seiner Kunst wollte er. Das Ansehen seiner eigenen Person war ihm gleichgültig. Varlin wollte malen, was hinter den von Men-

Was wollen sie. Was will ich. Ein Alibi? Wir sind doch deine Freunde, Merz, wie oft hast du uns bewirtet, die duftende Ochsenschwanzsuppe in tiefen Schalen, weisst du, Merz, noch, als wir dich feierten, deinen Geburtstag, deinen Filmtag für dich feierten. Sie haben recht, die Freunde, sie handeln nur in meinem Interesse. Merz schrieb an einer Liste. Merz lächelte darüberhin.

Krötenauge. Krötenhaut. Traurige, borstige Haare. Verziehen. Abrücken. Das soll ein Anlachen sein. Der Wirtshaustisch könnte auch bei Hintermann stehen. Nicht in der Amsel. Die Ausschnitte überlagern sich, notiere ich. Überblenden. Merz von vorn. Merz von der Seite. Merz aus grösserer Distanz, wenn er mich an einen andern Tisch weist. Und nun hocke ich noch immer mit dir an dem Tisch, quatsche dich an, zahle ich genügend, sagte Merz. Es fiel mir schwer, seinen Gesichtsausdruck zu deuten. Ines, noch einen Kaffee, rufe ich. Zwei. Das war Merz. Drei! Einer bestellte vom Eingang her und setzte sich zu uns. Lässt du dich noch immer von der da fahren? Siehst du, sagte Merz. Er grinste jetzt deutlich, am andern vorbei.

schenhand gebauten Objekten zu erahnen war. Elend? Freude? Wie alle grossen Künstler wollte er die Phantasie der Menschen in Bewegung setzen. Mehr kann man nicht. Was immer man den Menschen vordenkt, es endet katastrophal oder trostlos. Nur die Anregung der Einbildungskraft ver-

Er lachte über seinem Weinglas. Merz lachte in sich hinein. Merz redete vor sich hin, als ob der andere nicht wäre, dachte ich. Von da an setzten sie sich mit Merz an den selben Tisch. Die andern, sagte Merz, haben jetzt die Bilder. Ja und? Der Andere schiebt in meiner Erinnerung seinen Hut aus der Stirn. Wahrscheinlich hatte er eher keinen Hut getragen, denke ich. Ihr könnt es auch abstreiten, sagte Merz, oder etwas Ähnliches, habe ich denn Beweise. Ihr habt Behauptungen. Mir sind die Bilder gestohlen worden. Was denn sonst? Euer Lächeln. Eines wie das andere, ein feines, feiges Lächeln. Meine lieben Interessenvertreter nenne ich euch. Kann ich Ihnen, Herr Beer, sagte Merz, der jetzt den andern anblickte, beweisen, dass die Zeichnungen, die am Abend des 28. bei Hintermann herumgereicht wurden, gestohlen waren? Mir entwendet irgendwann im Laufe der vorangegangenen Nacht? Allen Anwesenden hat Ritzmann die Zeichnungen gezeigt. Das weiss ich. Ich selber sass zu dem Zeitpunkt schon in der ›Amsel‹. Ah, Herr Beer, sassen Sie nicht zufällig an der Bar dort? Ich selber befand mich dort, nur um einige Herren, die auch sonst dort sind, anzublicken. Sie ahnen, an wen ich denke. An gewisse Zauberkünstler. An einen bestimmten

mag zu verändern. Bilderdiebe noch auf freiem Fuss. Gestohlene Gemälde in Tessiner Gastbetrieb aufgefunden. Eine Anzahl Zeichnungen, die am Morgen des 26. Februar von Unbekannten aus dem Atelier von Ernst Merz entwendet worden waren, sind nach zwölftägiger, banger Ungewissheit wieder

Kunstkritiker. Möglicherweise an einen Journalisten. Ich sehe, Herr Beer, Sie haben die Mitteilung verstanden. Übrigens wurde mit Hintermann über meine Zeichnungen hinweg Anderes besprochen. Merz' Stimme lockte. So habe ich ihn nie gesehen, dachte ich, erinnere ich mich. Sagen Sie, Herr Beer, was wissen Sie vom Anderen? Es könnte ja sein, dass Einer von Euch, dass ich wüsste, wovor wollen Sie mich warnen, Herr Beer? Auch andere haben mich gewarnt. Warnen. Wovor. Der Andere schien Merz' Aufmerksamkeit zu entgleiten. Der schöne Auftritt, sagte Merz, ein wahrer Zauberkünstler, Beer war da auch, ein gerne gesehener Gast, ich erinnere mich gut, besoffen war ich da nicht, Beer war schon aus der Untersuchungshaft entlassen. Jaggi Jänsch sucht Fachleute. Ich kann mich täuschen. Ich fühlte mich in Merz' Gesichtsfeld geraten. Jaggi Jänsch, sagte Merz, erinnere ich mich, beobachte nicht nur seine Mitarbeiter oder Angestellten selber genau, wenn er sich als scheinbar beflissener Hintermannwirt zu den Gästen seines Geranten setze. Er beobachte und lasse überwachen. Dann sorge er dafür, dass die Regeln eingehalten würden. Eine seiner Regeln bestehe im Auseinanderhalten. Die Geschäfte werden auseinandergehalten. Die handelnden Personen werden auseinandergehalten.

glücklich beim Künstler. Die Werke wurden in der Nacht auf Freitag wohlbehalten vor einer Gaststätte in Gudo, in der Nähe von Locarno, aufgefunden, nachdem ein Unbekannter auf einem Parkplatz an der Autobahnstrecke Biasca — Bellinzona das Lösegeld in der Höhe von 30 Mio. Lire in Emp-

Merz schwieg. Wir sassen wieder wie sonst auch. Sank weg, in seine Gedanken, meinte ich. Möglicherweise vergessen. Möglicherweise vergass er, weshalb er sich hier aufhielt. Sank weg in den Wein. Wie lange wir uns diesmal hier aufhalten würden, konnte ich wieder nicht wissen. Wie lange dauerte es, bis Beer das Lokal verliess? Lange sass Merz so da. Bis er wieder leise zu reden begann. Wie lange dauert es, bis eine Fliege im Wein zu zappeln aufhört und auf den Grund des Glases sinkt? Merz leerte den Weinrest in den Aschenbecher. Ging es ihm da um die Bilder? Oder ging es um die Vorwände, die die Bilder lieferten? Wem lieferten? Fremde Bilder sind am falschen Ort aufgetaucht, haben den Ausschank gestört. Die Bilder sind Hinweise, befremden. Hast du gesehen, wie sich der Jänsch aufregte, gestern? Ich störe ihn. Bilderhändler. Die Ware hat ihn erwischt. Während Merz so sprach, zeichnete er auf die Rückseite des Papiers, auf dessen Vorderseite er während des Gesprächs an Beer vorbei seine Listen erstellt hatte, wie sich die Fliege unter einer Zypresse den Wein abputzte. Dann färbte er die Zeichnung mit Wein und feuchter Asche ein. Während er weiter zeichnete, flog die Fliege vom Aschenbecher auf. Schau, sagte Merz, schau, wie

fang genommen hatte. Die Tessiner Polizei hat unverzüglich eine Grossfahndung ausgelöst. Aufgrund von Hinweisen nimmt sie an, dass die unbekannten Erpresser sowohl in Beziehung zur Drogenszene als auch zur Internationalen rechtsextremer Ausrichtung stehen. Formprinzipien der Las

sie zappeln, ich erkannte auf dem Papier ein Gebäude voller Beer und Moor. Merz liess die Fassaden abbröckeln, die Zypresse wurde rissig. Er blickte auf die Fliege, die sich auf seinen Unterarm gesetzt hatte. Wir sassen wieder, wie sonst auch. Das Lokal füllte sich, wie sonst auch. Ines lief hin und her.

Ein Bild taucht auf. Ein fremdes Bild. Legt sich über eine gespannte Leinwand. Ein anderes erscheint. Senkt sich in die Leinwand. Ein Bild von Spiegelbildern von Schaufenstern in Schaufenstern, in Flaschen, die alkoholische Getränke enthalten, von Menschen in Gläsern, Spiegelscheiben, eine Frau. Du willst sie anfassen. Du stösst hart gegen die harte Oberfläche. Du trinkst. Du legst das Bild in die Leinwand. Die Leinwand krümmt sich. Du versuchst, sie wieder zu spannen. Ein neues Bild schiebt sich darüber. Tote Zypressen, mit Spiegeln behängt. Strassenzüge, mit Spiegeln verhängt. Du versuchst, die Spiegel wegzudrücken. Sie sind so schwer. Schwer tanzt sie über den Platz, der sich am Ende des Strassenzugs öffnet. Sie weiss von der Allee. Sie ist maskiert. Pelzbesatz, Spiegelbesatz. Wer ist sie. Sie schaut zurück. Tanzt schwer vor mir her über den Platz. Die Leinwand wellt

Vegas Architektur: Demontage. Durch die Spaltung der Architektur in Funktionsbehälter und Bedeutungsträger wird die Form vom Inhalt unabhängig: Hierin liegt das eine formale Prinzip der Las Vegas Architektur. Das ist das Prinzip der Warenästhetik, nämlich die Bilder des Gebrauchswert-

sich ganz sanft unter ihrem Wiegen. Die liebliche Tamar. Die süsse Tamar. Wer schnell genug hinblickt, sieht sein Gesicht aufblinken. Sieht für Augenblicke fremdartige Bilder.

Merz neigte sich vornüber über das Weinglas. Die Produktion eigener Bilder ist durch den Ort, die Zeit, den Inhalt nennende Bestimmungen geregelt. Darauf muss ich heute nicht weiter eingehen. Der Besitz eigener Bilder ist an die Einhaltung in beigefügten Ausführungsbestimmungen festgelegten Auflagen gebunden. Der Handel mit Bildern ist einer öffentlichen Stelle und von dieser Stelle konzessionierten Firmen oder Privatpersonen vorbehalten. Die Verordnungen, die Diesbezügliches regeln, sind geheim. Insbesondere ist jeder Bürger zur Geheim- bzw. Zurückhaltung eigener Bilder, soweit nicht einer der genannten Ermächtigten deren Handel anordnet, verpflichtet. Auf dem Verordnungsweg werden jährlich drei Tage bestimmt, während welcher die Produktion und Öffentlichmachung von Bildern ausschliesslich zur eigenen Person erlaubt sind. Die Wahl von Material und Techniken ist frei. Das Verhüllen und Verbergen weitergehender Vorstellungen bzw. deren Abbilder muss gewährleistet sein. Merz lehnte sich zurück. Seinen Kaffee, den Ines ihm gebracht hatte, rückte er von sich weg. An verschiedenen

versprechens vom Gebrauchswert abzulösen. Ein weiteres Prinzip dieser Architektur ist neben dieser Dominanz des Zeichens über die architektonische Form die Kombination verschiedener Medien zur Bedeutungsbildung. Venturi sieht in der Las Vegas Architektur die zeitgemässe Abbildung der

Orten würden deshalb Bilder eingezogen, sagte Merz, sei ihm bedeutet worden. Es handle sich endlich um ein alltägliches Geschehen. Von Übergriffen könne nicht mehr die Rede sein. Er sei der letzte, der sich noch zu wundern erlaube. Es gehöre sich nun so. Die Umstände erlaubten es nicht anders. Das Urheberrecht sei da nicht in Frage gestellt oder gar gebrochen. Überall würden nun Bilder gebraucht. Es herrsche eine grosse Nachfrage. Das sei so, seit das neue Gesetz, das Bürgern untersagt, eigene Bilder zu produzieren, in Kraft getreten ist.

Schwer glitten die Maskierten über schimmerndes Glatteis, das sich aus unterkühltem Regen auf den Pflastersteinen gebildet hatte. Ihre Gewänder, die Pelze saugten sich mit eisigem Wasser voll. Kein klares Bild blinkte mehr aus aufgenähten Spiegelflecken entgegen. Sie verschwanden schaudernd in Wirtshäusern. Ich lachte. Es ist wieder Einer gekommen, sagte ich Merz, erinnere ich mich.

Meine Bilder wurden entfernt. Beraubt war ich zwar, jedoch auch beschenkt. Auf der grossen Staffelei befand sich ein Bild, das zuvor nicht da gestanden hatte, ein fremdes Bild.

gesellschaftlichen Realität Amerikas. Das ist die Realität der Warenzirkulation. Aufdeckung eines italienischen Betrügerrings: Wie schmutziges Lösegeld gereinigt wird. In Italien haben Carabinieri nach monatelangen Nachforschungen eine weitverzweigte Bande ausgehoben, die mit Erfolg, meistens

Befremdend sogar beängstigend. Er, Merz, kenne nur einen, der auf diese Weise male. Eine deutliche Mitteilung, auf die ich selber Antwort geben muss. Lange sagte Merz nichts mehr. Er blieb reglos hocken.

Dann erblickte ich Tamar. Hinter der letzten Maske des Zuges drängte sie sich in das Lokal. Einen Augenblick sah ich ihr Gesicht aufblinken in dem runden Spiegel, den sich der, dem sie nachdrängte, mit vielfarbigen Samtbändern an den Rücken geheftet hatte. Ich sah mein eigenes Gesicht im selben Spiegel gespiegelt, bis Dampf das Glas beschlug, Melodiefetzen aus verbeulten Posaunen spülten Tamars Singen aus meinen Ohren, was unterschied sie nun von den andern, ich gab auf, ihr nachzugehen. Eine fremde Hand langte in einen Schminketopf und fuhr mir hart über Gesicht und Hände. So gehörst du zu uns, flüsterte die fremde Stimme heftig oder herrisch.

Diese drei Tage, die drei Tage, die das Gesetz ausspart, wie sie mir vorkommen? Es sind Tage geworden, während welcher wir Trauer um den Verlust unserer Bilder feiern und dabei erschrecken, dass wir uns unserer Sinne nur noch erinnern. Und wenn wir unser Erschrecken in den Aschermittwoch hinüber nähmen?

mit Erfolg, Geld aus Entführungen und Raubüberfällen zu waschen verstand und dabei auch den Handel und Schmuggel von Kunstwerken nutzte. In diese Umsetzung von Lösegeldern in der Höhe von vielen Milliarden Lire — im Italienischen verwendet man das aus dem Englischen abgeleitete

Dann fuhr er auf. Mit Worten ging er los. Auf mich. Auf den andern am nächsten Tisch. Behauptungen. Nichts als Behauptungen. Ich, ich hätte Mühe, mich zu behaupten? Eine Darstellung geben. Ich gebe jetzt meine Darstellung. Ja. Lange genug habe ich den Erwartungen meiner Freunde nachgegeben. Ihren Vorstellungen entsprochen. Haben sie ihre Vorstellung gegeben. Jetzt gebe ich die Vorstellung. Ja. Jetzt. Lange genug habe ich mich darauf beschränkt, meine Vorstellungen auf Leinwand oder Papier festzuhalten. Ich habe ein Bild verschenkt. Moor, weil ich ihn liebte. Merlin. Du hast eines meiner Bilder. Der andere schüttelte nur langsam den Kopf. Ich weiss, du hast das Bild verkauft, du hast Geld gebraucht und Bernas hat dich bedrängt. Ich weiss. Wenn ich mich darstellen, meine Sichtweisen mitteilen will, muss ich verkaufen. Mich verkaufen, halt. Immerhin haben wir noch Bilder, sagte der Andere, und Wege, sie zu verbreiten. Also, meine Bilder verkaufen. Wenn ich nicht dazu bereit bin, holt ihr sie euch, weil ihr sie braucht. Deine Bilder verkaufen. Richtig.

Vielleicht kann ich nicht mehr ausweichen. Aber wann? Aber wo? Wer soll das bestimmen? Ich will euch zeigen, wer Merz

›reciclaggio‹ für diesen Reinigungsprozess — ist ein buntes Personal aus allen Ständen verwickelt. Zu den bereits Verhafteten gehört der einstige Kriminalkommissär Piero Malaveglia, der nach steilem, turbulentem Aufstieg aus dem Dienst ausschied, ein privates Detektivbüro eröffnete und

ist. Mit der Selbstverständlichkeit ist es vorbei. Um Mitternacht ist die Stunde der Demaskierung. Es könnte auch anders ausgehen. Merlin.

Herumwühlen, das tust du, ja, du belästigst, du beunruhigst Leute, die man nicht beunruhigen soll, schrie Merlin. Nicht nur Merz war schweigsam geworden. Wenn nun, sagte Merz schliesslich, Tamar ihr Erschrecken in den Aschermittwoch hinüber genommen hat?

Absehen. Oder Namen als Hinweis verstehen. Ich notiere. Die Zeit, während welcher ich für Merz arbeitete, deckt sich ungefähr mit der Anzahl Tage, die den Zeitpunkt von Tamars Genesung nach einer harmlosen, entzündlichen Krankheit von einem schweren Zusammenbruch, der sie dann zu grösster *Zurückhaltung* und Vorsicht zwang, trennten. Jedenfalls sei Merz ein Störfaktor gewesen, werde ich Tamar sagen. Deshalb hatten sie auch mich bedroht. Ein *Missverständnis*. Was unterschied mich von einer Komplizin. *Fait diver*. Ich notiere. Einem Maler werden Bilder, die er über einige Monate, Jahre sehr wahrscheinlich, hergestellt hat, entwendet. Einbruch oder Einschleichdiebstahl. Der Fall muss abgeklärt werden. Die Kriminalpolizei schaltet sich ein. Der Maler führt eigene *Abklärungen* durch. Versicherungen, wenn Versi-

Ende der sechziger Jahre in eine grosse Abhöraffäre verwikkelt war. Zur Prominenz der neuen Affäre zählen auch der frühere Vizepräfekt Manfredoni, samt Frau und Sohn, der Reeder Marcello Baldini aus Bari, der im Hause seiner Schwiegermutter verhaftet wurde, der Geschäftsmann Man-

cherungen abgeschlossen waren, halten sich zurück. In einer der Galerien dieser Stadt kann die Vernissage einer *Ausstellung* mit Bildern des Malers durchgeführt werden, obwohl der Maler seit längerem keine Bilder mehr verkauft. Anderer Ausgang. Die Bilder bleiben verschwunden. Die Untersuchung wird eingestellt. Sagt man nicht, der Maler habe während der ganzen letzten Jahre nicht mehr produziert? Vermutung. Eine Summe ist dem Maler überwiesen. Detaillierte Abrechnung folgt. Publicity. Der Galerist, Bernas, der die Werke dieses Malers gern und erfolgreich ausstellte, steckt dahinter. Der Maler ist Komplize. Eine neue Galerie ist in Lugano eröffnet. Gegen den Maler läuft eine Untersuchung wegen *Irreführung* der Untersuchungsorgane. Behauptung. Der Maler hält fest, dass er zu keinem Handel unter keinen Umständen bereit gewesen sei. Der Maler weist, notiere ich, den Betrag zurück. Er behauptet, so der Galerist, er sagt, so der Maler, dessen Name ich nicht mitteile, er habe nie verkaufen wollen, jedenfalls nicht diesen Leuten, er pfeife auf diese Art, ihn zu managen, ja er verachte Leute wie diese, die ihn auf diese Weise zu pressen versuchten, solche *Bedingungen* akzeptiere er nicht. Die Untersuchung wird eingestellt. Der Maler setzt seine eigenen Untersuchungen fort. Einige würden zu verlegenen Gesichtern greifen oder zu schallendem Lachen. *Variante.* Bernas steckt nur dazwischen. Andere

cini, der Steuerberater Pelloni und eine Reihe weiterer Namen, meist Ehrenmänner aus den Städten Norditaliens und Rom, aber auch der angrenzenden Länder. Die Carabinieri sind überzeugt, dass ihnen, nicht zuletzt mit Hilfe der Zürcher Polizei, die im Zusammenhang mit einem Kunstraub

stecken dahinter. Bernas sind Bilder zum Verkauf angeboten. Bernas ist zum Kauf gedrückt worden. Die Untersuchung wird wieder aufgenommen.

Ich notiere. Ich, Renner, warte. Ich, Renner, fahre. Lieber fahre ich, als dass ich warte. Union 34 führt das Fahrtenprotokoll nach. Der Wagen steht schräg, keine legale Parkiermöglichkeit, jedes Anhalten verboten. Es ist genau neunzehnuhrfünfzig. Eventuell werde sie einige Minuten später herunterkommen, falls die Sitzung etwas länger dauere. Ich notiere eilig. Wenn ich fahre, werden sich die nächsten Sätze einstellen. Der diesjährige Sommer ist angenehm für eine Taxifahrerin. Während ich meine Notizen ergänze, überlege ich mir, ob ich mir Noser als Zuhörer oder Tamar als Fragerin vornehme. Das Haus steht in einem kleinen, dunklen Garten, bis auf zwei Fenster im Erdgeschoss sind alle Fenster dunkel. Das Haus sieht wie ein Wohnhaus aus. Es ist ein Geschäftshaus. Das Haus sieht wie neu aus. Es ist ein Haus aus der Jahrhundertwende. Jemand verlässt das Haus. Es könnte eine Frau oder ein Mann sein. Sie geht nicht an meinem Wagen vorbei. Ich warte weiter. Ich notiere. Jetzt tritt eine Frau auf meinen Wagen zu, ich öffne die Tür von innen, sie setzt sich neben mich, sie teilt ihr Fahrziel mit. Ich fahre die

und einer gewissen Summe, die dem geschädigten Künstler als Schweigegeld übergeben worden war, ihren italienischen Kollegen den entscheidenden Hinweis geben konnte, grosse Fische ins Netz geraten sind, und dass weitere Überraschungen bevorstehen. Was den Prozess gegen die ›verrückten

Strecke in knapp zehn Minuten, da keine Unordentlichkeiten vorkommen. Sie zahlt. Sie steigt aus. Ich warte. Ich notiere. Ich melde meinen Standort der Zentrale.

Wer gewinnt dabei. Will ich Zeit für meine Notizen oder zusätzliche Fahrten. Die Kundin hat mich auf den luftigen, beinahe weiten Platz vor St. Peter fahren lassen, wenn ich die Wagentüre öffne, wird die Sitzbank zur Parkbank. Von meinem Standpunkt aus sehe ich vor mir den üppigen Baum, zur Linken die ersten Stufen der breiten Treppe, die zum Kirchenvorplatz leitet. Einige weitere Personen gehen rasch hinauf, sie sehen verspätet aus. Die Häuser, die den Platz erst bilden, übersehe ich, ich blicke in das Notizbuch. Ich lese den letzten Satz, hatte die jüngere Frau gesagt. Schlafenszeit sonst oder ausgedehntes Nachtessen, das Ungewöhnliche fand nun innerhalb der Arbeitsbeziehung statt, der Zweck dieser Fahrten war bestimmt aber unklar. Die Umstellung im Tageslauf fielen mir leichter, als ich vermutet hatte.

An einem andern Tag hatte mich Merz wieder quer durch die Stadt fahren heissen, die Stadt durchmessen, sagte er dem, er gab die Etappen vor, es ergaben sich Durchmesser, Spiralen, Sehnen, annähernd kreisförmige Routen, die an den Anfangspunkt zurückführten. Wir waren in den Hof hineinge-

Räuber von Savoyen‹ so verwirrend macht, sind die grotesken Versäumnisse der zuständigen Justizbehörden — das offensichtlich gezielte Verschwindenlassen wichtiger Beweisstücke und die konsequente Negierung neutraler Gutachten. Dies lässt den starken Verdacht aufkommen, dass die verant-

fahren. Er betrat den Hof, als sei er selber schon sehr lange abwesend gewesen. Er verliess das Grundstück rasch wieder. Einen Moment war er auf der seinem Haus gegenüberliegenden Strassenseite stehengeblieben, als ob er sich vergewissern wollte, dass sich nichts verändert hatte. Der Tatort, hatte Merz gesagt. In der Wintermorgendämmerung, die am Tattag bis gegen Mittag hinhielt, hätte er lange geschlafen, wie sonst auch, sagte Merz, die anderen Hausbewohner hätten die Einschleicher sehen und hören müssen. Merz sprach das Wort ›müssen‹ lauter, für gewöhnlich sprach Merz leise und eben. Sie, sagte Merz, steht sehr früh auf, sie bereitet das Frühstück für meinen Bruder, der den Tag früh wie ein Maurer, der einen Arbeitsweg vor sich hat, anfängt. Bratkartoffeln, dünner Kaffee, dabei waren die Merz nie Bauern gewesen. Herumzieher, Steinmetze zum Beispiel, Maurer. Wie Bauern reden sie kein Wort, wenn sie frühstücken. Sie sagen, du, du Merz, du hast geschlafen, du schläfst immer, du schläfst zuviel, wir, wir haben nichts gehört. Du hast die Bilder vielleicht verschenkt, sagen sie, nur die üblichen Geräusche haben wir gehört, wir haben Hürlimann kommen hören, wie jeden morgen, wir haben ihn die Spenglerei auftun hören, wie jeden morgen, er war besoffen, wie jeden morgen,

wortlichen Instanzen offenbar ein Interesse daran haben, gewisse Sachverhalte zu vertuschen und die ganze Untersuchung so zu steuern, dass der Eindruck gewöhnlicher Raubüberfälle entsteht. Nachdem die Affäre trotz des Grosseinsatzes von in- und ausländischen Polizeieinheiten, Detektivspe-

er hat Blech mit den Füssen getreten, wie jeden morgen, die Enten haben geschnattert, wie jeden morgen, der Milchmann ist nicht gekommen, wie jeden morgen, dann ist die Frau gekommen, wie jeden Montag. Du kannst sie fragen, haben sie gesagt, sie hat niemanden gesehen, sagte Merz. Nachträglich, schreibe ich auf, verhielt ich mich wie ein angeheuerter Detektiv. Damals schaute ich mich um. Um mich besser umschauen zu können, ohne den Wagen zu verlassen, der mich als Taxifahrerin definierte, umfuhr ich die anscheinend zu Reparaturzwecken aufgebockten Lieferwagen und einen Personenwagen, parkierte meinen Wagen so um, dass ich den Hof und die Einfahrt besser überblickte, im Rückspiegel erblickte ich flüchtig einen Mann, der mir wie ein vom Zerrspiegel schlanker zurückgeworfener Merz vorkam. Umordnen oder Dinge als Verweis nehmen, notiere ich, Merz' Bruder sieht wie ein Umordner aus, Herumschieber nicht, nicht Schieber oder Hehler. Warten Sie in der Stube, hatte mich dann auch die alte Frau aufgefordert. Sonst komme ich nie in die Wohnräume von Fahrgästen hinein. Warten Sie. Ich fahre. Ich gehe. Ich gehe weg. Lieber fahre ich umher. Ich steuere die Fahrziele der Fahrgäste an. Ob ich lieber Frauen

zialabteilungen sowie mehrjährigen, polizeilichen und gerichtlichen Untersuchungen nicht gelungen ist, will die Justiz jetzt aber unbedingt zu Verurteilungen kommen. Angesichts des lückenhaften Beweismaterials ist aber nicht auszuschliessen, dass die sechs Angeklagten, der 36jährige Taxi-

oder Männer fahre. Die Frauen reden seltener. Ich umfahre, fahre an, durchfahre, ich überfahre eine Bahnlinie, den Fluss. Merz misst aus, steckt ab, stellt dar. Ich fahre, wohin Sie wollen, sage ich, wohin soll die Fahrt gehen. Ich gehe, sage ich der Frau, ich bin in einer halben Stunde zurück.

Einen Ausgang fand ich auf der Gartenseite. Ich ging den Obstgarten hoch. Ich ging spazieren, bis hinauf auf die Anhöhe. Ich blickte auf die Stadt hinunter. Überblickte. Jedoch ungenau, dachte ich, wunderschön. Wintersonne, sehr leichte Wintersonne.

Einen Rückweg fand ich durch die Tenne, die zugleich die andere Hofeinfahrt war. Mehrere Personenwagen, zu Schrott gefahren, sahen sie aus, waren da abgestellt. Barrikaden gegen schnelles Durchkommen. Mein Mantel verstaubte. Ein Steinstaub Muschelkalkstaub. Zwischen Hof und Garten schien ein altes Waschhaus bewohnt in Gebrauch zu sein, ein Schuppen, der einen Steinhauer vor dem Wetter, zum Beispiel, schützen konnte, frisch geschliffene Grabsteine, anstelle von Inschriften Preisetiketten. Kurt hält das so, wird Merz gesagt haben. Taxi, werde ich nur gesagt haben. Ich bin bestellt. Sehr leichter Staub über allen Gegenständen. Sehr heller Staub. Ein Dazwischenfahren. Ein Umordnen. Ver-

fahrer K., der 54jährige Bankangestellte B., der 47jährige Nachtclubbesitzer J., der Polizeigefreite M. aus B., der Garagist H. in W., der noch immer flüchtige S., vermutlicher Chef der Bande, dessen ziviler Beruf mit Unternehmer angegeben wird, wieder freigelassen werden müssen, selbst wenn die

hältnisse herstellen, so. Warten Sie doch bitte in der Stube, es kann eine Weile dauern, draussen ist es zu kalt.

Musterte er mich. Die Neigung seines Kopfes erinnerte an Dübendorfer. Misstraute sie mir. Er wies mich in die Küche. Sie wies mich in die Stube. Sie soll in der Stube warten, Kurt, wer weiss, wann Ernst kommt. Aber das geht ja eine alte Mutter nichts an. Wenn es Ihnen nichts ausmacht, setzen sie sich in die Stube, da sind die Stühle bequemer.

Ich fuhr bis vor den Hauseingang, notiere ich. Im Hof befand sich niemand. Einige Geräusche aus der Carosseriespenglerei. Hämmern vielleicht. Aha, mein Bruder hat Sie herbestellt. Sieht ihm gleich, meinem Bruder, kein Geld, dennoch Taxi fahren was das kostet, ein Taxi warten lassen. Wie Sie wollen. Warten Sie, wenn Sie wollen. Ich garantiere für nichts bei meinem Bruder. Warten Sie nur. Es ist Ihr eigenes Risiko. Die jüngere Frau, die sich der Eingangstüre und damit mir von der Werkstätte her genähert hatte, stiess mich fast in den Windfang und von da durch einen engen Korridor. Bevor sie wieder hochgefahren sind, um in meinen Arbeitsraum einzudringen, wo wir uns zuvor aufgehalten haben, müssen sie sich mit anderen in der Stadt unten getroffen haben, sagte Merz,

Wahrscheinlichkeit gross ist, dass sie sich an mehreren der zur Debatte stehenden Raubüberfällen massgeblich beteiligt haben. Man vermutet heute nicht nur die Beteiligung einer weiteren Bande von Kriminellen, sondern vor allem auch die Mittäterschaft des notorischen Rechtsextremisten und Waf-

habe ich notiert. Ich habe sie einsteigen und wegfahren hören. Sie sind laut gewesen wie sonst auch, sagte Merz, hatte ich notiert, schreibe ich auf.

Renner wartet. Er wies mir dann einen Weg durch den verstellten Korridor, er lachte vor uns hin, entschuldigen Sie die Verstellungen, ich restauriere Uhren, nebenbei, der ganze Korridor war durch unterschiedlichste Zeitmesser verstellt, Regulatoren, Standuhren, neueste Modelle mit digitaler Zeitanzeige, Prototypen, mir unbekannte Geräte. Passen Sie bitte auf. Achten Sie bitte auf die Geräte. Sie sind sehr kostbar. Wanduhren. Antike Uhren, hätte ich mich ausgekannt, sie unterschiedlichen Zeitepochen im Vorbeigehen zuordnen können, was er mit Stube bezeichnet hatte, erwies sich als düsterer Büroraum, die Einrichtung, wie man sagt, zeitlos, Tamar setzt sich jetzt mit Büchern auseinander, die von der Einrichtung von Räumen unterschiedlichster Nutzung handeln, notiere ich. Fahrten jetzt, in grösseren Abständen, nicht gerade Flaute, die Wagenfenster offen, den linken Ellbogen abgestützt, das Steuerrad als Schreibunterlage wenig geeignet, jedoch möglich, ich geniesse die Pause zwischen zwei Fahrten, da ich durstig bin, trinke ich aus der Flasche lauwarmes Mineralwasser. Ich setzte mich auf den

fenfetischisten Jean Meier. Dieser, im Zivilberuf an einem gutgehenden industriellen Betrieb in der Gegend von Grenoble beteiligt, konnte sich aber, als es offensichtlich kritisch wurde, nach Paraguay absetzen, wo er sich heute noch befindet und seinen dortigen landwirtschaftlichen

der Tür zunächst befindlichen Stuhl und begann zu warten, notiere ich weiter. Ich schloss die Augen. Schiebegeräusche über mir, Schritte, umstellen, dachte ich, ein Hinpendeln Herpendeln, Schritte einer einzelnen Person, unsicher, die Schritte oder ich, nebenbei Verstellungen, ordnen, abwaschen, verräumen, entstauben, Absetzgeräusche nebenan, anliefern, dachte ich, ein einzelnes Ticken, vorwiegend Stille. Riechen. Die Luft schien durchsetzt von den unterschiedlichsten Gerüchen. Eindringen oder eventuell mich durchdringen lassen. Durchsetzen. Ich hatte das Gefühl, mittendrin zu sitzen. Da bist du genauso draussen wie draussen auch, sagte ich mir, erinnere ich mich.

Merz' Stimme mischt sich mir, während ich die sanfte, leicht nach Abgasen riechende Sommerabendluft einziehe und die Flasche unter den Sitz schiebe, in die Stille von vielleicht Merz' Büro oder Wohnraum, in das Ticken der Uhr, ich war, da das Warten und die Geräusche andauerten, weggedöst, Merz weckte mich auf, wir fahren, entschuldige. Mir nicht genau genug gemerkt, den schmalen Weg zwischen den wenig gepflegten Gärten, die Einfahrt, die durch Motorräder zum Teil verstellt war, in den Scherben sehe ich, wie sich mein Spiegelbild dem Haus nähert. Überschichtungen. Merz setzte

Produktionsbetrieb erfolgreich leitet. Querverbindungen gibt es schliesslich zum 1972 erfolgten Mordversuch am nicht nur in Zürich bekannten Ernst Merz — eine Retrospektive, die die Serie ›Stadtzerstörung‹ ins Zentrum stellt, findet gerade jetzt in der Kunsthalle dieser Stadt

sich immer auf die hintere Sitzbank. Von der Tür her in meinen Rücken, wir fahren, dies ist der kürzeste Weg, hatte ich am Ende nach hinten geschrien, wohin willst du überhaupt noch gefahren werden, Merz, bleiben noch Strassen übrig, Merz war der Fahrgast, ich war die Taxifahrerin. Dass ich übermüdet sein könnte, Merz, kommt dir nicht in den Sinn? Dass ich genug von diesen Fahrten haben könnte? Hatte ich geschrien, mich geweigert, weiter zu fahren? Hatte ich ihn nur gebeten, mir das Ziel der Fahrt mitzuteilen, um Umwege zu vermeiden? Wo fährst du denn hin. Das war plötzlich Nosers Stimme, die von der Seite in mich eindrang. Ich erinnerte mich nicht, notiere ich, Noser aufgeladen zu haben. Einspuren, abbiegen, Nordstrasse, zu Hause sein. Wo fährst du denn hin? Du sollst uns an die Brunnenhofstrasse bringen, sagte Merz, seine Stimme war ganz sanft geworden. Die Herren sind beschäftig, hatte sie gesagt.

Fahr doch endlich an. Warum war Noser so ungeduldig gewesen? Dann hatte er wieder von Masken geredet, die er erkannt habe. Ines habe schliesslich die Suppe doch noch gebracht, sie sei im grössten Lärm fähig, einen Schrei nach

.

statt. Aufgrund von Missverständnissen war vermutet worden, das Ernst Merz ›zuviel wusste‹. Auch die Aufklärung der Affäre Merz scheint nicht vom Fleck zu kommen, weil die zuständigen Behörden die Ermittlung bremsen statt fördern. Schliesslich scheinen die Untersu-

Suppe zu lokalisieren und durch Trommelwirbel und Posaunengeheul Wichtiges von Unwichtigem zu unterscheiden, die Bestellung herauszuhören. Da habt ihr eure Suppe, verbrennt eure gescheiten Mäuler nicht. Zieht eure Masken aus, bevor ihr zu essen anfängt. Ich erinnere mich nicht, notiere ich, ob Noser Merlin nannte oder auch Joss. Sie seien doch nicht maskiert, hätte der erwidert. Doch, doch, sie sehe die Masken, sie sollten sich nicht sträuben, während der Fasnacht fielen ihr Masken, wie sie sie trügen, stärker auf. Ich notiere. Weswegen ich nicht gewartet hätte. Merz' Stimme vermischt sich mit den Geräuschen zunehmenden Verkehrs, die Abendvorstellungen sind zu Ende gegangen. Union 34 nimmt Fahrgäste auf. Limmatquai, Toblerplatz. Über den Rückspiegel beobachte ich die Bewegungen der Zugestiegenen. Waren sie das nicht. Ich schreckte auf. Heftige Stimmen. Jemand. Langsame Tritte. Treppab. Merz endlich. Niemand betrat den Raum, wo man mich warten liess. Stille. Hatte man das Haus verlassen. Ein Telefon. Im Korridor möglicherweise. Schnelles Gehen. Eine Stimme. Möglicherweise die Stimme der jüngeren Frau. Aufregung. Die Zeit überschritten, drei Tage über die Zeit hinaus stehen lassen,

chungen auch durch die notorische Rivalität zwischen den verschiedenen Polizeikorps behindert zu werden. Dennoch verdichten sich die Indizien, dass weit mehr hinter diesen Affären steckt, möglicherweise ein Destabilisierungskomplott von rechtsstehenden Kreisen. Diesen scheinen die ge-

den Wagen blockiert? Nein, von einer Taxibewilligung für den Transporter weiss ich nichts, erwiderte die jüngere Frau. Ja, sagte die jüngere Frau, die Erkennungsnummer stimmt. Weshalb die Frage, weshalb der Anruf. Um der Genauigkeit willen, der Transporter, zu welchem das Nummernschild gehört, steht in der Einfahrt, er ist in letzter Zeit nicht gebraucht worden, welches ist seine Anwendung?, nichts ist transportiert worden. Nein, ich gebe keine weitere Auskunft. Rufen Sie bitte wieder an, nein, ich weiss nicht, wann er da sein wird, er kommt und geht in unregelmässigen Abständen. Sehr gut lässt sich dieser Abend an, trotz milden Wetters und Junimond. Ich führe das Fahrtenprotokoll nach. Keine Pausen zwischen den Fahrten bis ein Uhr, anschliessend leichter Rückgang, mehrere kurze Pausen. Jetzt eine längere Pause. Ich gehe über die Strasse in ein Nachtkaffee, notiere ich. Brauerstrasse. Anschliessend Josefstrasse, Ecke Motoren, Restaurant Freihof. Vier Tage mit Merz unterwegs, erwarte mich gegen neun Uhr bei Hintermann. Sehr gut fängt dieser Tag an. Was wird da gespielt, dachte ich häufiger. Ich kam mir allmählich lächerlich vor, mitgespielt kam ich mir vor, ich ertappte mich dabei, wie ich die Zeit nicht mehr mit Beobachtungen zubrachte, deren Zweck mir immer weniger

nannten Mängel zustatten zu kommen. Sie scheinen höchste Protektion zu geniessen. Wir sind gespannt, welche Rechtsstaatlichkeit sich durchsetzen wird. Endlich! Diese siebzehn Minuten sind ein kleines Stück Kino, durchkomponiert, inszeniert. Mit in grossem Stil ausgeleuchteten Bildern, eine

einleuchtete, sondern Maigret spielte, zu Miss Marple wurde, horchte und kombinierte, beobachtete und rekonstruierte, nicht die Facts zu Merzereignissen, sondern Enden von Plots zu Kriminalgeschichten, l'ispettore Rogas, was erwartete mein Auftraggeber, Staatsanwalt Merz, von mir? Siehst du? Hast du gesehen? Worum ging es denn wirklich. Da war Merz.

Ich schob kleinste Ereignisse und zufällige Beobachtungen zu Situationen zusammen, bildete mir Szenen und Abfolgen und verwarf sie wieder. Ich kam mir blöd vor, nahm mir vor, mir nichts mehr zu merken, keine Beobachtungen mehr anzustellen, sofort zu vergessen, was ich hörte. Später, dachte ich, würde ich während Arbeitspausen Zusammenhängendes erzählen können. Union 34, Höngg, Leimbach. Zu dieser Nachtzeit der Wunsch, heimgefahren zu werden, ich bin wach und angeregt, die Fahrgäste eher nicht. Er gehe kurz hinein, wiederholte Merz, während mehrerer Fahrten, nachdem er mich angeheuert hatte, liess er mich wieder und wieder anhalten, er steige rasch aus, er gehe da hineinschauen, hier wolle er sich rasch zeigen, man erwarte ihn da, dies seien, sagte Merz, erinnere ich mich, sage ich Noser, der jetzt oft für einen Augenblick, wie er sagt, nach meinem

Vision. ›Le froid du matin‹, ein kleiner Abschlussfilm, gibt einem die Freude und die Lust am Kino zurück. Man verfolgt gespannt das gezierte Essritual der Erwachsenen, das Doppelleben der schönen Mutter. Beim Eindunkeln brutal zusammengeschlagen. Die Aufklärung von Verbrechen sei nicht

Arbeitsschluss hereinschaut, um dann zu bleiben, die Knotenpunkte, deren Distanzen zueinander er abfahren müsse.

Als ob Bratkartoffeln gegessen worden wären vor kurzem. Ich roch Bratkartoffeln und dünnen Kaffee, alte Frau und ausgerauchte Zigaretten. Dies vertrauliche Du. Scheinbar vertrautes Du, dachte ich. War es ein ländliches Du, das er in den Räumen dieses seltsamen Hauses, in dem ich seit Stunden wartete, erworben hatte, eines Hauses, das noch Dorfhaus sein wollte und nicht mehr sein konnte, da rundherum alles Land schon für städtische Verwendung aufgekauft war, ein paar Enten, ein wenig Salat, Schlingblumen und Unkraut und Autooccasionen, in der Durchfahrt aus totem Holz zusammengeflickte Zypressen, zur Versetzung bereite Grabsteine dort eingelagert, wo sich vielleicht einmal eine Bauernfamilie zum Bohnenauskernen eingefunden, dabei mit dem Nachbarn, dem sie aushalf, über schlechtes Wetter und anderes gestritten, war es das heimliche Du der Gartenlaube? Möglicherweise das Du von Arbeitern in den Vierteln hinter Bahnhöfen, wo Merz als Bube herumgekrochen wäre, Passwort, um den Andern hinter der Grenze einzuholen.

Sache der Betroffenen, sondern der Polizei, erklärte der Polizeigefreite W. Josef Ritzmann verriet sich durch Prahlerei: Einen Monat nach dem 3,17-Millionen-Coup im Zürcher Auktionshaus Koller ist der bislang grösste Kunstdiebstahl der Schweiz praktisch aufgeklärt. Auf die Frage eines der

Am vierten Tag seiner Untersuchung und Gegendarstellung, wie er nannte, was er begonnen hatte, lese ich aus den Notizen, die ich damals, wenn auch sehr unvollständig, erstellte, hielt sich Merz nur in der ›Stadt Madrid‹ längere Zeit auf. Die Aufforderung, zu warten, hiess wenig, schau dich um, ein kurzes Umherblicken, ein Augenwischen über die Fassade, hinter welcher Merz verschwand. Vorläufig habe er, sagte Merz, sage ich Noser, noch viel Zeit. Noch eile nichts. Noch misstrauen sie ihm nicht. Wen versteckte Merz, sage ich Noser, hinter den ›Sie‹ den ›Einer‹. Merz habe nicht nur Vermutungen, sagtest du, Noser, sage ich Noser.

Im Treppenhaus ist es wie sonst auch, wenn ich komme, sagt Noser, notiere ich, Noser geht im Gang auf und ab, Tamar ist ausgegangen, ich schaue im Zimmer umher, nichts Besonderes, sage ich lauter als sonst, Tamar wird ausgegangen sein, sagt Noser, die Bananenkisten im Treppenhaus, wie sonst auch ist Tamars Reisetasche da, rufe ich hinaus, Noser, Tamar, sage ich, schleppt die Tasche nicht immer mit, diese unförmige Tasche ist mein Haushalt, dann weist sie angebotene Hilfestellung zurück, diese Reisetasche muss ich allein über die Strasse tragen, diese Tasche bewohne ich, sagt

anwesenden Journalisten erwiderte der Polizeisprecher: ›Eine Schliessung des Restaurants ›Stadt Madrid‹, das im Zusammenhang mit diesen Ereignissen genannt worden war, drängt sich vorläufig nicht auf, da dessen Führung durch eine qualifizierte Person gewährleistet ist.‹ Ehemalige Freundin packt

Tamar, wenn sie gutgelaunt antwortet, wissen Sie, sagt sie dann, ich trage die vermissten Bilder mit, die brauchen heute frische Luft, Sonne, gesonnt müssen sie werden.

Auf allen Dingen Steinstaub, sage ich Noser, der jetzt sein Glas austrinkt, ich strich mit der Hand über die Tischkante, zeichnete ich in den Staub Merz, wischte den Staub zu kleinen Haufen. Ein Liegebett für eine müde Frau. Ich ging zum Fenster, blickte auf die Zufahrt hinunter. Weiter weg sah ich zwei Fussgänger stehen. Sonst war niemand zu sehen. Einer glich dir. Der Andere liess mich gleichgültig, auch wenn du auf ihn einredetest, wie du das manchmal tust, wenn du etwas für dich entdeckt hast. Ich setzte mich wieder hin. Eine schläfrige, alte Frau, dachte ich dann, sage ich Noser, nicht mehr Taxifahrerin. Nicht mehr Maigret, nicht mehr zweiunddreissig Jahre alt. Noser, komm, ich gehe schlafen, komm mit.

Ich war dann wohl eingeschlafen. Kein Wunder, nach diesen Tagen, Nächten mit Merz. Merzorte, Merzzeiten. Warten. Seinerseits kaum Pünktlichkeit. Er bestimme seine Zeit selber, sagte Merz, sage ich Noser, lassen wir den Esstisch. Um gegen ihn aufzukommen, zerbreche ich jeden Satz, der mir in den Mund gerät, in einzelne Wörter.

aus: Diesmal hatte die Polizei recht, denn es war wirklich nur eine Zeitfrage, bis auch Esposito hinter Gittern sass. ›Es ist, als wäre meine Hand eine Kamera. Wenn es möglich wäre, möchte ich keinen Mechanismus zwischen mir und dem Augenblick des Fotografierens. Die Kamera ist so sehr ein Teil

Dies ist eine Beschreibung, sagte ich Merz, sage ich Tamar, ist dies eine Beschreibung, eine Verengung, eine Bewegung, eine Hinwendung des Oberkörpers ohne den Kopf zu neigen, dies ist ein Rapport, sagte ich Merz, sage ich Tamar, ein Aushorchen, ein Hinüberlangen, ein Verschieben, ein Anbieten eines Getränks oder eine Rechtfertigung, sagte ich Merz, ein Türschwingen, ein Händereiben verhaftet wurde sind überzeugt übergeben worden, eine Beobachtung, sagte ich Merz, dies ist ein fotografisches Abbild, sagte ich Merz, Merz sass an dem Tag ausdauernd im ›Hintermann‹, ich war hinausgetreten, festhalten so wird es gewesen sein ersetzen durch so ist es gewesen, gegenüber Passfotos sofort, zum Beispiel von Tätigkeiten Merz feiert, gibt, erhielt, Porträtfotos, ich von mir eine Vorstellung, zum Beispiel von Farben, feinkörnig, dicht. Fotografische Notizen von Vorteil, jedoch schwerfällig, anschliessend, erinnere ich mich, setzte ich mich auf den Rücksitz, hinten in meinen Wagen, Merz' Sichtmöglichkeiten feststellen, ich notierte, erinnere ich mich, Ausschnitte von ganz hinten nach schrägaussen. Vor fünf Minuten haben sie das Lokal verlassen, sagte ich Merz. Das sind Fakten, sagte ich Merz, sind dies Fakten.

meines Alltags wie Reden oder Sex.‹ Irgendwo hinfahren, um Aufnahmen zu machen, das wäre schon ein bisschen Glaube an die Zukunft, an Planung, an Beherrschung. Doch Nan lebt in der Gegenwart und nur in der Gegenwart. Sie ist inzwischen die berühmteste No-Future-Fotografin. Das

Nun sei er halt wie die andern geworden kein Anachronismus, sagte Merz, ich bin ein Anachronismus, über Arbeiten, so, wie ich arbeite, was ich arbeite, an Bildern, schau her, sagte Merz, das ist ein gutes Bild, ich schenke es, dir zum Beispiel, das ist ein unentbehrliches Bild, sie haben sich die Bilder genommen und auch bezahlt, offensichtlich, Anerkennung, offensichtlich, Entgelt oder Vergeltung, die Überzeugungsbemühungen sind gelungen, es gibt Käufer für die Bilder, nur, sage ich ihnen, sagte Merz, Merz will nicht, dies ist ein Nachdenken über Arbeiten, sage ich Tamar, ein Überarbeiten von Bildern oder Einbrechen um Bilder, sagt Tamar, ein Weitertransportieren, ich sage Tamar, eine Demontage, Abbruch, ein Häuserabbrechen und ein sich Sträuben dagegen, das Abbild der Venedigstrasse mitsamt den dazugehörigen Häusern ist ein Parkplatz ist eine Baustelle ist ein Bürogebäude über einem Kaufhaus ist Eigensinn sind Druckfahnen in Bananenkiste in Treppenhaus.

Unvermittelt, sage ich Tamar, ich war dann wohl eingeschlafen, kein Wunder, fliessende Arbeitszeiten mit Merz Arbeitstag in Arbeitsnacht kein Wunder, sagt Tamar für mich, bei dieser Arbeitsweise. Er, Merz, bestimme selbst, wie oft, wie

Konzept, das eigentlich keines ist, hat seine Wurzeln in der eigenen Biographie. Sie hat sie freigelegt. Und je länger sie darüber nachdenkt, je länger sie von Augenblick zu Augenblick lebt und arbeitet, desto klarer sieht sie, weshalb sie es so tut und nicht anders kann und will: Als sie elf Jahre alt

lange er arbeite, schwer messbare Arbeitszeit, denn, sagte Merz, seine Arbeit lasse sich nicht in abmessbar gleiche Abschnitte zerteilen, auch nicht in einander vergleichbare Schritte der Erfindung, des Entwurfs, der Planung, der Herstellung schliesslich, des Vertriebs, die dann ihrerseits wieder unterteilbar und so dann bemessbar würden, so und so viele Geldeinheiten je Arbeitsvorgang und Zeiteinheit, so und so gross die Summe für das angefertigte Gebilde ›Bild‹, eine Taylorisierung der künstlerischen Erfindung sei bisher nicht gelungen. Ob ich je eine Autofabrik zu besichtigen die Gelegenheit gehabt hätte, hatte dann Merz unvermittelt gefragt, ihre Namen hängen sich nicht als Gütezeichen an das, was sie herstellen, Kotflügel, Bolzen, könnten sich gar nicht, denn Muluds Aufenthaltsbewilligung wird bald abgelaufen sein, an Josés Presse arbeitet in der anschliessenden Schicht Marco, was sie produzieren bleibt stumm bis zur Endmontage, als ob jeder für sich arbeitete, wo genau findet Beraubung statt und wovon, du, Merz, du hast es gut, lass mich sein, lass mich essen, Feierabend, Kaninchen und Polenta, gedämpften Spinat mit Zitrone und Olivenöl gewürzt, mamma mia, non poi stare zitto nemmeno un momento, so der Tischnachbar im ›Cooperativo‹, sagte Merz, sage ich

war, hat sich ihre Schwester auf die Bahnschienen gelegt und gewartet, bis der Zug sie zermalmte. Nan hörte ihre Eltern die Lüge für die Geschwister vorbereiten: Und wenn wir sagen, es sei ein Unfall gewesen? Sie waren voll Sorge und Haltung. Der Psychiater der toten Schwester warnte Nan:

Tamar. Zwischendurch ein Tag Ruhe. Am darauffolgenden Tag später Arbeitsbeginn. Merz sieht zerschlagen aus, hatte ich damals notiert, sage ich Tamar, abgeschlagen, bewegt sich steifer als sonst, Schmerzen?, hatte ich notiert. Tamar wickelt Forellen in gebrühte Salatblätter ein, sie legt sie in eine weite Glasplatte, die sie jetzt in den Ofen schiebt. Jetzt schält sie eine Gurke. Vielleicht Rückgriff auf alte Gelüste. Frisches Weissbrot an Sonntagen? Kartoffeln.

Unvermittelt, sage ich Tamar, Merz beim Wort fassen, wer spricht da von Beraubung, Noser, sage ich Tamar, kam Merz allmählich häufiger näher, setzte sich Noser zu Merz auf den Rücksitz, ich schaute auf den Verkehr, amüsiert.

Unvermittelt, sage ich Tamar, hiess Merz mich wiederholt anhalten, erhob seine Stimme, ich sage, sagte Merz zum Beispiel, mein Name gilt ihnen, solange meine Arbeiten angesehen sind also, als Etikette. Da ist ein Markt, der täglich abgehalten wird, Anklage, ich eitler Merz, kann es nicht

Du wirst gleich enden wie Barbara Holly. Nan brannte mit vierzehn Jahren durch; sie dokumentierte die Wirklichkeit ihres Lebens in einem Tagebuch, das sie niemandem zeigt, und in ihren Bildern, die sie veröffentlicht. Niemand soll die Fakten ihres Lebens umbiegen, verschweigen oder gar erfin-

lassen, Signatur, Jahr zu setzen, erst dann lohnt es sich, die Bilder sogar zu rauben. Zum Beispiel, sage ich Tamar, sagte Merz, bevor er mich anfahren hiess, wer sieht der Ware an, durch welche Hände sie gegangen ist, jene die über Kunst schreiben. Wenn nur Merz, soweit Merz in den Bildern, schliesslich an der passenden Wand hängt, Accrochage. Hürlimann fährt zu Ritzmann. Hürlimann transportiert für Bernas. Die Rechnung stimmt, Hürlimann führt Ritzmann zu Jaggi Jänsch. Neue Galerien können mit interessanten Ausstellungen eröffnet werden. Es werden passende Kritiken geschrieben, siehst du, sagte Merz, wie das geht. Ware, Geld, der Kauf ist perfekt.

den können. ›Ich will niemals empfänglich sein für irgendwessen Version meiner Geschichte. Ich will niemals die wirkliche Erinnerung an jemanden verlieren.‹ So schreibt sie im Vorwort des letztes Jahr im renommiertesten Fotoverlag erschienen Buches ›The Ballad of Sexual Dependency‹.

Wer spricht da von Beraubung, wir haben die Bilder angemessen bezahlt, sagt Bernas. Anfahren, sagte Merz, weiter den blossen Händen nachfahren, wir haben die Bilder angemessen bezahlt, sagt Wahrig, der sich auskennt wie ein Händler und einen weiteren Bericht über eine weitere Ausstellung überarbeitet, bevor er ihn dem verantwortlichen Redaktor abgibt, sagte Merz, sage ich Tamar, die die zu kleinen Würfeln geschnittenen Gurken zusammen mit Zwiebelwürfeln und Dillblättern in der zerfliessenden Butter wendet.

Vorgetäuscht ein Sommerabend, unvermittelt, sage ich Tamar, fiel ein kalter Wind ein, Schneetreiben, dennoch waren wir dabei geblieben, ein am Buffet fertig zusammengemischtes Kaffeegetränk, sehr süss, bestellte Merz, mit doppeltem Gehalt an Schnaps, bestellte Noser, ich arbeite, sagte ich, eine Schale, ich bitte darum, die Getränke waren genügend heiss. Unvermittelt sprach Merz, du hast es besser, sagte Merz, die Wirtstube war angenehm beheizt, wir waren die einzigen Gäste, an Wintertagen oder Abenden kommen während der Woche einige Bauern aus der Umgebung, bevor sie in den Stall müssen, ein Mädchen spülte Gläser, die Wirtin oder Bäuerin war wieder nach draussen gegangen, es han-

Die öffentlichen Bilder und die geheimen Tagebücher Nan Goldins definieren Geschichte und Identität der Tochter einer langweiligen, heuchlerischen amerikanischen Mittelstandsfamilie. Nan hat ihr eigenes Leben, ihre eigene Familie in einem Raum gefunden, den die Menschen des bürgerlichen

delte sich um eine Wirtschaft, die ich von Ausflügen in der wärmeren Jahreszeit her kannte, sage ich Tamar. Du, Merz, sagte Noser, hast es besser, könnten sie sagen, zum Beispiel, wenn du mit ihnen zusammensitzest, im ›Cooperativo‹ zum Beispiel, vielleicht haben sie recht, vielleicht. Vielleicht ein Name, Giovanni Russo oder Marco Carì, du hast es besser, was du arbeitest, gibst du dir selber auf, ein wenig Wein noch?, eine Süssigkeit?, was du tust, denkst du mit deinem eigenen Kopf aus. Und wenn du herstellst, würden sie sagen, sagte Noser zu Merz, wenn du herstellst, was du, sagst du, herstellen musst, dann brauchst du deine Hände, deine Augen, dein Gehör, auch deine Nase soweit nur und so oft nur, als du Lust hast und so wie du es kannst, und wenn du Lust hast, sagt Giovanni Russo vielleicht oder ein weiterer, der sich zu euch gesetzt hat, um mitzureden, bei deiner Arbeit zu singen, zu weinen, wenn du Lust hast, das, was du hergestellt hast, zu umarmen und es dann zu verschenken, dann kannst du das, ich spendiere einen Grappa, Beppe, vier Grappa, dass du schliesslich am Ende verkaufen musst, was du herstellst, um zu leben, dass du es zeitweise nicht verkaufen kannst,

Mittelstands marginal nennen. Sie fotografiert die Menschen, mit denen sie lebt. In Boston hat Nan Goldin in einer Transvestitenbar gearbeitet. ›Frauen tragen Make-up, um sich selbst zu gefallen und nicht anderen, denn nur eine Frau, die sich absolut weiblich fühlt, kann sich selbst verwirklichen

o. k., soweit geht es dir, wie es meinem Nonno ging, als er noch auf eigene Rechnung schreinerte und sein ganzer Ehrgeiz darauf ausgerichtet war, das ganz besondere Stück auf seine ganz eigene Art zu machen, so wie er es gelernt hatte, früher, im Umkreis der Provinzhauptstadt, und doch anders, er hatte seine Geheimnisse, sagte er, einen Tisch machte, einfach, weil er musste, weil das Holz, das da lag, zu einem Tisch werden wollte, eine Sehnsucht, nun ist er halt wie die andern geworden, kein Unterschied, ein Tisch wie der andere, wo bleibt das Geheimnis, eine Resignation, eine Wohnung, ein Auskommen, ein Umstellen, ein Aufheben, ein Verschieben, wo bleibt die Erfindung, sage ich Tamar, Tamar übergiesst die Fische mit dem Saft, der sich in der Platte gebildet hat, Dampf, der duftet wie Fisch, wie Zwiebeln, ganz leicht, wie Dill, wie Butter, wie Krusten im selten gründlich gereinigten Backofen, also Spuren anderer Gerichte, sozusagen Archäologie des Backens dieser Frauen in dieser Wohnung, schnüffle ich, erfunden wird aufs Geratewohl, sagt Tamar, jetzt einige Kartoffeln bereiten, Salzkartoffeln, sie zieht den französischen Ausdruck vor: pommes vapeur, ein Dunst, ganz leicht, breitet sich aus, erfunden wird anderswo, sagt Tamar.

und verstanden werden.‹ (Yves Saint Laurent) Der bekannte Visagist Pisanello von Yves Saint Laurent freut sich, Ihnen diese Woche Ihr persönliches Frühlings-Make-up zu zeigen. Vom 9.3. bis zum 12.3. im Globus City, Parterre. Rufen Sie uns an, wir reservieren Ihnen gerne ein Rendez-vous. Once

Vorgetäuscht, ich höre den dringenden Klang deiner Stimme, Merz, ich spüre den rauhen Plüsch unter den Händen, in meinem Nacken, ich warte, ich notiere, sieh dich genau um, sagst du, was willst du, dass mir deine Äusserungen bedeuten, ich lese Tamar aus den Notizen vor, was willst du, frage ich den abwesenden Merz, notierte ich, sage ich Tamar, von denen am Tisch zum Beispiel bei Hintermann, ich höre den dringenden Klang von Merz' Stimme durch die Zimmerdecke, ich befinde mich wieder im Stube genannten Zimmer, ein durchdringender Schrei könnte mich jetzt nicht erstaunen, notierte ich, sage ich Tamar, die die Kartoffeln in der Pfanne, nachdem sie alles Wasser abgeschüttet hat, ausdampfen lässt, so nehmen die Kartoffeln den Saft besser auf, sagt Tamar, Vorstellung: dies ist ein Thriller, Merz und Noser stehen vor dem fremden Bild (anstelle eines Bildes von Merz). Ort: Merz' Atelier im Industriequartier, ein grosser Werkstattraum, in welchem er vor allem die grossen Formate herstellt. Renner steht am Fenster und schaut in den Hof und über den Hof auf die rückwärtsgewandte Fassade des ›Hintermann‹. Unten im Hof einige Autos, darunter verschiedene Wagen von New York Taxi. Ein so genanntes Kommen und Gehen. Eine grosse Tafel, beschriftet mit

Upon a Time in The West: Ein Kultwestern kommt wieder. Die Wetterkarte zeigt deutlich, dass die Staulage über den Alpen erhalten bleibt und somit die Zufuhr von feuchter Meeresluft noch andauert. Es gibt jedoch Hinweise auf eine Änderung der schon seit Tagen andauernden Nordwestwind-

Berny Wyler AG, New York Taxi, Transporte. Jedoch weder hastig noch auffällig. Kehrichtcontainer wie üblich in Hinterhöfen. Blicke kreuzen Renners. Warten innen entspricht Warten draussen. Noch Stille. Ein Telefonapparat (Wandapparat) in der Nähe der Eingangstüre zum Atelier. Ein Sofa, Plüsch, mit Blick auf die Staffelei. Renner wendet sich den beiden, Noser und Merz, zu und setzt sich ruhig auf das Sofa.

Merz beim Wort nehmen. Dich beim Wort nehmen. Anfassen. Antwort abwarten. Merz abwarten. Jedoch weder hastig noch auffällig häufig. Tamar zerteilt die eine Forelle, nachdem sie die gedünsteten Gurken und Zwiebeln etwas weggeschoben und die leicht angetrockneten Salatblätter, an welchen die Haut des Fisches klebt, abgehoben hat. Die andere Forelle liegt in den Blättern und unter den Gemüsen verborgen im Saft, der einen Moment leise weiterschmort. Merz fassen oder anfassen. Beim Wort nehmen oder bei seiner massigen Gestalt. Auf Merz lauern. Tamar hebt den Fisch in Stücken aus der Platte in ihren und meinen Teller. Merz beim Wort nehmen. Wir nehmen uns vom Gemüse, vom Saft und von den Kartoffeln. Wir giessen uns einen weissen Wein ein.

lage über Mitteleuropa. Zum einen hat sich über dem Atlantik ein weiträumiges Wirbelsystem mit Zentrum westlich von Irland gebildet. Zum andern ist die aufgelockerte Südflanke des über Mitteleuropa liegenden Wolkenkomplexes ein Indiz für eine Änderung der Grosswetterlage. Osteuropa ist

Wir schlagen zu. Wir geniessen das Nachtmahl, sagt Tamar. Ich sehe dich triumphieren. Ich sehe dich lauern. Ich sehe dich reden. Ich sehe Merz reden, sage ich Tamar. Merz hielt Hof, die Fürstin hielt Hof, sagt Tamar. Ich lese vor: Was ging gestern bei Hintermann vor. Wir sind wieder zu Hintermann unterwegs. Es scheint, als ob sich das ›Hintermann‹. Abbruch. Wir fahren nicht zu Hintermann. Wir fahren zur Druckerei. Moor kommt stärker in den Vordergrund. Aneignung und Verwirklichung sind verschiedene Verkehrsformen, sagt Tamar.

Eher die Vorbereitung zum Show-down, sage ich Tamar, übermitteln, sich durch Absatz der Ware zum Zusammenhang hin freistellen, die Veränderung des Wirkens anstreben, Moor stand abwehrend im Eingang zu den Büroräumen der Druckerei.

Ein Tamarsatz, sage ich Noser. Noser und ich rücken uns näher. Kannst du mir nicht sagen, wo der Turm heute ist und wo die Fürstin. Ein Tamarsatz, ein Satz, während sie streicht, als sie mit Streichen angefangen hat. Eine Art Refrain, sagt Noser, ein Lied, sagt Noser, hören, sagt Noser. Eine schöne Melodie, sage ich. Tamar weiss jetzt, sage ich zu Noser, dass ich eine Schreibmaschine in mein Zimmer ge-

meist stark bewölkt. Seine Vergangenheit als Zuhälter wird Franco Esposito zum Verhängnis. Diesmal hatte die Polizei recht, denn es war wirklich nur eine Zeitfrage, bis auch Franco Esposito hinter Gittern sass. Die Aufklärung von Verbrechen sei nicht Sache der Betroffenen, sondern der

bracht habe, Tamar weiss jetzt, dass ich aufschreibe auffange, auffassen, sage ich, erinnern im Zimmer, das Tamar für mich weiss gestrichen hat, die Erinnerung an mein Warten. Die nächste Fahrt, sage ich Noser, führte uns von Merz' Haus zum ›Turm‹, wo aber niemand kam oder ging, der eine Rolle in Merz' Stück spielte, so dass wir wie ein befreundetes Paar erscheinen mochten, das zusammen speist.

Ein Tamarsatz oder ein Merzsatz, sage ich Noser, wir rücken aufeinander zu, dann, als wir das Haus umschritten, sagte Merz, da droben, auf dem Hügel, wird eingesperrt, wessen Angst andere nicht mehr ertragen, eher nicht hinter Mauern, nein, sagte Merz, sage ich Noser, der zuhört, jedoch hinausschaut, hinter blühenden Kirschgärten, wenn du den Frühling noch erlebst, im Juni hinter blühenden Reben. Die Angst einsperren in Dispersion, oder Ölfarbe, oder Acryl auf Brettern, oder Leinwand, oder Pappe, da oben wird eingesperrt. Merz ist ein Säufer, sagen sie.

Polizei erklärte der Polizeigefreite W. doch G. erinnerte sich an Schläge wenn sie zu wenig Geld nach Hause brachte an Vorwürfe an den Hinauswurf an den Hinauswurf Architektur Demontage doch G. erinnerte sich an die schönen Zeiten doch die Spaltung der die Polizei Zuhälter wird Franco Esposito

Herausfinden, sagte Merz. Ein Spott, sage ich Noser, drängte sich zwischen Merz' Sätze, dann spitzte er die Lippen zum weitertrinken. Wartespielerin, nennt Tamar mich, seit sie weiss, dass ich tags auf dem Fussboden hocke und die Erinnerungsfetzen, die mir nachtsüber die von Fahrten freie Zeit füllen bzw. sich während Fahrten, während der vom Warten befreiten Dauern, einstellen, notiere. Du wartest allzu oft, sagt Tamar zu mir.

Ich setze mich in den Wagen zurück und warte. Ich vertrete mir die Füsse und warte. Ich überlege mir schon gar nicht mehr, wo ich gerade warte. Kommt ein Kunde auf mich zu, registriere ich automatisch, die Adresse wird mir vorgesagt. Automatisch befahre ich den Weg, der zu dieser Abendzeit die kürzeste und rascheste Strecke ergibt. Ich bin auf diese Stadt programmiert. Ich habe diese Stadt ausgemessen nach Zeiten und Wegstrecken. Der Kunde steigt aus. Automatisch nenne ich den Preis, automatisch bezahlt der Kunde, automatisch hat er sich auf mich als Fahrerin eingestellt, automatisch sein Kompliment ausgesprochen, ich erinnere mich nicht an die Gestalt des Kunden, einer löst die andere ab, von Nacht zu Nacht gleichen sie einander mehr. Über Funk

zum Verhängnis Vergangenheit doch G. diesmal Formprinzipien der Las Vegas Architektur Demontage zeigte erinnerte in der irrigen Ansicht auf ihre Liebe zählen zu können denn es war wirklich nur eine Zeitfrage bis auch Esposito hinter Gittern sass nach dem letzten Einbruch hatte er sich bei der

erhalte ich den neuen Auftrag, ich läute, ich warte. Mettler, der Herr lässt auf sich warten oder die Dame, ich weiss nicht, was mich erwartet. Ich warte. Meine Zeiten bestimmt die Zentrale. Die Strasse ist eine lange Strasse, Wohnblöcke, alle sehen wie alle aus, ist das ein Eindruck, hervorgerufen wegen flüchtigen Hinblickens, in einem Zug erbaut vielleicht, keine Umbauten seit der Erstellung, ich registriere die aufsteigende Reihe der Hausnummern. Die Stadt besteht endlich aus gleichmässigen Blöcken, deren gleichförmige Anordnung gegen die zentralen Gebiete hin in die gleichmütige Anordnung der Geschäftsgebäude geht. Die Stadt besteht schliesslich aus Anordnungen von Nummern, von welchen eine ich registriert habe, Strassentafeln, einem System von Signalen, das mich im richtigen Augenblick einspuren, abbiegen macht. Das Bild der Stadt bezüglich Vordergrund und Hintergrund, das sich mir einstellt, ist von der Anordnung, die ich über Funk von der Zentrale erhalte, abhängig. Gleichgültig fahre ich Kinkelstrasse. Fünf, wiederholt der Kunde.

Prostituierten G. versteckt in der wie sich für ihn nur zu an den Hinauswurf an den Hinauswurf und Bedeutungsträger wird die Form vom Inhalt unabhängig hierin liegt das formale Prinzip der Las Vegas Architektur das ist das Prinzip der Warenästhetik nämlich die Bilder des Gebrauchswertver-

Die zeitweise Tamar, denke ich. Wie sie von der Malerleiter steigt. Ihren Pinsel, den borstigen breiten, in eine Büchse, halbvoll mit Leitungswasser, stellt, keinen Farbrest auf ausgelegtes Zeitungspapier tropfen lässt, jetzt professionell arbeitet, Feierabend ansagt, Feierabend eines arbeitsfreien Wochentags, eines Sonntags. Seit sie die hauptsächlichen Zimmer gestrichen hat, arbeitet Tamar als Flachmalerin weiter, so oft sie neben der Büroarbeit kann. Von Gabrielas Zimmer ist sie zum Bad übergegangen, jetzt erneuert sie den Anstrich im Korridor, der Abort wird drankommen, das Kellerabteil, der Teil Dachboden, der unserer Wohnung zugeordnet ist, dann, sagt Tamar, wird sie die Nachbarn besser kennenlernen, der Hausbesitzer hat angefragt, ob sie auch die Erneuerung des Hauseinganges und des Treppenhauses übernehme, sagt Tamar, fällt mir ein. Feierabend, ruft Tamar, komm jetzt aus deinem Zimmer. Komm. Dann umarmt sie mich.

Sie riecht nach Farbe, nach Schweiss auch, sie ist warm und zufrieden. Bin ich müde, sagt Tamar. Im Rücken müde, in den Händen. Komm, ruft Tamar, komm in die Küche, komm, ich habe frischen Hering geholt und dunkles, irisches Bier und Rettich dazu. Sahst du mich denn nicht in jener Nacht?

sprechens vom Gebrauchswert abzulösen doch G. war informiert mit seinem ständigen Begleiter N. spazierte der bekannte Maler Ernst Merz mit seinem ständigen Begleiter N. gestern Abend über den ein weiteres Prinzip spazierte dieser Architektur der ist neben dieser Dominanz bekannte mit

Ich weiss, dass ich sehr spät erst fahren werde, zu spät, sagt die Zentrale. Sahst du mich denn nicht in jener Nacht?

Die Sonne kam spät. Das Fest war vorbei. Ich setzte mich in die Sonne, auf irgendeine Treppenstufe, die zu irgendeinem Eingang führte. Du erinnerst dich, sagt Tamar, damals besass ich keine Schlüssel zu irgendwelchen Eingangstüren. Die Ecken der Strassenräume lagen noch dunkel, die Sonne stand noch sehr tief, die Hauskanten zerstäubten ein wenig Licht über die restlichen Nächte, die zwischen den Häusern hängen geblieben waren. Ich kannte mich nicht aus. An den Hausmauern lehnten verdorrte Tannenbäume. Tannennadeln rieselten. Ich hörte die Nadeln rieseln, auf rissigen Asphalt, eine alte, ungepflegte Strasse. Gerade recht für mich. Unnütz gewordene Tannen an Hauswänden, die von der Abfuhr stehen gelassen werden.

Sahst du mich ruhen? Maskenköpfe zähneklapperten. Masken staken festgeklemmt in den Zweigen dieser Tannenbäume, Weihnachtsbäume, Fasnachtsbäume. Die Menschen, sagte Tamar, sind also doch noch ausgeschlüpft.

seinem ständigen des Zeichens Maler als sie schwanger war und G. hatte den Blick gelesen Abbildung weiss ich der gesellschaftlichen Realität dass G. war informiert verschwanden die beiden im Dunkel bis Merz sich von den Schlägen Zürich, 18. März UPI Bankier als Räuber Kunstkritiker als

Langsam, sagte Tamar, stand ich auf, ging weiter, langsam kam ich zur Stadt hinaus, sahst du mich nicht zur Stadt hinausgehen, ich meine, dich mit Merz hinausfahren gesehen zu haben. Es war der Tag nach dem Fest. Ich hatte das Kleid zurückgegeben. Die Häuser in den Gärten der Vorstadt standen leer, die Erde war leer, die Äste der Bäume waren leer. Ich fand keine jungen Bäume vor der Stadt, keine kleinen Tannenbäumchen für den nächsten Winter, ich fand eine Zypresse, mehrere Zypressen erwiesen sich als künstlich. Baustellen lagen still, seit Jahren, schien mir. Ich ging weiter.

Niemand sah mich weinen. Ich setzte mich schliesslich unter die schwarze Wintersonne über den schwarzen Wintersee. Die Schminke über meiner Haut verlief sich mit den Tränen im Fell der Jacke im zerbröckelnden Asphalt.

Hehler auf die Spur von Beer kam die Polizei durch die Verhaftung von drei Männern die vor einer Woche ihre Beteiligung an dem Raubüberfall auf die Frau eines bekannten Kunst- und Antikensammlers G. hatte den Blick gelesen Abbildung gestanden G. war informiert nach diesem Überfall

Hörspiel 3

Noser: (lehnt sich wie Tamar über das rasch fliessende Wasser des Flusses, der die Stadt einmal ausrichtete) An für Kaufhäuserladengeschäfte und ähnliche Einrichtungen von Handel und Wandel geigneter Lage.
Tamar: (heiter) Ausgeräumtaufgeräumtsauber, wieneudochleer. *(sich steigernd)* Da hörst dann die eignen Schritte wieder, dein eigen Wort verstehst, was denn solls, hörst sagen, dich selber, wer kommt denn da
Noser: (fällt ein) gegangen: Schehrezadalibabadaskind oder Niemand?
Tamar: Einmanneinefraudochwiedertrarasokommtdasimmerdasalibabakind.
Noser: Allerliebstejüngstefraufrätzchengeist im Glas? Ein leichter Vorhang aus angewärmter Strassenluft verweht noch immer dein Li La Lachen doremi. Scherhezader.
Tamar: Ort des Haders. Hast es? Laufen Rolltreppen, rollen Stufen, wer treibt dich, oh Rolltreppeallein. Das Licht einer Sonne bricht sich in deinen blinden Gängen. Wer da.
Noser: Stadtmitte. Ich frage: Ist dies das erste Kaufhaus vielleicht und laufen anderseits die Geschäfte wie auch schon?
Tamar: Da drückens wieder
Noser: die Nasen platt an den Schaugläsern
Tamar: und sehn dich doch nicht, leichter Rauhreif frühmorgens.
Noser: Leichter Rauhreif frühmorgens.
Tamar: Petarden explodieren.
Noser: Brände oder Rosskastanienalleen. Es mag noch *(Tamar fällt ein)*
Tamar: ein einzelner Fussgänger, du.

Tamar, zeitweise, dies ist eine Frage, bist du dir klar, sagt Tamar, was du da tust, mit deinen Fahrten durch die Stadt, du Nachttaxifrau, handlungsweise, habe ich langsam die Verbindung zu den Tagmenschen verloren, sage ich Haustüren, Strassen, zwischen den Häusern Menschen bewege ich, sage ich Tamar, die Verbindung, du bist also eine Kupplerin, sagt Tamar. Das Bild ist da, sagt Tamar, die Verknüpfung, sage ich Tamar, Fahrstrecken und Anhaltspunkte sind mir wichtiger geworden als wen ich miteinander verbinde. Abbruch der Verbindungen, die Strasse aufgehoben, ich bin nicht gegen Veränderung, sagt Tamar, was tun?, ich frage nach Merz, sagt Tamar, ich streiche die Räume, du lieferst die Farbe, die Pinsel, die Schaber, du lieferst die Fakten, Fetzen, ich bin mit der Reisetasche, mit den zwei Bananenkisten, mit den Wörtern bei dir eingezogen. Die Bananenkisten, die die Druckfahnen vom Dachboden im Haus an der Venedigstrasse enthalten, stehen wieder im Treppenhaus, notiere ich. Bald wird Gabriela einziehen, sagt Tamar im Vorbeigehen. Weiter ist sie nicht gekommen. Sie ist weggerannt. Ich muss noch mehr Farbe, ruft sie aus dem Treppenhaus. Sie zieht die Türe zu. Ich höre sie hinunterlaufen. Ich höre die Haustüre gehen. Ich höre ihre Schritte auf die Betonplat-

gaben Freunde der Frau den Rat den Rest ihrer Kostbarkeiten im Werte von annähernd drei Millionen Franken in einem Banktresor unterzubringen sie war allein denn ihr Mann befand sich im Ausland nach Angaben kamen zwei Männer langsam von der Einmündung der Schoffelgasse auf sie zu

ten schlagen. Ich höre den Strassenverkehr, der jetzt, nach acht Uhr früh, gerade noch dicht ist. Ich fange heute mit dem Korridor an, hat Tamar gesagt, notiere ich. Samstag.

Tamar weiss jetzt, dass ich nachts am Fussboden hocke, auf dem Rand des Bodenkissens, die Füsse in die Bettdecke gehüllt, wenn mich trotz der sommerlichen Wärme friert. Die meisten Tage sind warm, ein warmer Sommer dieses Jahr, werden die Zeitungen melden, Rekordtemperaturen festhalten, Klimaschwankungen verwerfen, auf Gefahren der Verschmutzung der Atmosphäre durch Zivilisationsprodukte hinweisen, tagsüber ist es in dem Zimmer sehr laut, ich habe die Teppiche wieder zusammengerollt und in das hintere Zimmer getragen, da der Fussboden abgeschliffen werden soll.

Entstauben, ablaugen. Auslassen, notiere ich, ich lasse das Allgemeine aus, ich grenze ein, wenn ich den Wagen vor dem Haus auf der Stelle, die bis kurz vor meinem Einzug ein Vorgarten einnahm, abstelle, ich nehme die Verschlechterung der Atemluft durch den Verkehr in Kauf, zeitweise, notiere ich, Noser ist vor allem Fussgänger.

plötzlich hatten beide begonnen auf Merz einzuschlagen der sofort unter der Gewalt und der Präzision der Schläge zusammensackte verschwanden die beiden im Dunkeln ohne sich zu vergreifen sie war allein denn ihr Mann befand sich im Ausland gaben Freunde der Frau den Rat den Rest ihrer

An Samstagen steht Tamar morgens jeweils ausgelassen auf, wenn ich von der Arbeit zurückkomme. Sie stellt Teewasser auf. Sie holt frisches Brot, während das Wasser über der Gasflamme heiss wird, Butter, Käse. Sie kommt bald genug zurück, um den Tee aufzugiessen. An Samstagen Rosentee. Honig auch. Ein weiches Ei. Ihr Frühstück, mein Nachtessen. Ein ausgelassenes Mahl stand am Anfang dieser Gewohnheit.

Anstreichen, notiere ich, keinen Flecken auslassen, frühstükken, auskosten, bis Tamar dann im Dunst der frischen Farbe und ihrer Wörter verschwindet. Erkanntest du mich nicht, als die Fürstin mich in der ›Stadt Madrid‹ schminkte, was hattest du dann mit Noser, sagt Tamar, was hatte Noser mit Merz. Ich lege mich bald hin. Ihre Fragen stellen mir manchmal in Träumen nach. Ihre Fragen haken mich fest.

Geld habe die Hand gewechselt, sagt Tamar, notiere ich, sie habe genau zugeschaut, den Herren habe das nichts ausgemacht, wie ihr schien, sie hätten sie nicht beachtet, sie habe

Kostbarkeiten spazierte G. war informiert die Geschäftsleitung nicht nur mit häufiger aber haben es Galeristen mit Künstlern und Besuchern zu tun viele Galeristen pflegen ein enges oft auch freundschaftliches Verhältnis zu ihren Künstlern mit ausgewähltem Wandschmuck auch in den Arbeits-

sich unbeachtet gefühlt, sie glaube nicht, dass man sie beachtet habe. Im ›Hintermann‹, sagt Tamar, seien die Männer mit Händen auf sie losgegangen, sei sie am Gelächter der Frauen beinah erstickt, ihr sei da deutlich geworden, wie sehr sie stören könne. Jaggi Jänsch habe sich mit dem Namen vorgestellt, dass du es nur weisst, diese Spielchen liebt Jaggi Jänsch nicht, herumschnüffeln und das liebe Kind spielen, ein mächtiger Mann vielleicht? Ich nehme an, habe ich Tamar gesagt, Jänsch hat dich mit Merz in Verbindung gebracht.

In der dritten Person, notiere ich, spricht Tamar, ich höre Tamar, Tamar laugt die Täferung im Korridor ab, ich öffne die Fenster im Zimmer, Noser döst auf meinem Bett, Tamar spricht vor sich her. Sie spricht in einzelnen Sätzen. Sie spricht in Pausen. Ich höre Tamar Sätze sagen wie: Das liebe Kind spielen. Pass auf Mädchen. Später vergass Tamar. Früher warst du ein böses Kind. Tamar tut nichts absichtlich. Gut, Tamar, gut, mache so weiter. Du bist gross, Tamar, du bist vernünftig. Tamar ist ein braves Kind. Tamar lässt sich schmücken. Tamar lässt sich abstauben, polieren, einfärben. Tamar lässt sich hinstellen. Tamar lässt sich ausstellen.

räumen der unteren Angestellten nein sie liess es sich nicht als sie ein paar Tage später noch einige Wertpapiere Eröffnung einer neuen Filiale der Kredit- und Anlagebank Frankfurt in Baden die gesamte lokale Demontage der Las Vegas Architektur durch die Spaltung der Architektur in Funk-

Pass auf Mädchen. Tamar liest viel. Ein braves Kind ist Tamar. Tamar geht nicht aus. Tamar hat sich eingestellt.

Jetzt, notiere ich, spricht Tamar häufiger als vor einer Weile in der ersten Person. Sie bemühten sich, sagt Tamar, notiere ich, mir die richtigen Stellungen einzuprägen, sie stellten mich hier hin, sie stellten mich da hin, sie liessen mich verschiedene passende Haltungen einnehmen, bis sie die geeignete Stelle gefunden hatten, wo sie sich mich vorstellen konnten, verging geraume Zeit. Die Fingerspuren, die sie zurückliessen, lassen sich kaum wegschaben oder fortreiben, sagt Tamar, ohne die Lackschichten zu beschädigen, die sie meiner Person aufgetragen hatten.

Zeitweisen, von Verwandten zu singen, sagt Tamar, zum Beispiel Sechzehn Jahre bis du nun geworden, wie die Zeit vergeht. Zweiundzwanzig bist du jetzt. Geburtstag Geburtstag, singt Tamar, was, wenn die Uhr stillsteht? Was, wenn der Uhr die Zeiger genommen werden? Was, wenn der Kalender von der Wand fällt und ihn junge Katzen zerreissen? Wenn jemand die Kalenderblätter leerschaut? Wenn jemand die Uhr fortträgt, wegpackt, für immer verstellt? Wenn das Kind die Kalenderblätter zermalt? Wenn das Kind die Zeit von der Konsole stösst?

tionsbehälter und Bedeutungsträger wird die Form vom Inhalt unabhängig dass nämlich die Bilder des Gebrauchswertversprechens vom Gebrauchswert abzulösen Diebstahl bei Las Vegas geklärt werden sie war allein auch die Kunstgegenstände aus dem Besitz der Galerie Koller hätten der Erpres-

Ganz leise bin ich dort weggezogen, höre ich Tamar sagen.
Tamar, Tamar. Tamar, trage Sorge zu dieser Puppe, sei
vernünftig. Ich lief auf die Puppe los. Ich packte die Puppe.
Ich stürzte. Das Porzellangesicht zersplitterte. Puppen.
Meine liebe Puppe. Schaufensterpuppe. Omas Puppe. Tamar
kannte die Geschichte dieser Puppe, die in Omas Gläserka-
sten lag. Während Wochen hatte das liebe Kind Oma diese
Puppe bei jedem Gang zum Park lieber gewonnen. Das
feinste blonde Haar. Die hellsten blauen Augen. Das lieblich-
ste Lächeln. Die zartesten Glieder. Eine Gliederpuppe. Dann,
kurz vor dem Fest, war die Puppe nicht mehr im Schaufenster gewesen. Das gute Kind Oma riss sich los und starrte in
das Schaufenster, wo sich an der Stelle der lieben Puppe eine
fremde Puppe fand. Entsetzt ging das liebe Kind Oma auf
das Mädchen los, aus dessen Halt sie sich losgerissen hatte.
Die Oma, erklärte Tamars Papa, war damals ein Mädchen
wie du, nicht gross, nicht klein. Niemand hatte das gute Kind
trösten können, als das Fest da war, als das gute Kind vor der
Puppe stand.

Da spielt die sehr junge Frau mit der Puppe. Der sehr junge
Mann feiert mit seiner Mutter. Die Mutter des sehr jungen
Mannes nennt die sehr junge Frau Adam. Die sehr junge
Frau zürnt. Die Frau des sehr jungen Mannes, der Tamars

sung eines Lösegelds gedient eine Hausdurchsuchung vorgenommen wurde den grössten Teil der Beute zutage gefördert
auf die Frage eines anwesenden Journalisten erwiderte der
Polizeisprecher eine Schliessung wurde zu der vernissageähnlichen Eröffnung ihren Willen wieder beigebracht worden die

Vater ist, sagt zu Tamar, geh' jetzt schlafen, Tamar, höre ich Tamar sagen, nein, nein. Es ist spät geworden, sagt Tamar, sagte sie immer, anderes hatte sie nicht zu sagen gehabt, so versuchte sie, auch mir die Sprache auszutreiben. Die Flausen austreiben, wenn ich nur, sagt Tamar, wenn ich nur gelernt hätte, leiser zu schreien, wie der kleine Bruder, wie sie, und so weiter, sagt Tamar, nein, gefehlt hat eigentlich nichts, nein, klagen kann sie eigentlich nicht, sagt Tamar, notiere ich.

Tamar geht nicht davon aus, dass ich wachliege und mithöre, im ›Hintermann‹, notiere ich weiter, jetzt, da Tamar ihr Reden unterbrochen hat, wollte es Merz darauf ankommen lassen. Während Stunden hielt er sich in diesem Lokal auf, nachdem wir im Laufe der ersten Tage dort nur flüchtige Besuche abgestattet hatten. Im Unterschied zu den vorangegangenen Besuchen liess er sich diesmal von mir begleiten, um mir dort seine ungenauen Aufträge zu geben, die mich irgendwohin brachten, oft an Plätze, die auch bisher Zielpunkte oder Etappen unserer Fahrten gebildet hatten. Offensichtlich hatte die Aufregung, die ich bei jeder Rückkehr im ›Hintermann‹ als gesteigerte wahrnahm, mit Merz' Anwesenheit und meinen Gängen zu schaffen. Ich meine, notiere ich, dass im Laufe des Abends auch eine Frau wichtig wurde,

Geschäftsleitung bekräftigte ihren Willen nicht nur seriöse und erfolgreiche Geschäfte abzuwickeln sondern auch die undankbare Rolle eines Mäzens zu übernehmen so nebenbei wie sich Bezirksanwalt Hans Meier ausdrückte ein weiteres Zusammenspiel elf liebevoll verpackte Gemälde unter ande-

möglicherweise Tamar, fällt mir ein, ich frage mich jetzt, ob ich wieder die beiden, Gabriela und Tamar, miteinander verwechselt hatte, nachdem Tamar sagt, nur während der Nächte der Fasnachtszeit unterwegs gewesen zu sein, wobei sie damit nicht behaupte, dass alle Masken getragen hätten, notiere ich weiter, bevor ich aufbreche, seien sie auf sie eingestürzt, sei das Lachen der Männer und das Lachen der zu diesen gehörenden Frauen auf sie eingestürzt, das Lachen und die Worte, das Bild kommt, nun kommt die Frau zum Bild. Tamar arbeitet jetzt still, sie schabt, höre ich, noch immer am Holz.

Da habe sie nicht mehr gewagt, schreibe ich auf, hat Tamar gesagt, nach Jänsch zu fragen, wie es ihr die Frau aufgetragen hatte, sie habe sich nicht getraut, den Gruss auszurichten, sie habe auch die Worte dazu verloren gehabt.

Das Bild, das sie mir vorhielten, hat Tamar gesagt, notiere ich weiter, zeigte ein hohes Haus, dessen Fassade gegen die Strasse hin durch die Wucht einer Explosion zerstört schien. Vor dem Nebeneingang des Hauses stand eine Frau, deren Haltung das Warten auf den Kunden ausdrückte, deren Kleidung und, soweit erkennbar, Blick, ganz anderes versprach. Vor allem aber stellte das Bild, von welchem mich

ren von Valloton Gauguin und Modigliani hatten im November herrenlos in einem Gepäcknetz des Riviera-Express Ventimiglia — Amsterdam gelegen denn ihr Mann befand sich im Ausland dominiert er die Einstellung auch wenn er in einer Dialogszene nur zuhört und sie kaum über die Lippen bringt

abzuwenden sie nicht zuliessen, eine mir Unbekannte dar. So sehen sie mich. Ich flüsterte, wehrte ab. Ein Missverständnis. Kein Spiegelbild. Kein Abbild. Eine Verzeichnung. Ich schaute die Frau lange an. Sie stand im einzigen sichtbaren Eingang, nein, sie versuchte nicht, aus dem Haus zu treten. Sie stand so da, auch als ob sie Schutz erhoffte, hat Tamar gesagt, notiere ich.

Ihr Gesicht mein Gesicht? Ein ängstlich herausforderndes Gesicht verdeckte eine hinweisende Schrift auf der Tafel, die auf den Verputz neben dem intakt gebliebenen Eingang aufgeschraubt war. Warenannahme oder Wareneingang oder Warenlieferanten. Den zweiten Teil des Wortes zu entziffern war mir unmöglich. Mein Gesicht? Vielleicht. Ein Porträt? Eine Zeichnung von Merz, sagte einer der Männer, die mich noch immer bedrängten. Was hast du mit Merz, sagte ein anderer. Das bin nicht ich, schrie ich zurück, hat Tamar gesagt. Überhaupt, seht ihr das nicht? Die lebt ja gar nicht, diese Frau ist nicht Mensch, ist die Puppe, die Schaufensterpuppe, von der Macht der Explosion bewegt, das kann ich nicht sein, stellt sie zurück ins Schaufenster, hinter das Glas. Wer hat dir erlaubt, in diesen Kleidern nach draussen zu gehen.

und wenn die Worte da sind scheinen sie informiert sie war allein mit seinem ständigen Begleiter N. spazierte der bekannte Maler Ernst Merz dass Versicherungen für Kompromisse mit Kunstdieben ansprechbar kaum noch ein Geheimnis wurde die Zahlung von Lösegeldern oft genug und wenn

In dem Haus mit der zerstörten Fassade wohnte kein Mensch mehr. Das wusste ich genau. Kein Mensch konnte sich da aufhalten. Seht ihr denn nicht, dass ich nicht mehr Puppe bin. Kein Zimmer ist mein Zimmer. Da hatten sie sich schon abgewandt, hat Tamar gesagt. Eine andere war eingetreten, auf die sich nun alle stürzten, die sie liessen, als sie sahen, dass sie in Begleitung war, mit der endlich jener, der mich zuerst bedrängt hatte, das Lokal verliess, die zurückkamen, eine hinter dem andern, als ich mich aus dem Lokal stürzte, da mir sehr übel war. Dann sah ich die Strasse voller Trümmer. Da konnte ich die Strasse nicht mehr überqueren.

Das Haus, die Strasse. Aber die Puppe stand nicht dort am Wareneingang. Aber die Häuser waren nicht so zerstört wie sie auf dem Bild zerstört waren. Ich erkannte die Zeichnung wieder, diesen Ort hatten sie mir mit der Zeichnung vorgehalten. Genau diese Türe hatte ich eben geöffnet, hinter mir zufallen lassen. Gerade dort hatte ich eben gezögert. Lass sie doch sein, hörte ich einen sagen, ein anderer liess sich nicht abhalten, sagte, du, du, was trinkst du, Mädchen, komm doch mit, erinnerst du dich nicht, am Abend im ›Turm‹, am Tisch mit Merz. Ich ging dann mit dem Mann, hat Tamar gesagt. Ein freundlicher Mann. Er trug vor allem einen sehr langen Mantel.

die Worte da sind scheinen sie ein bisschen zu spät und zu wenig öffentlich wenn auch selten geklärt oft genug sei auch immer eine Käuferschaft vorhanden die den Zugang zum wenn raren Objekt nur über einen grauen Markt ein Nachtclubbesitzer und ein Polizeigefreiter aus Baden wenn diesen

Tamar, heute musst du alleine frühstücken. Ich lege den Zettel auf den Küchentisch. Ruhig ist es heute in den Strassen. Ein ruhiger, leichter Sommermorgen. Aufgetragen, hat Tamar gesagt, denke ich, während ich stadteinwärts fahre. Der Funk schweigt. Die Zentrale schweigt. Ausgelassen, ich war ein ausgelassenes Mädchen, hat Tamar gesagt, ich war ein neugieriges Mädchen, durchsuchte Schubladen in Schlafzimmern. Durchlesen, verschieben, ich versuchte mir ein Bild zu machen, als ich ungefähr acht war und lesen gelernt hatte, durchlas ich die Papiere, die sich in den Schubladen fanden. Zum Beispiel einen Geburtsschein.

Ganz leise ging ich weg. Niemandem schien dies aufzufallen. Tamar, wie war es denn in der Schule. Tamar, woher kommst du, Tamar. Name der Mutter, Name des Vaters. Schmale Lippen. Du sollst nicht töten.

Du sollst mich nicht befragen mit deiner Enttäuschung. Du sollst mich nicht verhören mit deiner Entbehrung. Du sollst mich nicht foltern mit deiner Qual. Marylong, long. Mary long. Ich höre, hat Tamar gesagt, die Tür zuschlagen.

Schlaf du ruhig in den schönen Morgen hinein, denke ich. Auch das kannst du nicht wissen, würde Tamar sagen, denke

wenn auch immer raren wenn aber der versierte Kunstdieb entsetzlich langweilige Menschen Monate später kam ein Brief ein sehr langer und er nahm unter anderem wieder Bezug auf seine eigene und ihre Kunst so erbarmungslos beurteilen konnte und zugleich doch alles und alle liebte von

ich. Auch das kannst du nicht wissen, sowenig du weisst, was in Merz vorging, bevor er aufgab. Du musst doch zugeben, hat Noser gesagt, erinnere ich mich, dass Merz aufgab, seinen Standpunkt auch nur zu beschreiben. Er wäre abgereist, hörte man, sage ich laut in meinen Wagen hinein. Ich drehe die Scheibe an meiner Seite herunter, um die frisch erwärmte Morgenluft einzulassen. Noser, denke ich, habe ich Noser gesagt, du sagtest dann, Merz sei abgereist, zusammen mit Dübendorfer, der nach dem Unfall wieder knapp gehen konnte. Der Korridor, hat Tamar gesagt, muss fertig gestrichen sein, wenn wir am Donnerstag einrichten wollen, hat Tamar gestern abend während des gemeinsamen Essens gesagt. Die Küche ist gestrichen, denke ich, in der Küche riecht es jetzt eher nach vergangenen Mahlzeiten als nach frischer Farbe, die Gerüche der Mahlzeiten überdecken die Gerüche der Lösemittel. Vorläufig kochen wir ausschliesslich stark duftende Gerichte. Im ›Turm‹, so sagte Noser, erinnere ich mich, während ich über die *Kornhausbrücke* fahre und bedaure, nicht zu Fuss über den kleinen Steg gehen zu können, der weiter unten dichter über dem Wasser über Kanal und Fluss setzt, seien zuerst Zeichnungen von Merz aufgetaucht.

denen er wenn immer raren wenn aber wenn auch selten der versierte Kunstdieb so erbarmungslos beurteilen konnte und doch zugleich alles und alle liebte auch wenn er in einer Dialogszene nur zuhört leidet Ernst Merz nicht an Verfolgungswahn wenn aber Merz Hinweise auf geplante Aktionen

Tamar hat sich zunächst ausschliesslich an die in dieser Umgebung auffällig gepflegten und eiligen Hände erinnert. Ich gebe meine Position in die Zentrale durch. *Limmatplatz. Langstrasse*, ich überlege mir, ob ich gerade jetzt ins ›Hintermann‹ gehe, *Hohlstrasse. Kanonengasse*, ich kreise im Viertel, bin mir unsicher. *Sihlhallenstrasse*, seit der Geschichte mit Merz hatte ich das Lokal gemieden. *Magnusstrasse*, Brauerstrasse, Feldstrasse, die Strassen sind besonnt, jedoch menschenleer, einige Bratendüfte, kaum Abgase, ich fahre langsamer, *Hohlstrasse*, ich lasse den Wagen ausrollen, *Bäckeranlage*, im Musikpavillon schlafen Penner, ich spaziere über die Wiese, noch ist die Luft kühl unter den grossen Bäumen, ich setze mich mitten in die Wiese.

Durch die Langstrasse fahre ich langsam, nicht, weil der Verkehrsfluss stockt, weil es mir so gefällt, ob ›Hintermann‹ auf hat? Ich wähle die Gasse, an welcher ›Hintermann‹ gelegen ist, warum nicht bei ›Hintermann‹ frühstücken, bei diesem schönen Wetter wird auch draussen bedient werden, vielleicht sind Gäste aus dem Viertel da, ältere Männer, Frühbier, wenig Worte, sie trinken, überhaupt, wie ist das mit den Geräuschen, ich stelle den Motor ab, wie klingt die Gasse jetzt, an einem Sommersonntagmorgen, kein Glas trifft das andere, die Männer schauen vor sich hin und auf,

über entsetzlich langweilige Menschen auch wenn ausgefuchste Einbrecher und Gentlemanganoven ihre Beute mit Vorliebe in vertraute Autowerkstätten wo von Fall zu Fall Auktionäre und Galeristen denn auch die persönliche Arbeit des Künstlers erhalte ihre Bedeutung erst wenn sie Ware wenn

als ich mich hinsetze, sonntags werden keine Geschäfte abgewickelt, ein kleiner Spaziergang liegt heute drin.

Gegen Vergessen ist grösste Vorsicht geboten, sagt Tamar, ich gleiche mit Spachtelmasse und unter Anwendung eines Spachtelmessers gewisse Unebenheiten aus, ohne dass sie dabei zerstört werden, während ich diese Arbeiten ausführe, rede ich, was ich mir während meiner Arbeitszeit, wo ich als Buchhalterin tätig bin, nicht gestatte. Die Bewegungen der Arbeitsgeräte und die Bewegungen meiner Rede sind eher unabhängig voneinander, die Interpretation, sagt Tamar, dessen, was ich dir sagte, sagt Tamar, ist deine Arbeit.

Verwirrung, so seht ihr mich also, sagte Merz, heftig stellte Merz, erinnere ich mich jetzt, während ich mein Glas auf den Tisch stelle, sein Glas zurück auf die marmorne Tischplatte, so, dass es in seiner Faust auseinanderbrach, ich erschrak wie die andern auch, doch sofort hob Merz, indem er fröhlich lachte, die Wirkung seiner Bewegung auf, erzürnt stand ich auf.

Den Wagen auf Kies ausrollen lassen, ich habe den Motor abgeschaltet. Kleinste Steine knirschen gegeneinander im Lehm, der hier, fast unter den ersten Bäumen eines Waldran-

auch immer wenn aber sie in Empfang nähmen lieferte die Gang direkt so wurde Gängiges in den Handel gebracht unter Anleitung von Spezialisten würden von den gleichen Spezialisten systematisch bei dir ist es wie bei Dante schrieb er wer bei dir eintritt hat keine Hoffnung mehr und Mailand war für

des, feucht ist, ich steige aus, Übersetzung, denke ich, meint Tamar, ich gehe über den Platz und stelle mich in der Sonne auf. Ich setze mich auf einen Baumstamm. Ich balanciere auf dem Baumstamm, ich schreite über den Kies und stelle mir das Knirschen von Kies unter starker Beschleunigung der Drehbewegung um ihre eigene Achse abgefahrener Autoreifen vor.

Verwindung, ich erinnere mich, Merz verspätet abgeholt zu haben, ich hatte den Wagen zuerst freischaufeln müssen, denn schwerer Schnee war gefallen, ich hatte über Schneeverwehungen setzen müssen, um zu dem Wagen vorzudringen, diesmal wird Merz warten müssen, wird Merz dies verwinden, die alten Geissblattstämme erinnerten an verdrehte, ineinander sich windende Geräuschfolgen, Kreischen eventuell Reiben, knapp aneinander vorbei, ich schaufelte den Schnee weg, nachlassender Schneefall im Laufe des Tages.

Beim Wegfahren drehen die Räder durch, sanfteres Anfahren, Wegfahren, sanftes Licht, Gräbengasse, gab ich mir auf, ich überprüfe meine Erinnerung, vielleicht, hatte ich gedacht, hatte Merz die Nacht dort an der Gräbengasse zugebracht. Einiges durch die Stadt Fahren, einige Wagen beinahe gestreift, knapp vermieden, grösste Vorsicht war von-

mich ein Erfolg würde für mich ein Staatsbegräbnis erster Klasse gute Kritiken in den Zeitungen ein Titel die Niederlage von Marignano die personifizierte Polarisation die Verneinung des Lebendigen Intelligenz gegen Logarithmentafel Chaos gegen Zahl Phantasie gegen Dogmatik Einbildungs-

nöten, die Fahrspuren überkreuzten sich, schräges auf mich Zufahren, Wegspuren, Einspuren, beinahe Zusammenstossen, einmal denselben Fahrer wie gerade eben festgestellt, Wiederholung, weder gestische noch stimmliche Mitteilung von Absichtlichkeit, sanftes Ausweichen, ganz langsam, eine Art Zeitlupe, ineinander sich verwindende Fahrspuren, schiefes von hinten Anstossen, Wegschieben, leichtes Wegrutschen, sozusagen in Begleitung, sagte ich Merz, bin ich verspätet hier eingetroffen, wie du siehst, sind die andern auch da. *Bellerivestrasse*, sagte Merz, *Kreuzstrasse*, mindestens 30 cm Neuschnee über Nacht gefallen, Merz stellte mich den beiden Männern, die vor dem Eingang zum Fernsehstudie Bellerive warteten, vor, leicht nur fremde Gesichter, dachte ich, ein Versuch, einzuordnen, misslang. *Limmatquai*, wir fahren, sagte Merz zu den beiden, die hinten eingestiegen waren, wir holen Noser. *Urania*, Merz, erinnere ich mich, schien unsicher, fahre noch etwas langsamer, sagte Merz. *Sihlporte*, ich fragte, für welche Route er sich heute entscheide, *Stauffacher*, Sight-seeing oder die rasche Fahrt zum Ziel, du hast die beiden, die du für mich transportierst, sagte Merz, wenigstens einmal angetroffen, das war, als du Noser, diese Tagediebe, Merz verwand sich, sie anzusprechen, hinfuhrst, die mir den einen Tag stahlen und aus diesem Tag den Film herstellten, den du dir mit Noser dort unter anderen

kraft gegen Disziplin seltsame Häufung von Unglücksfällen in die Marktlücke gelockte Kunst nein den mochte er nicht das war für ihn eine enorme Bedeutung zur Rechtfertigung aufsteigender Klassen wenn aber wenn dies zum wenn raren Objekt meinte der Polizeisprecher bei der Taxifahrerin R.

ansahst, ich war da nicht anwesend, sagte Merz, Noser vertrat mich, ich war erwartet worden, ich war nicht hingegangen, obwohl ich hätte hingehen sollen, *Helvetiaplatz*, nein, sagte Merz, wir sind noch zu früh, Wiederholung, sagte Merz, fahren wir zurück, nimm dieselbe Route, ich wendete den Wagen, vorsichtig, im weichen Schnee über den Strassenbahngleisen, die beiden, die uns seit einiger Zeit nachfuhren, verpassten, durch eine Strassenbahn behindert, den Anschluss. *Stauffacher*, egal, sagte Merz, fahre, wie du willst, fahre Umwege, fahre zur Stadt hinaus, eine gute Stunde, verfahre, *Sihlporte*, Talacker, ich fuhr in Richtung See weiter, während ich mir die Route vorsage, fällt mir auf, dass von da an Merz immer häufiger verspottete, wer mit ihm war.

Aus der Stadt hinaus. Eine gute Stunde Zeit. Die Stadt war frisch verschneit, möglicherweise war jener Tag sogar zu einem sonnigen Wintertag geworden, ich überliess mich meiner Gewohnheit, die Frontscheibe als Sucher einer Kamera zu verstehen, ich überliess mich den wechselnden Ausschnitten von Landschaft oder bewohntem Gebiet, im Falle des Fahrens liegen Nahsichten nicht drin, die Fahrt war ein Gleiten zwischen weichen, weissen Hügeln an schon zurückgeschnittenen Reben vorbei, aus immer noch abgeernteten

handelt es sich um dieselbe Person die schon im Zusammenhang der Affäre Beer aussagte sie sei langsam durch die Brauerstrasse stadtauswärts gefahren und habe eine bestimmte Hausnummer gesucht dabei sei ihr aufgefallen sei sie überzeugt habe sie gesehen sich in der Reihe der parkier-

Böden stachen Maisstoppeln durch die hier dünnere Schneeschicht, trockener Schnee, dachte ich, denn trotz der schräg einfallenden Vormittagssonne war die Luft sehr kalt, für kalte Wintertage jedoch war die Jahreszeit zu sehr fortgeschritten, während der ganzen Fahrt, erinnere ich mich, wurde kein Wort gewechselt, Merz neben mir, die zwei andern hinten behielten jeder für sich, was sie zusammengeführt hatte.

Genau nach einer Stunde fuhr ich bei ›Hintermann‹ vor. Wir stiegen aus, ich schloss den Wagen ab. Wir betraten das Lokal, bestellten, was zu bestellen war, tranken, was gebracht wurde. Ich schob Merz einen Zeitungsausschnitt, erinnere ich mich jetzt, hinüber, A. Joss, las Merz laut vor, in Begleitung zweier Polizeibeamter, auf dem Weg zur Gerichtsverhandlung gegen Beer und Konsorten. A. Joss hatte sich geweigert, als Zeuge der Anklage vor Gericht zu erscheinen. Joss, in seinem langen Mantel, sagte Merz, macht sich auf dieser Fotografie wirklich sehr gut.

So seht ihr mich also, sagte Merz, die Stille zerbrach heftig, Scherben deshalb, ein Aufblicken, lachen sie, lache ich, eure Darstellung, sagte Merz zu den beiden, muss ich also akzeptieren. Im Grunde liegen des Bildes und in den Himmel

ten Wagen mehrere Taxis befanden was ihr ungewöhnlich erschienen sei um einen Zusammenstoss zu vermeiden habe sie abrupt gebremst doch der internationale Grossumschlag von Kunst habe mit dem Inhalt von Kunst nichts zu tun. Aus Kunsthalle in Massagesalon Bankier als Räuber, Kunst-

hinaufschauen, weit, sagte Merz, dabei sehen, was hinter den
Fassaden ist, sagte Merz, hinüber treten, dann, ja die Bilder
sind weg. Du, du führtest die Kamera, sagte Merz zum
Andern nebenbei, bestimmtest den Ausschnitt, ein ganz gewöhnlicher Tag aus dem Leben des Malers Ernst Merz stand
im Vorspann, kannst nicht bloss ein Objektiv wechseln,
kannst Standpunkte vertauschen, diese Darstellung muss ich
also annehmen.

Sie lassen die Fassaden stehen und wechseln aus, was dahinter ist. Übrigens, wo hängt das Bild jetzt, das ich euch am
Schluss des Tages mitgab, ich erinnere mich genau, sagte
Merz, das vierte mit Gabriela, das aufgerissene Haus, ich
weiss, sagte Merz, seit kurzem hängt es in Beers Büro über
dem Schreibtisch hinter seinem Rücken. Im Grunde hocken
des Hauses und durch das ganze Haus hindurchschauen
können in den Himmel. Wir hocken hier im ›Hintermann‹,
und du, sagte Merz, du fährst mich und hockst jetzt hier, wie,
wandte er sich an die beiden, zeigtet ihr den ganz gewöhnlichen Tag aus meinem Leben, im Hof, in der Einfahrt die
ersten dieser Occasions-Autos, was weiss ich, ich beobachte
ihn, breit gemacht in der Scheune, was weiss ich, Instandstellen, Weiterverkaufen, ohne Scheu, vor allem wurde gegessen,
getrunken, Gäste kamen vor allem, die lieben Freunde, zum

kritiker als Hehler Formprinzipien der Las Vegas Architektur Erste Erfolge! Alle andern sind Nebendarsteller Kinder
als Vehikel für Kino — Horror Unruhe im Zürcher Taxigewerbe Festliche Vernissage Motorradlenker schwer verletzt
Lesen Sie morgen unsern Spezialbericht Erwerben auch Sie

wunderbaren Merz, das wäre die richtige Bezeichnung, wie es euch gefällt. Merz macht mit, isst, trinkt, streitet Merz ruht im Hof im Garten beschimpft in Haus und Hof was Haus und Hof bieten Merz macht mit und schimpft und ruht und frisst. Merz macht mit, im Saal über der Waschküche, über der Grabsteinhauerei, auch die gewiegten Kunsthändler, die wohlwollenden Kritiker, der Sammler waren geladen, ein Tag wie alle andern, Merz, heisst es, hat nichts mehr zustande gebracht, ein Boden oder ein Zimmerchen, von Merz ausgemalt zum Saal mit Durchblicken in barocker Manier. Merz wirft den rechten Blick im rechten Moment, Merz schaut aus jedem der Fenster, Merz sieht sie weggehen. Merz blieb zurück. Ihr zwei mit Merz, abbauen, sagtet ihr, wegräumen, abtransportieren, was an Installationen aufgebaut worden war. Ich erinnere mich genau, sagte Merz, welches Bild ich mir dabei machte, ich erinnere mich genau, welches Bild ich euch dann übergab, auf welcher Seite, sagte Merz, erinnere ich mich, der Fassade hält ihr euch in diesem Augenblick auf.

Ich laufe rasch dem Waldrand entlang und sehe die Baumstämme sich im Laufe meiner Bewegung gegeneinander verschieben, Erinnerungen in Sätzen, denke ich, wie Stämme, aneinander vorbei treiben, ich laufe, das Licht bricht in

den krisensichern Kunstgenuss! Unterstützen Bürger mit ihren Kunstkäufen die Zerstörung der Demokratie? Ein Markt braucht objektive Kriterien Wieviele Lokale werden noch geschlossen? Bilderdiebe auf freiem Fuss Wie schmutziges Lösegeld gereinigt wird Beim Eindunkeln brutal zusam-

Strähnen durch die Kronen der Laubbäume, das Grün ist sehr hell, stillestehen, je nachdem wie lange die Sätze werden, mich umschauen, beobachte genau, hatte Merz gesagt. Gegenüberstellung, ich erinnere mich, Merz häufiger an mir unbekannten Adressen abgeholt zu haben, es ergaben sich neue Fahrspuren, ich weiss nun die Abmessungen der Stadt, sagte Merz, wir sind jetzt frei, neue Linien zu legen, ich überlasse dir die Wahl der Route, sagte Merz, jedoch nicht die Wahl des Ziels, fahren wir, sagte Merz, Merz schnellte auf, erinnere ich mich, nun noch das mit der Ausstellung, sagte Merz, Bernas' Version klingt auch sehr glaubwürdig.

Zwischen den Baumständen bewegen sich Spaziergänger, Entgegnung, ich erinnere mich, dass Merz, während wir das Lokal verliessen, dessen einzige Gäste wir gewesen waren, zu reden fortfuhr, ob das Bild bei Moor, sagte Merz, in der Sammlung oder beim zuvorgekommenen Anlageberater Beer oder bei einem von euch zuhause Wert ansetzt, wo liegt die Differenz, Gabriela oder wen sonst ich als Vorbild für Figuren in meinen Bildern nahm, missbraucht zu haben, ich denke häufig, dass ich ihnen, Gabriela zum Beispiel, antue, was ihr mir mit eurem Film getan habt, da haben wir den Merz, ihr verschweigt, dass es nicht so sehr, in diesem Falle: Merz ist,

mengeschlagen Ehemalige Freundin packt aus Kunsthandlung als Carosseriespenglerei getarnt: was steckt dahinter? Der internationale Grossumschlag von Kunst hat mit dem Inhalt von Kunst nichts zu tun, das ist ein Kapitalgeschäft wie jedes andere. Der Polizeisprecher meinte, es sei noch zu

den ihr habt, sondern dass ihr dabei vor allem euch selbst
darstellt, euch, eure Vorstellungen, die ihr euch von mir
macht. Gut, ihr kommt nicht darum herum, Ausschnitte zu
wählen. Ihr stellt sie für das Ganze hin, hier habt ihr den
ganzen Merz. Fake, sagte Merz.

Eine Schlaufe laufen und dann zum Wagen zurück, im
Grunde, denke ich, ob ich die Stadt ablaufe oder abfahre,
weder sehe ich eher dahinter noch erwerbe ich mir Überblick,
bevor ich zurück ins Zentrum fahre, die Aussicht geniessen.

Gegenüberstellung, jedoch keine Klärung, denke ich, ich
ergänze meine Notizen, ich fahre in Richtung Zentrum, jedoch über eine kleinere Anhöhe, die im Vormittagslicht
schimmert, ein kleiner, begraster Hügel, als ob die Stadt in
weiter Ferne läge, den Film, sagte Merz, ansehen, ich hatte
mir damals eine Kopie beschafft, wenn wir uns den Film
zusammen noch einmal ansehen, genau darauf achten, wer
mit wem und was, wir werden zusammen auf die Gäste
achten, du kommst auch mit, Merz nahm mich am Arm und
zog mich aus dem Wagen über die Strasse in sein zweites
Atelier, wir hätten auch zu Fuss gehen können, sagte Merz,
die Umwege waren Absicht, er hatte mich, erinnere ich mich,

früh, einen Zusammenhang zu behaupten. Galerie ist für den
Leiter dieser Filiale nicht gleich Galerie. Niemand sagt, dass
er arbeiten, was er arbeiten, wieviel er arbeiten soll. Die
Prostituierte G. fühlt sich nicht als Verräterin. Der Alltag
steht hier also nur als Inszenierungsstil zur Debatte. Es ist

nicht über das Ziel der Fahrt informiert gehabt, über den Hof, erinnerte ich mich, sieht man auf die Rückfassade des Gebäudes, in dessen Erdgeschoss sich ›Hintermann‹ befindet. Vor wenigen Jahren, sagte Merz, seien diese Räume, die durchgehend gekachelt waren, Räume einer Metzgerei gewesen, er hätte sie dann zugemietet, weil er die Architektur dieser Laden-, Kühl- und Zubereitungsräume für seine Zwecke geeignet gefunden hätte.

Unter Umständen eher auf den Ton achten, dachte ich, die Geräusche des Projektors vermischten sich mit den Gesprächsfetzen, die Merztag ausmachten, keine Musik den lieben langen Tag, dachte ich, erinnere ich mich, ich spüre den Wunsch, diesen Punkt mit Noser zu bereden.

Ich weiss, sagte Merz, für euch gibt es den Film nicht mehr, er ist euch unwichtig geworden, erledigt, könntet ihr sagen, sagte Merz, erinnere ich mich, für dich, Kameramann, oder für dich, Drehbuchentwerfer und Regisseur, fertig, erledigt, abgeschrieben. Abgeschlossen, sagte Merz, nein, sagte Merz, erinnere ich mich, würde ich Noser sagen, es geht um das Bild, das ihr euch von mir macht und damit von den Leuten, die auf eure Einladung hin und nicht auf die meinige, im Laufe dieses von euch inszenierten, wie ihr sagt, typischen

alles so schnell gegangen. Die Schraube kann sich eine Umdrehung weiter drehen. Nach einem Punktesystem wird hier jeder Künstler bewertet, da es sich um eine freie Marktsituation handelt, praktisch dazu gezwungen, ob er will oder nicht, der zu sein, der schliesslich das Preisschildchen an

Merztages, eintreffen, sich aufhalten, mit mir oder unter sich speisen, ein grosses Fressen, Merzfressen, in Gang bringen, Merz zeigte also, hätte ich anschliessend mit Noser bereden mögen, denselben Film, den ich zufälligerweise als Nosers angemietete Taxifahrerin während einer Filmpremiere mitsah, ich hätte mit Noser bereden mögen, was diese Filmvorführung im Zusammenhang mit Merz' Fahrten sollte, ich empfand die erneute Vorführung des Filmes, jetzt, nachdem ich einige Tage Merz als Fahrerin begleitet hatte, eher als aufklärend denn zusätzlich verwirrend. Er, Merz, sagte Merz, erinnere ich mich, hätte die Besprechungen dieses ihres Films, die sich zu eigentlichen Besprechungen seiner, Merz' Art ausweiteten, zur Kenntnis genommen, vor allem aber hätte er, Merz, die Auswirkungen, denke er, dieser Besprechungen, weniger des Films selbst, der ja, soweit er sich erinnere, nur im Laufe jener Filmvorführungen in der für diese Filmvorführungen bekannten Kleinstadt und an einigen wenigen, diese Filmvorführungen dokumentierenden, Anlässen gezeigt worden sei, somit auch, wie er annehmen könne, seine Auswirkungen auf die sowohl an seiner Kunst

einem Bild anbringt. Gesucht wird ein heller Opel. Trotzdem erregt das Mädchen Anstoss. Allzusehr fällt das, was sie tut und wie sie es tut, aus dem der traditionellen Familie abgesteckten Rahmen. Glücklicherweise verfügt das einsame Haus am Ende der Strasse über einen grossen, tiefen Keller.

als auch an seiner Person Interessierten gering gewesen seien, spüren müssen. Es sei ihm, sagte Merz, ein gewisses, ihm unerwünschtes öffentliches Interesse entgegengebracht worden, es sei ihm, sagte Merz, als ein verstärktes Verfügen über seine Person zuerst, bald darauf aber auch über seine Arbeiten vorgekommen, er sei, sagte Merz weiter, erinnere ich mich, sich fremd, in ihrem Film und den auf diesen Film reagierenden Zeitungsartikeln, sich fremd gemacht worden.

Denn, Merz hatte das weisse Atelierlicht, das Zeug ist sonst, wieder eingeschaltet, sagte, für sonst gar nichts zu, Merz schien auf eine Reaktion zu warten, gebrauchen, wartet, sagte Merz, er griff in den Zwischenraum, die causa finalis der Welt- und Menschenhändel, sagte Merz mit fremder Stimme, zwischen seinem Sessel und einem hohen Gestell, ist die dramatische Dichtkunst, sagte Merz, in dem, wie mir schien, Papiervorräte aufbewahrt lagen, das ist es, sagte Merz, die Wollust im Akt der Kopulation, Merz zeigte das kleine Bild, das weder Federzeichnung noch, sagte Merz mit anderer Stimme, das ist es, das ist das wahre Wesen und Kern, Aquarell war, ein Missverständnis, fragte Merz, da niemand

Und wenn die Worte da sind, erscheinen sie ein bisschen zu spät und zu wenig. Entgegen anderen Berichten ist es im Fall Ernst Merz bislang weder in Italien noch in der Schweiz zu Festnahmen gekommen. Niemand kümmert sich um ihn. Als Privatperson ist er kein Gesellschaftsmitglied. Ebenso ist

das Maul auftat, aller Dinge, das Ziel und der Zweck, wo sind die anderen Bilder jetzt, in der Galerie an der oberen Gasse, oder schon in Locarno, allen Daseins, der Rest, sagte Merz, ein neues Lächeln im Gesicht, ist Vorstellung.

Während der Rückfahrt in die Grossstadt, erklärte mir Noser, erinnere ich mich jetzt, die durch Hügel eines Weinlandes und später durch andere grünende Hügel, die mir einfallen, während ich vom Aussichtspunkt her gegen die Stadtmitte steuere, führte, dass Merz' Zeichnungen eben die Tendenz, den von ihm, Merz gesetzten Rahmen weniger zu sprengen als zu überwuchern hätten. Wie andere beginne er, Merz, hatte Noser gesagt, fällt mir jetzt wieder ein, während ich mich an die Filmvorführung in Merz' anderem Atelier erinnere, ein weisses Papier zu bezeichnen. Wie andere versehe er die Zeichnung mit einem passenden Rahmen, schütze sie mit einer Glasscheibe vor schädigenden Einflüssen. Doch manchmal, sagte Noser, erinnere ich mich, geschehe es, dass ihn, Merz, das gerahmte Bild nicht in Frieden lasse, dass er sich

seine Privatarbeit keine gesellschaftliche. Galerien wie diese versuchen, ein kultureller Faktor zu sein. Damit sind keine grossen Geschäfte zu machen. Bis März sich von den Schlägen erholt hat, ist die Fahndung erschwert. Niemand sagt, dass er arbeiten, was er arbeiten, wieviel er arbeiten soll.

weiter zu zeichnen getrieben fühle, immer weiter, auf der
Glasfläche, über den Rahmen, den Rahmen anzeichne mit
Pinselstrichen, Flächen auszeichne, mit Kugelschreiber das
Bild beschreibe, soweit die Unterlage überhaupt das Material
aus dem Schreibstift annehme. Es geschehe dann, sagte Noser, dass der Rahmen sich dem Bild angleiche, dass er, Merz,
das Ganze auf einen festeren und breiteren und zugleich
höheren Untergrund aus Pappkarton oder Pavatex oder
Sperrholz, Karrosserieblech was ihm so unter die Hand gerate in seinem Atelier, montiere, weiter zeichne oder male,
weitere Techniken verwende, Aquarellfarbe oder Tusche mit
breitem Pinsel aufzutragen beginne, mit kaum durchscheinenden Öllasuren oder auch mit Frühstückskaffee, der ihm in
einer tiefen Kachel erkalte, das Ganze zu verbergen oder zu
verhüllen, bis dann Bild über Bild in Bild verschachtelt nach
definitivem Rahmen gleichsam schreie, den er ihm dann oft
nicht zu geben bereit sei.

Ich habe mich entschieden, zu ›Hintermann‹ zurückzufahren, geniessen, gegen Mittag sein, die langsame Fahrt durch
die sonntags leerere Langstrasse, auch wenn die Ladengeschäfte geschlossen sind, bleiben die Auslagen Auslagen und

Seine Existenz wird akzeptiert, wenn seine Arbeit akzeptiert
wird. Die Kunsthalle München bedauert, die Ausstellung
nicht mit neuesten Arbeiten von Ernst Merz ergänzen zu
können. Ernst Merz verweigert jede Mitarbeit. Ernst Merz
verweigert jede Mitarbeit. Ernst Merz verweigert jede Mitar-

sichtbar, geniesse die helle, warme Luft streichen über meine
Arme, das Wagenfenster noch tiefer öffnen durch den Mund
einatmen die Luft in mein Gesicht bläst, die Signalanlagen
auf gelb gestellt ausser dort, wo ein Bus zu erwarten wäre,
Bratenduft jetzt anpeilen, geschmorte Tomaten, Knoblauch,
Origano, ich unterscheide, indem ich schnüffle, die diversen
Düfte, ein einzelner Kaffeegeruch, wie kann das sein, Blumendüfte, ich will mich nicht getäuscht haben, noch sitzen
die selben Männer vor ›Hintermann‹ und trinken ein gleiches
Bier, ich frage den Kellner nach einem San Pellegrino Bitter
und nach Marcel geniesse, was er mir hinstellt, ab elf Uhr,
antwortet der Kellner, Marcel löst mich ab, ich habe mich an
das eine Ende der Reihe aus kleinen Tischen gesetzt, der
Wagen steht vor mir die Wagenfenster sind auf, den Funk
habe ich eingestellt und sehr laut aufgedreht im Fall, die
Sonne scheint mir ins Gesicht, wie sich das für eine sonntägliche Inszenierung gehört, die Füsse im Schatten, eher Stille
als nicht, sobald die Haltung eines Kellners an nichts erinnert, zum Beispiel an keinen andern Kellner, misslingt jeder
Versuch einer Beschreibung.

Um mich genauer erinnern zu können, bin ich auf weitere
Anhaltspunkte angewiesen, ein leeres Notizbuch habe ich auf

beit. Ernst Merz verweigert jede Mitarbeit. Aber auch unversicherte Privatleute denen eher gängiges Gut abhanden kam
klagen dass sie Lösegelder investieren mussten sogar
Schmiergelder sollen bezahlt worden sein. Das bekannte
Nachtlokal ›Amsel‹ macht wieder von sich reden. Legte ein

den kleinen Tisch neben das mit der roten, süssen Flüssigkeit gefüllte Glas gelegt, schweifen, denke ich, wischen, ich schreibe auf, anpeilen, sagte Merz, nicht mehr, dazu bleibt keine Zeit.

Ich notiere: Ich erkannte auf der Zeichnung, die Merz vorhielt, den Ort, den Ort im Film wieder, auch den Kunsthändler, dessen Namen ich zufällig erfahren hatte, bevor ich noch als Fahrerin Figur in Merz' Untersuchungen geworden war, einer den andern mit Bernas ansprach, sie dort einen zusteigen liessen, sich anschliessend zu einer, in nächtlicher Verdunkelung schwer als solche erkenntlichen Galerie fahren liessen, auf welche Merz seither immer wieder zu sprechen kam, ich erkannte auch, obschon ich mir nicht ganz sicher war, war ich doch überzeugt davon, notiere ich, einzelne aus einer Gruppe, die sich an einen Tisch gesetzt haben musste, damit Merz sie so festhielte, den Kameramann. Zusätzlich fielen mir, trotz der ungewöhnlichen Kleinheit der Zeichnung, Figuren oder Gesichter, eventuell bloss an ihren Haltungen erkenntliche Gestalten auf, die ich mit den laufenden Untersuchungen oder Richtigstellungen, wie Merz sagte, zusammenbrachte, das sei, sagte Merz dann, ein mögliches Gegenstück zu ihrem Film, ein anderes, sagte Merz, notiere ich weiter, sei bei ›Hintermann‹ aufgetaucht und wieder

Bündel Banknoten auf die Theke neben ein kaum berührtes Glas (Ice Cream Soda oder Bourbon sind hier die beliebtesten Getränke) und sagte deutlich, mit zischender Stimme, in die plötzliche Stille: ›Solches Geld will ich nicht.‹ Die Polizei bedauert, diese heisse Spur nur schwer weiter verfolgen zu

verschwunden, ich erinnerte mich an eine Szene aus einem
der ersten Tage von Merz' Unternehmungen, wie eine ähnliche von Tamar geschildert worden war, jedoch nicht die selbe
Szene meinte, da Tamars Schilderung und meine Erinnerung
weder bezüglich Tageszeit noch Stimmung übereinstimmen,
gib ihm die Zeichnung zurück, erinnerte ich mich, hatte einer
gesagt.

Jedenfalls, bestätigte mir Merz später, habe Ritzmann mit
an dem Tisch gesessen, mir, notiere ich, klingt seine arrogante Stimme jetzt noch unangenehm nach. Auch habe er
von Noser erfahren, sagte Merz dann, notiere ich, dass in
gewissem Sinn dort auch ein Verkauf stattgefunden habe,
später, als Ritzmann, Joss und die anderen sich von Jaggi
Jänsch verabschiedet gehabt hätten und auch er, Noser, das
Lokal verliess, Merz wandte sich mir zu, du erinnerst dich,
ich war schon früher weggegangen und hatte dich zu warten
gebeten, sei er, Noser, mit seinen Füssen, als er sich erheben
wollte, gegen einen leeren Rahmen gestossen und habe, leider, sagt Noser, sagte Merz, die Scheibe, die nicht ohne
Zweck bemalt, die Zeichnung offenbar zuvor bedeckt und
damit verdeckt gehabt hätte, zertreten.

können sagte deutlich mit zischender der hier berüchtigten
Maler Ernst Merz gehandelt in die hastige Stille sofort verschwand er in der unversicherten Menge niemand sagt niemand fragt auf keine Weise beim besten Willen nicht Gäste
erinnern zu können ein Passant der den Vorgang beobachtet

Plötzlich war Merz dagestanden. Wartet. Ein Missverständnis, sagt ihr. Sind das auch Missverständnisse, ihr und Altberg bei Merlin. Ah. Schnee schaufeln zusammen und dann einen Wein trinken. Weshalb, sagte Merz, sind dann Altberg und Merlin sehr eilig weggegangen, als ich gestern, ungeladen, ich entschuldige mich, gestern, in der Gräbengasse aus dem Schneegestöber auftauchte. Plötzlich war Merz dagewesen, in der Stube gestanden, wo ich so lange gewartet hatte. Ein Missverständnis. Fahren wir.

Wischen, durch die Strassen fahren und die Aussenseiten des Gesichtsfeldes scharf halten, jeden Fussgänger als Fahrgast annehmen, eventuell, und dann doch eine Leerfahrt zu einem der Standplätze, ich bleibe, wo ich bin, ich bestelle einen weiteren Amaro, etwas Süsses, etwas Bitteres, sehr rot, sehr kalt, ein Eiswürfel zergeht, sehr langsam, das Sonnenlicht zerbricht in seinem Innern, die weisse Haut meiner Arme rötet sich, ich ziehe mit jedem Schluck Sonnenlicht ein, schweifen, den Blick schweifen lassen und dabei genau hinsehen, lange, erinnere ich mich, hatte ich wieder in Merz' Stube genanntem Büro gewartet, lange hinter dem der beiden übereck stehenden Fenstern gestanden, das den Blick auf die Zufahrt zum Haus, in dem ich war, und auf die Strasse frei

hatte neben ein kaum berührtes Glas wird akzeptiert wenn seine Arbeit akzeptiert wird ein Passant der den Vorgang beobachtet hatte die Polizei bedauert diese heisse Spur Zeugen behaupten ein Passant der den Vorgang beobachtet hatte zeigte Ernst Merz mit seinem ständigen Begleiter an den

gab, einen Ausschnitt des gegenüberliegenden Gebäudes rahmte, ich hatte niemanden kommen sehen.

Ich war zuvor nur nachts soweit nach draussen gekommen und hatte bisher die Vorstellung, es handle sich um ein reicheres, durch Villen gekennzeichnetes Viertel, nicht korrigieren müssen, ich schaute wiederholt zur Bushaltestelle, die nahe der Einmündung in die etwas weitere Strasse die Fahrspur markierte, die das Viertel mit Innenstadt und Vorort verband, ich dachte, mich zu verblicken, die Gestalt, die ich schon gegen neun Uhr dort hatte warten sehen, stand noch immer an derselben Stelle, dabei hatte ich Busse mehrmals anhalten und wegfahren sehen, ein Versehen, dachte ich, ein Missverständnis, eine dieser unauffälligen, auswechselbaren Frauen, immer dieselbe, dachte ich, erinnere ich mich, hatte ich dann Merz gesagt, wartet immer auf denselben Bus, um immer dieselben Einkäufe im immer selben Einkaufszentrum zu tätigen. Immer dieselbe Frau, notiere ich, schaut über die Strasse in die Gärten alter Landhäuser, an Fenster alter Landhäuser, hinter ihrem Rücken geschieht die Veränderung, immer dieselbe, immer dieselbe Frau schaute gegen das Haus, hinter dessen einem Fenster ich wiederholt zu ihr

Hinauswurf doch auf die ehemalige Prostituierte G. zählen zu können doch G. war informiert. G. hatte den Blick gelesen sie war allein denn ihr Mann befand sich im Ausland ohne sich zu vergreifen ein Passant der den Vorgang beobachtet hatte verschwand er in der plötzlichen Menge sogar Schmier-

hinübersah, ich hatte den Eindruck, dass sie absichtlich vermied, unsere Blicke sich kreuzen zu lassen, meine Gestalt, dachte ich, erinnere ich mich, Merz gesagt zu haben, musste wegen der Lage der Fenster in dieser Stube zueinander für sie sichtbar sein.

Welcome to Florida, die Frau stützt ihre Arme in die Fensterleibung, sie stützt ihr Kinn auf die Arme, sie trägt dunkle Kleidung und eine Armbanduhr, ihr Gesicht ist unauffällig bleich, Haare dunkel, die Fensterleibung ist die Fensteröffnung ist ein Konstruktionselement eines hellen Opel, wahrscheinlich Commodore, ein Mann lehnt sich beim Fahrersitz an die Wagentüre, er stützt sich mit der einen Hand auf die Zierleiste, mit der andern Hand auf die Türfalle, ein anderer Mann stützt seinen Ellbogen, es ist der rechte Ellbogen, am Wagendach ab, greift mit der Rechten nach seinem Hut, die Männer tragen Hut, die linke Hand ist über den Daumen mit der linken Hosentasche verhängt, der Mann neigt sein Gesicht ungefähr zu der Frau hin, von der im Dunkel des Wageninnern nur Gesicht und Vorderarme genauer sichtbar sind, es ist unklar, ob der Mann die Frau anschaut, die Frau blickt mich an oder in meine Richtung, die Blickrichtungen

gelder für die Gesellschaft nur in dem Masse wie man seine Arbeit braucht das heisst aber aber auch und sagte deutlich mit zischender Stimme da man sich nicht in die Angelegenheiten anderer einmischt Ernst Merz verweigert jede Mitarbeit Ernst Merz verweigert jede Existenz wird akzeptiert,

und Blickziele sind schwer auszumachen, da alle drei Sonnenbrillen tragen, der erste Mann blickt schräg nach vorn, wenn vorn die Fahrtrichtung des stehenden Wagens meint, er trägt dunkle Hosen und eine parallel zu den Diagonalen des fiktiven Ausschnittes karrierte Strickjacke, der andere helle Hosen, dunklen Leibgurt, ein möglicherweise weisses Hemd, der erste unter der Strickjacke ein kariertes Baumwollhemd, ist anzunehmen, ein eventuell weisses T-shirt, im Hintergrund Palmen, wie sie auch in der südlichen Schweiz gedeihen. Die Palmen gehören zu einem Bräunungsstudio, eventuell auch zu einem daran anschliessenden Speiselokal, dessen Eingang jedoch von meinem Standort aus durch andere Wagen verdeckt ist.

Dazwischen wiederholt verschreckte Überstürzung. Abschnittweise durch die Front- oder durch die Heckscheibe, dies entweder unter Drehung des Kopfes oder unter Benützung des Rückspiegels. Die, die Tamar mit Vasallen bezeichnet, notiere ich, schlagen einander halbtot. Lümmel. Ines verlässt das Lokal ›Stadt Madrid‹, nachdem sie aufge-

wenn seine Arbeit akzeptiert wird. Als Privatperson ist er kein Gesellschaftsmitglied, ebenso ist seine Privatarbeit keine gesellschaftliche. Schmuggelt die mobile Gruppe kostbare Beutestücke über Europas grüne Grenzen unwiederbringlich wollte der Tresor den man mit Hilfe des Bankperso-

räumt und zugeschlossen hat. Die Gassen sind schon ruhig. Sie geht in Richtung Quai, da sie dort mit grösster Wahrscheinlichkeit ein Taxi finden wird. Tamar, notiere ich, träumt, niemandes Traum zu sein. Noser kommt jetzt häufiger vorbei, notiere ich, ich gestatte mir jetzt häufiger eine arbeitsfreie Nacht. Noser und ich gehen dann über Hügelzüge, die dem Verlauf des Sees folgen. Dann und wann nehmen wir in einem der Gasthöfe, die dort zahlreich sind, ein Zimmer. Häufiger kehren wir per Bahn oder Schiff in die Stadt zurück, von der Haltestelle aus dann eher zu Fuss als mit einem Taxi in meine Wohnung, eventuell zu Noser. Es war ein Fehler, sagte Merz, zu erwarten, dass sie zu mir kämen, ich muss zu ihnen fahren, unsinnig, sie noch länger zu erwarten, dorthin gehen, wo sie jetzt sind, sagte Merz, ich will sie aufsuchen, fahren wir in die Galerie, nein, nur in deren Nähe, schauen, wessen Auto dort steht, eventuell kurz hineinschauen, du vielleicht, sind sie vielleicht schon am Bilderhängen, sagte Merz, Merz zeigte mir die Einladung zu einer Vernissage. Eventuell, notiere ich, auf Tagschicht überwechseln.

nals mit Hilfe von Freunden öffnete erwies sich als leer die Freunde das Bankpersonal der Mann die der Frau behilflich hatten den echten Schlüssel vertauscht und sich auch Kenntnis des Zifferncodes verschafft bei der Aufdeckung dieses Skandals spielte der Zufall eine wichtige Rolle der jetzt

Er, Merz, notierte ich, nützt ganz einfach seine Lage aus, er stellt die Fragen, die sie beirren. Es muss notwendigerweise irgendeine Übereinstimmung geben, Arbeit, sagt Merz, ist die Freiheit des Andern, wer arbeitet, stört keinen, den Regen einfallen sehen, es bildet sich eine Pfütze, in der Pfütze spiegelt sich der einfallende Regen recht ungenau, das ist weiter nicht wichtig. Die Taxifahrerin, das bin ich, blickt schräg von unten. Merz blickt, je nachdem, von oben und unten, Tamar wirft seitlich Blicke im Vorbeieilen. Fahren wir zu Hintermann. Es eilt nicht. Lassen wir uns vom Verkehr treiben.

Auf der Höhe eines Bräunungsstudios, ›Hintermann‹ gegenüber, notiere ich, hiess Merz mich anhalten. Die Jacke des andern Mannes liegt sorgfältig zusammengefaltet auf dem Dach des Wagens, auf dessen Hintersitz eine Frau in der Weise sitzt, dass ihr Oberkörper gegen das fahrerseitig gelegene, hintere Wagenfenster gewendet ist, so dass ich ihr auf die Unterarme abgestütztes Gesicht und ihre teilweise entblössten Arme gut sehe. Lassen wir uns treiben, sagte Merz von da an häufig.

verhaftete Garagist war bei eine Schliessung des Restaurants ›Stadt Madrid‹ drängt sich vorläufig ist seine Privatarbeit keine gesellschaftliche und zuweilen verleugnete er sich selber gegen seinen ausdrücklichen Willen trotzdem ausstellte zerschnitt verabscheute gegen seinen aus-

Ich will aussteigen, sagte Merz. Auf der Höhe eines Antiquitätengeschäfts oder Trödlers hielt ich an und erwartete, dass Merz tue, was er angesagt hatte, dabei mich aufforderte, mitzukommen, dazubleiben, den Motor anzulassen, sobald er wieder näher komme, den Motor laufen zu lassen, nichts davon. Merz blieb hinter mir sitzen, er starrte vor sich hin, als ob niemand und nichts um ihn herum wäre. Ich habe noch zu reden, sagte Merz dann, mit den beiden da vorn, Nelke und Goethe, flüstern die Nachtmenschen, wenn die beiden da vorn auftreten, keine Luft ist mehr rein, flüstern sie, sie kommen, sobald bei Hintermann die Eisenläden wieder hochgezogen werden, wenn es sein muss, um sechs Uhr morgens, weniger als vier Stunden nach jeder Polizeistunde, gewiss nicht, um rasch noch zu frühstücken, sie sehen nicht ausgeschlafen aus, wenn sie so früh kommen, sie sind im Dienst. Was weisst du wirklich über die Nachtwege dieser Menschen, die Frage, erinnere ich mich, notiert zu haben, Nelke und Goethe, das sind ihre Namen im Milieu, ich weiss nicht, sagte Merz, wer sie zuerst so nannte. Du, sagte Merz, magst diese Namen gehört haben, wenn sie an Montagen früh durch die Lokale gehen und sich einen Überblick darüber

drücklichen Willen und zuweilen verleugnete er sich selbst
Selbstrespekt das Ansehen seiner Person war Respekt vor
seiner Kunst wollte er das Ansehen seiner Person war ihm
gleichgültig nur die Anregung der Einbildungskraft vermag
zu verändern an andere Grosshehler lieferte die Gang direkt

schaffen, wer von ihren Bekannten nicht einfährt, d. h. zur Arbeit muss. Merz stieg aus, er ging auf die beiden Kriminalbeamten zu, die aufblickten, sie schienen ihn erwartet zu haben.

Möglicherweise auf Noser warten, Noser, notierte ich, ist abgereist. Warte nicht zu lange, fünf Minuten höchstens, dann komme mir nach. Kommst mir nach, nach kurzem Warten, sagte Merz, notiere ich, beachtest mich nicht weiter, setzest dich an die Theke. Du durchquerst den Schankraum, zweimal, sagte Merz, als ob du jemand anderen suchtest, setzest dich dann an die Theke, mit Blick auf den Eingang. Du sitzt dann an der Theke, notiere ich, sagte Merz, mit dem Rücken gegen uns, du, sagte Merz, beobachtest, was dann geschieht, über den Spiegel, durch die Getränkeflaschen hindurch über den Spiegel, du hörst, sagte Merz, genau mit, was wer wann sagt. Du wirst, sagte Merz, nachdem du höchstens fünf Minuten in deinem Wagen vor dem Lokal gewartet haben wirst, ohne mich anzublicken, rasch den Schankraum durchqueren, indem du schweifende Blicke wirfst, dich an die Theke setzen, ein Getränk bestellen, dich im Spiegel betrachten und dabei mithören, wovon wir sprechen, du wirst

so werde Gängiges in den Handel gebracht unter der Anleitung von Spezialisten wurden Galerien private Sammlungen die Ateliers von Künstlern besucht Geldanleger würden von den gleichen Spezialisten systematisch in die Marktlücke Kunst gelockt möglich sei dies erklärte Ernst Merz da Kunst

mir, sagte Merz, da ich dann absorbiert durch die Aufgabe des Achtgebens sein werde, dein Ohr leihen und dir merken, was gesagt sein wird, vor allem, sagte Merz, wirst du so zuhören, dass eventuell unterliegende Bedeutungen bei dir aufgehoben sind, im Notfall, sagte Merz, wirst du kurze Notizen erstellen bzw. eine Skizze der besprochenen Lage.

Nichts, notiere ich, muss ich jetzt beobachten, es reicht, notiere ich, wenn schweifende Aufmerksamkeit mithört, was über Funk ankommt, Union 34 ist heute, notiere ich, wenig gefragt, im Viertel, wo ich mich aufhalte mit Nachdenken zum Beispiel, sind Taxiwagen zu dieser sonntäglichen Mittagszeit kaum gefragt. Keiner, notiere ich, steht jetzt unauffällig zufällig da, in der Türöffnung des Hauses gegenüber, in welchem sie oft auch zufällig und rasch wieder verschwanden, einmal, so Tamar, auch sie, Tamar, mitzureissen versuchten. Daneben der Eingang zum Fotogeschäft einerseits, andererseits zu einem Bräunungsinstitut. Warte hier, sagte

nicht nur im gängigen Wortgebrauch sinnlicher schöpferischer Ausdruck dieser Gesellschaft sei denn auch die persönliche Arbeit des Künstlers erhalte ihre allgemeine Bedeutung erst wenn sie als Ware öffentlich werde ertrage Ernst Merz mit seinen ausdrucksvollen Stadtbildern ein häufiger und

Merz, warte, bis ich wiederkomme, erwarte mich um fünf
Uhr auf dem Napfplatz, auf der dem Speiselokal ›Der Turm‹
gegenüberliegenden Seite, warte vor der Auslage des Reise-
büros, schau dabei auf die Auslage, lass dich von in der Sonne
krumm stehenden Palmen locken.

Erwarte mich, sagte Merz, warte auf mich, es kann lange
dauern, ich warte auf dich bei mir zuhause, ich erwarte dich,
ich erwarte, dass du die Blicke so wirfst, wie es die Situation
erheischt. Bei ›Hintermann‹ wurde von da an nicht mehr
gewartet.

Herunterspielen, sagte Merz, die andern, einmal, notiere ich,
hatte Merz länger auf mich warten müssen, er stand, als ich
eintraf, vor dem Eingang zum ›Turm‹, starrte über den
schrägen Platz, aussperren, hier, fiel mir ein, ich fiel in seinen
Blick ein, Merz schrak zusammen, abhalten, sagte Merz, sie
aufhalten, hier, erinnere ich mich, ich notiere, obwohl ich dies
schon zuvor notiert habe, dennoch hat Tamar hier beobachtet, wie Geldscheine zwischen Menschen, eine grössere
Summe Geldes hin und her geschoben wurde. Nachweisen,
hatte Merz gesagt. Dass es sich um dieselben Geldscheine, die
zu vorgerückterer Nachtzeit, in der ›Amsel‹, unter den Gä-

gern gesehener Gast der Galerie und bald begann zur Freude
der geladenen Gäste der Schriftsteller Paul Merlin mit der
Vorführung ungewöhnlich schöner Zaubertricks die junge
Tamar erwies sich dabei als gefällig Manieren hat sie die
perfekte kleine Dame trotzdem erregt das Mädchen Anstoss

sten dort und unter dem Personal ein angemessenes Aufsehen und Nosers Neugierde erregt hatten, gehandelt hätte, hatte Merz mir nie direkt bestätigt, er müsse, sagte Merz wiederholt, diese Orte aufsuchen, ganz genau untersuchen, was sie ausmache, sie aushorchen, sowohl mit dem Gehör, dem Blick, als auch mit seiner ganzen Körperhaut.

Ich warte im Wagen, sagte Merz, er möge nicht mehr aussteigen, schnell, du gehst hinein, du bestellst einen Kaffee, du kennst nun die Leute. Du trinkst eine Tasse Kaffee, das wird ausreichen, du wirst mir berichten, sagte Merz.

Autoreifen auf Kies, ein Geräusch, ein Geruch, als ich vor das Haus hinaustrat, fehlte der VW-Transporter, der sonst den Durchgang verstellt hatte. Als ich wieder hinaustrat, wieder fiel Schnee, fehlte Merz, weder war er, wie angesagt, im Wagen geblieben, noch befand er sich sonstwo auf dem Platz. Neben meinem nun ein weiterer Wagen. Jedoch kein Mensch. Dann schien mir, notiere ich, dass ich den Schatten von Merz' Gestalt hinter dem lockeren Vorhang, der die Auslage eines Uhrengeschäftes vom eigentlichen Geschäftsraum abtrennte, erkannte, ich fühlte mich, erinnere ich mich, ausgesetzt.

in dem verschlafenen amerikanischen Provinznest fällt das was sie tut und wie sie es tut aus dem der traditionellen Familie abgesteckten Rahmen der von Unruhe nein diesmal handelt es sich nicht sie sei langsam stadtauswärts gefahren glücklicherweise den ins Extreme gesteigerten Kampf taug-

Abklären, zur Rede stellen, klarstellen, sagte Merz, gegenüber setzen, immer wieder, sagte Merz, setzen wir über die Limmat, dann später häufiger, weiter, über den anderen, schmaleren Fluss, ein Übergang, sagte Merz, in Stadtgebiete, die mir weniger vertraut waren als jene, wo Noser wohnt, unterwegs hiess er mich anhalten, weiterfahren, warten, so wie ich es schon gewohnt war, Merz, schien mir, erledigte Besuche in Privatwohnungen, weiterfahren, er wies mich durch. Als ich ihn darauf aufmerksam machte, dass wir verfolgt würden, kicherte er. Die Freunde, sagte Merz, folgen uns.

Ein schönes Spiel spiel ich mit, spiele mit, mit den Freunden, fahre langsam, lass den Wagen ausrollen, dich überholen, zwinge sie, Merz kicherte, aufzufallen, fröhlich winkte Merz dann aus dem Wagen. Kurz vor Strassenverzweigungen warteten dann der orangerote Volkswagen, der beige Opel Commodore, der Transporter, nun mit Taxizeichen versehen, den Hürlimann fuhr, in wechselnder Reihenfolge durch Taxiwagen abgelöst, die von ›New York Taxi‹, welche denn sonst, sagte Merz, ihn schien nichts zu wundern, es schien uns, sie verständigten sich über Funk, Merz genoss, seine Verfolger zu stören, er drehte die Fensterscheibe auf, he, ihr dort,

lich darzustellen die junge Tamar erwies sich als zauberhafte einfühlende Heranwachsende die sich gegen die Zwänge ihrer Umwelt mit der grausamen Logik des von moralischen Normen bedrängten Kindes zur Wehr setzt und bald begann zur Freude der geladenen Gäste der Schriftsteller Paul Merlin

brüllte er, dann ertränkte ein Lachen alle weiteren Versuche, ich bin ihnen auf der Spur, sie wissen es, Merz kicherte.

Du, sagte Merz, warnt Jaggi Jänsch allemal, nun, da ich oft bei ›Hintermann‹ bin, zufällig selbstverständlich, du, Merz, du beunruhigst Leute, die man nicht beunruhigen soll. Nachts, wenn ich endlich in die Nordstrase einfuhr, mich dem Haus, wo ich wohnte, näherte, da sah ich sie immer schon warten, Taxifahrer, gewiss dort auf keine Fahrgäste stundenlang, die mir dann, waren es dieselben, hatten sie sich abgelöst, nachfuhren, wenn ich wieder wegfuhr.

Die Situation ›frühlingshafter Hintergarten, Werkhof‹, ich vertrete mir die Füsse, bevor ich den Wagen in Bewegung setze, um den Fahrgast an seiner Adresse abzuholen, ich erinnere mich an runde, kalte Kiesel, da ich zu dünne Schuhe trug, im Schatten glattes Eis, jedoch lustwandeln, ich wartete, Wartespiel, Arbeitsspuren, überlegte ich, oder Zeichen langsamen Zerfalls, Kälte dringt durch dünnes Sohlenleder, rauher Asphalt, ich überquere die Zufahrt zum Haus und betrete den Garten, scharfe, klare Kälte, dabei helles Sonnenlicht, zieht durch kahles Gestrüpp, weht mich an, von der

mit der Vorführung schöner schläfriger Grenzen und bald begann zur Freude der geladenen Gäste mit der Vorführung ungewöhnlich schöner Grenzen unwiederbringlich Tamar zauberhafter einfühlender zu einem Zusammenspiel ohne Grenzen ohne Sprachbarrieren ohne Tamar wäre ich niemand

mehrfachen Kreuzung allmählich lauterer Verkehrslärm, im Schatten noch Schnee, der an die Schneefälle der vergangenen Tage denken lässt.

Ich vertrete mir kurz die Füsse, bevor ich einsteige, von warmem Asphalt, von heissen, hässlichen Grossstadtsommern, sprach Merz mit einem Mal, ich erinnere mich nicht an den Anlass, von fröhlichen, heissen Grossstadtsommern, die ihn an Sauerkirschen denken liessen, an sauren Kirschensaft, den er im Kaffeehaus trank, damals, als er mit, doch nein, er will nicht wieder davon anfangen, nicht nur Getränke liessen sich aus Wurzeln oder Beeren herstellen, aus ihren Säften liessen sich auch Farben gewinnen, auch aus Blättern, Beeren, im Sommer werde er mir dann, sagte Merz, zeigen, welche Pflanzen in dieser Stadt gedeihen, die er zur Herstellung von Farben verwende, Krapplack sei nur eine der bekannteren davon, diese Farben, sagte Merz, seien häufig nicht ganz lichtecht, er sprach vom Verblassen der Farben und davon, dass er es liebe, den Bildern Zeit mitzugeben, indem er einige Farbtöne verwende, zu deren Zusammensetzung er Pigmente nehme, die sehr empfindlich auf Lichteinwirkung seien, es reize ihn, die verfliessende Zeit dem Ver-

gestand Merlin schläfrig am Ende der Nacht vorzugsweise weltweit gleichgültig einfühlend unwiederbringlich sie war allein sie erinnerte sich an den Hinauswurf sie erinnerte sich an die Schläge sie erinnerte sich weltweit ohne Tamar wäre ich niemand vorzugsweise ja dass nach

blassen oder Wandel der hingemalten Farben abzuschauen, manchmal, sagte Merz, oft nur an einer einzigen, an verborgener Stelle aufgetragenen Farbe zu messen.

Warte im Garten. Gehe mir bitte voran, ich warte. Setze dich an die Bar, ich werde nachkommen, gegen Ende seiner Untersuchungen hiess mich Merz öfter alleine ein Lokal aufsuchen, was er in der Zwischenzeit unternahm, erzählte er mir nicht, Andeutungen dazu machte Noser, einmal, erinnere ich, forderte Noser mich auf, mit ihm zu fahren, er fuhr mit mir die ganzen Strecken ab, die ich mit Merz gefahren war, einsteigen, aussteigen, er schien Merz zu suchen, schliesslich hiess er mich bei einem grösseren Postamt, wo auch Parkplätze waren, anhalten, er müsse telefonieren, Noser erschien längere Zeit nicht mehr, beunruhigt, wie mir schien, stieg er dann wieder zu, er liess sich an einen bestimmten Ort fahren, wo er ausstieg, er überquerte dann die Strasse, als ob er mich abzuschütteln versuchte, verschwand er in einer Querstrasse.

Merzsätze, Fortsetzung im Wagen, also, sagte Merz, was hast du beobachtet, ist dir etwas aufgefallen, erinnerst du dich, wer ist gekommen, ist keiner gekommen, du hast Zeit, was hast du gehört, hast du notiert, was du gesehen hast, wen

durchfeierter Nacht über grüne Grenzen unwiederbringlich kostbare Beutestücke für sein Schaffen braucht ein ganzer Stapel eigener Radierungen und Zeichnungen eine Ausstellung mit Bildern von Ernst Merz sei geplant. Es sei aber noch ungewiss, ob sie je stattfinden werde. Ein

hast du gesehen, sind sie vorbeigekommen, wer ist zuerst, wer später, den Gesichtsausdruck, die Haltung, was ist dir aufgefallen, ich habe keine Zeit mehr. Fahren wir. Noser erwartet uns. Du pokerst doch auch manchmal mit Kollegen? Versuche, sagte Merz, erinnere ich mich, notiert zu haben, ein nächstes Mal auch nur eine der Regeln zu ändern. Was geschehen wird, wenn du das Spiel veränderst? Unter anderem, sagte Merz, wirst du dann erst das Spiel begreifen.

Fahren wir, sagte Merz, fort, solange es geht, die Regeln akzeptieren können, sagte Merz, das wollen sie mir vielleicht beibringen. Die Regeln, sagte Merz, akzeptieren, nicht um sie beizubehalten, versuche eine, das Spiel als Einzelne zu verändern, denke ich, bist du stark, dies ist eine Frage, sagte Merz, du hast Zeit, ich nicht, aufstöbern, sagte Merz, ich habe sie aufgestöbert, versuche einer, das Spiel als Einzelner zu ändern, du liebes Kind. Komm, sagte Merz, geh mit mir, wir fahren hinüber. Noser erwartete uns bei ›Hintermann‹. Ich notiere weiter, während ich auf den Fahrgast warte. Strassenname, Hausnummer, ich wähle die Strecke, die die angenehmste Fahrt ermöglicht, der Fahrgast ist fremd in der

Passant, der den Vorgang beobachtet habe: sind verschwunden handelt sich: signierte berechnete: hat zeigt, benötigt: abliefern? stattfinden? abgeschickt werden kann! Doch G. war informiert: sagt arbeiten arbeiten arbeiten. fragt braucht braucht braucht. kümmert existiert braucht: genommen

Stadt, er bittet um Information. Ich setze mich mit der Zentrale in Verbindung. Noser, notiere ich dann, als ich den Fahrgast an seinem Ziel abgesetzt habe, hielt sich zurück, wenn er mit Merz zusammen war.

Ich führe das Fahrtenprotokoll nach, jetzt erneut Flaute, ich entschliesse mich, zu ›Hintermann‹ zurückzufahren, da ich mich nicht allzuweit davon entfernt befinde. Anfänglich, notiere ich dort, sprach Noser wenig, wenn er sich von mir fahren liess. Später, als er häufiger redete, vermied er, Angaben, die mir gestattet hätten, ihn einzuordnen, in seine Geschichten einzufügen. Lange, notiere ich, kannte ich nur die Geschichten, die Noser erzählt, er erzählt, sagt Tamar, von Träumen, die nicht seine eigenen sind, ist Noser, notiere ich die Frage, ein Traumdieb, Noser schien damals nicht von seinen eigenen Träumen zu leben, später, erst allmählich, während wir uns schon näher gekommen waren, begann er, einige seiner Träume preiszugeben. Ich mag, denke ich, wie er seine Geschichten eher um sich ausbreitet, als sich in ihnen verwickelt.

wird akzeptiert. ist. ist. Als Privatperson ist er kein Gesellschaftsmitglied, ebenso ist seine Privatarbeit keine gesellschaftliche. G. hatte den Blick gelesen: intensiviert gekommen verknüpft. Laut Meldungen aus Rom, Locarno und Zürich jedoch sind diese beiden Kunstdiebstähle miteinander

Früher Nachmittag der Uhrzeit nach, ich geniesse, wie der heisse Sommerschatten allmählich auf diese Strassenseite herüberfliesst, ein Gast nach dem anderen leert sein letztes Frühbier hinunter, bezahlt, spaziert über die Strasse, der gegenüberliegenden, nun vom harten Sonnenlicht gestreiften Häuserfront entlang, irgendeinem späten Mittagstisch entgegen, einem dieser zärtlichen Bratendüfte, einer dieser Düfte, die mich nichts angehen, so wie ich lebe, wenn jetzt Noser dasässe und redete, denke ich, neben mir, ich hörte ihm zu und genösse seine Sonntagssommergeschichte.

Schau genau hin. Merz drückte mein Gesicht noch näher an die Glasscheibe, die die Auslage vor Zugriffen zu schützen hatte. Wenn ich jetzt über die helle Strasse geradewegs hinüberblicke, sehe mich in den sich dunkel gegen die vom Sonnenlicht nur gerade berührte Fassade abhebenden Schaufenstergläsern die Tischchen und Sessel und Sitzer gespiegelt, über den Morgen hinaus gegen Nachmittag schräghin Sonne Schatten, weiter links ein Secondhand shop, wo damals ein Trödler gehandelt hatte.

Bevor Merz und ich, erinnere ich mich, an jenem wievielten Tag ein zweites Mal bei Hintermann uns einfanden, diesmal, um mit Noser zusammentreffen, dessen bin ich gewiss,

verknüpft. Ein Passant, der den Vorgang beobachtet hatte: wurden benützt entgangen behauptet bedroht. Erhebe? verdächtige? verweigert. Auf die Frage, ob er jemanden verdächtige, verweigert er jede Antwort. Ein Passant, der den Vorgang beobachtet hatte: tagte trafen einigten sich wollten

möchte ich jetzt zu Tamar sagen, Tamar, denke ich, arbeitet jetzt entweder an der Fertigstellung des Vorzimmers oder Korridors, wenn sie nicht schon dazu übergegangen ist, das Bad zu säubern und für den frischen Anstrich vorzubereiten, Tamar sucht Gewissheit, indem sie mir jede Antwort sofort wieder in Form einer Frage entgegenstellt, in welche ich mich dann, zunehmend verwirrt, einwickle, bevor ich eine Ruhe und eine Entgegnung fand, zog mich Merz über die Strasse zurück, ich meinte, er zöge mich zum Auto zurück, weshalb nur, dachte ich, Noser erwartet uns, abseits schon beinah, weiter hinten ist nichts mehr los, dachte ich, ein Niemandsgebiet beginnt hier, eine Art Kasematten bzw. Lagerhäuser oder Schuppen herrschen vor, Merz, der mich beinah drängte, anherrschte, in meiner Erinnerung ungeduldiger als zu anderen Gelegenheiten mich hiess, die Dinge, kühl war es, sogar kalt, es würde, hatte ich gedacht, wieder schneien, deutlich voneinander abgehoben zu sehen, ein verlockendes Geschäft, dachte ich, hineinzugehen, die Dinge im Licht zu wenden. Merz beobachtete mich die längste Zeit, das, erinnere ich mich, war mir unangenehm.

verästelt finanziert: beikommen gesuchte lenkt, setzt ein, schmuggelt, ist registriert, sieht sich registriert. Ein Passant, der den Vorgang beobachtet hatte: dasteht. Ein Passant, der den Vorgang beobachtet hatte: betreten aufklären erfahren lassen vergreifen stossen wagt geht gilt diskutiert geklärt gilt

Auf einem Bild eine Art Noser, Merz sagte, so habe er vor nun genau zwei Monaten, Merz, erinnere ich mich, liebte es, genaue Angaben zu machen, die zu nichts führten, gesehen, jedoch, sagte Merz, Noser, der ihm für das Porträt gesessen habe, habe sich schliesslich das Bild an sich zu nehmen geweigert, deshalb nur habe es sich im Moment des Einschlichs und der Beraubung noch im Atelier befunden. Eines der entwendeten Bilder gefunden, Ort: vis-à-vis ›Hintermann‹, Antiquitätengeschäft. Ich erinnere mich, dies notiert zu haben. Ich sah, wie Merz sich erregte, sie machen sich über mich lustig, Krötenauge, du lächelst? Lassen wir die Auslage, ich bin gespannt, sagte Merz, wer Service hat, wetten, dass es Marcel ist. Mit wem Noser am Tisch sitzt?

Spiegeln, notiere ich, wenn ich jetzt auf die Schaufensterflächen hinüberblicke, sehe ich einen Kellner vor die Türe treten, als ob er müssig bleiben möchte. Seinen Oberkörper gegen die Leibung, und wenn, denke ich, Marcel sich an mich erinnert, er war, so Noser oder Merz, in die Sache mit den Bildern verhängt gewesen, zwei Monate Untersuchungshaft, das Verfahren gegen ihn eingestellt, Vermutungen, man nahm Hehlerei und Teilnahme an einem Erpressungsversuch an, hätte ich, denke ich, besser nicht hieher zurückkommen

klagen. Aber auch unversicherte Privatleute, denen eher gängiges Gut abhanden kam, klagten, dass sie Lösegelder investieren mussten; sogar Schmiergelder sollen bezahlt worden sein, um den Recherchen der Polizei vom Fleck zu helfen, mit deren Engagement höchstens S. und Konsorten zufrieden

sollen, ich überlege. Einen Kaffee, bitte, ich sehe ein gleichgültiges Gesicht, einen Kellner, der einen ihm unbekannten Gast freundlich bedient, ich hüte mich, seinen Namen auszusprechen. Manchmal wäre es besser, Namen nicht zu wissen.

Los, sagte Merz, gehen wir hinüber. Denn das Zeug, sagte Merz, ist für absolut nichts zu gebrauchen, die Bilder tauchen an den allerungewöhnlichsten Orten auf. Warten wir. Merz, erinnere ich mich, zog mich wieder vor die Auslage, wo das Bild zwischen anderer Ware ausgestellt stand, sie hätten, sagte Merz, erinnere ich mich, sich auf seine Kosten belustigt, die Freunde, sagte Merz, auch Moor, kalte Füsse, sagte Merz, auch Merlin, die Geliebten, gehen wir. Welche Wege, sagte Merz, bleiben einem Künstler offen, wenn er sich fürchtet, seine Bilder könnten missbraucht werden? Wenn die Bilder nur gebraucht würden, so weit sei er jetzt, da, das Bild da, im Schaufenster dieses Händlers, das wird angeschaut. Das Bild, das ich bei mir aufbewahre, wer wird das je sehen, die Freunde, ja. So weit, sagte Merz, sei er nun, und doch, sagte Merz, Scheisskerle. Fahre mich, fahre mich zu Ines,

sind. Doch G. war informiert: gibt dominiert ist hervorholt bringt sind, scheinen. Und wenn die Worte da sind, scheinen sie ein bisschen spät und zu wenig. Ein Passant, der den Vorgang beobachtet hatte: Ein Passant, der den Vorgang beobachtet hatte: Rede und Gegenrede, bis Ernst Merz, eingriff

schnell. da müsste es doch, Krötenauge, das siehst du doch auch, andere Wege gehen.

Eine Gegendarstellung sei ihnen gelungen, ihres eigenen Tuns, früher, sagte Merz, hätte er sich mit ihnen immer wieder finden können, aus den ärgsten Verstrickungen heraus, mit Moor, den er geliebt habe, mit Merlin, einem eher ängstlichen und deshalb etwas starren Mann, wenn zwischen Morgenmitte und Mittag Ines wenig beschäftigt, die Musse gehabt habe, sie anzuhören, sich zu ihnen gesetzt und den andern, mitgeredet, eine sehr kluge Frau, sagte Merz, ist Ines. Einmal, fiel Merz ein, Merz lachte wieder, nachdem er doch bedrückt gewesen war, sei sein Neffe, Dübendorfer, über Ines hergefallen, hätte vom arbeitenden Volk geredet, von dessen Bedürfnissen Ines nichts wisse als Frau und Kellnerin, da habe sie, Ines, sagte Merz, laut aufgelacht, Studenten, habe Ines gesagt, seien wohl seine Freunde geworden, sie, Ines, höre den Jargon, sie kenne diese Sprechweise nun, seit auch Studenten sich in der ›Stadt-Madrid‹ einfänden. Da stehe sie, die Kellnerin, doch eher in der Nähe dieses Ernst Merz da, hätte Ines gesagt, sagte Merz, der bezeichne immerhin das, was sie sich vorzustellen nicht getraue, wie die meisten, die sich ängstlich vor Bildern hüteten, die mehr als das zeigten, was sie ohnehin jeden Tag sähen.

häufiger und gern gesehener Gast der Galerie mit lauter und bitterer Stimme eingriff. Doch die Gäste mit lauter und bitterer Stimme nicht verderben. Rede und Gegenrede. Als den Mann erkannt, der sich zur Zeit des Raubüberfalls. Mit ausgewähltem Wandschmuck auch in den Arbeitsräumen der

Was er, Dübendorfer, meine, hätte Ines gesagt, sagte Merz, erinnere ich mich jetzt, während ich Marcel zuschaue, wie er, ohne zu zeigen, ob er mich wiedererkenne, den Kaffee vor mich hinstellt, was er denn meine, was sie, Ines, jeweils, nach der Polizeistunde, unter diesen tristen Wirtshaustischen zusammenwische, gefallene Träume, einen rechten Haufen ergebe das immer, Merz, sagte Ines, komme dann im Laufe des Morgens für die ersten Gläser Weisswein oder Rotwein, je nach Jahreszeit, deshalb, weil er wisse, dass sie, Ines, die gesammelten Traumreste dem Wein, den sie ihm dann auf den Tisch stelle, beimische, nicht wahr, Merz, so sagte Merz, erinnere ich mich, sei er in den Ruf eines Säufers gekommen, er sei auch einer, sagte Merz, sie stehe dazu, hätte Ines gesagt, wie Merz sie gemalt habe, ein genaues Bild, da sei alles drin, Merz, wo ist das Bild?, wem hast du das Bild verkauft, was ihm denn übrig geblieben sei, sagte Merz, bei Moor, in Moors Sammlung hängt es.

Du denkst nun, das Bild stelle Noser dar, sagte Merz, so wie Noser nun, sah Moor fast aus, damals, vor vielen Jahren, indem ich Noser, notiere ich, sagte Merz, porträtierte, erinnerte ich mich an Moor, wie er mir vorkam damals. Namen oder Bilder, sagte Merz, ich hatte ihn verschwinden sehen in

dieser Dominanz des Zeichens über die architektonische Form. Verschwunden. Es handelt sich um einen Siebdruck ›Pinguin mit‹. Im Tausche von andern genommen wird. Seine Existenz wird. Intensiviert. Entgegen anderen Berichten ist es im Fall Ernst. Oft nur dann, wenn wenig erfahrene Einzel-

einem leer stehenden Haus, einem jener Häuser, wie ich sie
träumte in hundertjährigen Mondnächten vorstädtisch über-
wachsen von blühenden duftenden Glyzinien.

Ich hatte den Mann, der damals ein sehr junger Mann war,
ebenso wie er, Merz, auch, Papierrollen aus dem Auto hinein-
schleppen sehen, hingetrieben ihm zur Hand gehen wollen
immerhin, sagte Merz, buntbefensterte Glasveranden im frühen Juni, damals, als ich ihn erblickte, ein Einnachten und
die, die jedermann kennt, liessen das Licht brennen in den
Zimmern, Handänderungen, ernüchtert dann nur noch gewartet, sagte Merz, gewartet, noch ein Bier getrunken, Bau-
gespanne, du kennst, sagte Merz, die Stadt, wo du wohnst,
nicht mehr. Jahrelang gehst du, sagte Merz, durch die selben
Strassen. Vergisst, dass du ihn suchst, gehst Montag bis
Freitag, gehst Samstag, gehst nächsten Montag.

Du kennst dich nicht mehr aus. Plötzlich, sagte Merz, geht
dir das auf, du rennst durch die Strassen, suchst den Spalt,
den Spalt in den Fassaden, der Leute, der Strassen. Die
Fassaden tun sich dir nicht auf, du siehst ihn, der im Haus
verschwunden ist, nicht, du liest Namenschilder unterhalb

gänger sich von. Eines Unternehmens misst man auch an
seinem kulturellen Besitz. Und fast rauhe Stimme, die die
Worte tief unten hervorholt Provinznest will man seine
Selbständigkeit nicht akzeptieren. Jeden Auftrag anzunehmen und so unter Umständen auch nicht. Auch sonst nicht

der Klingelknöpfe, Fehr Walter, Calvo Antonio, Hedwig Gerber, Theodor Lutz, könnte er so heissen?, Hans Maurer, Kurt Murbach, ob er Kurt heisst?, mit einem Murbach bist du zur Schule gegangen, du traust dich nicht, das Glockenspiel zu spielen, du lässt dich verführen, drückst alle Knöpfe miteinander, läufst weg, du läufst durch Warenhäuser, Bahnhöfe, du drängst dich an den Wartenden vorbei, ins Kino. Zwei Stunden im Dämmer, Count down, du bist draussen. Er habe dann, sagte Merz, die graphischen Techniken, Kaltnadel zum Beispiel, für eine Zeit aufgegeben und zu malen angefangen, mit den Pinseln die Fassaden aufzubrechen versucht, er habe, sagte Merz, erinnere ich mich, notiert, die Notizen dann Tamar vorgelesen zu haben, so die Mauern zum Einstürzen gezwungen, Innenräume, sagte Merz, hätten da hervorgeleuchtet, die er zuvor nicht einmal vermuten habe können.

Manchmal, sagte Merz, seien auch Menschen in seine Bilder geraten. Das seien unendlich schwierige Augenblicke gewesen, auch wenn er immer wieder davon ausgehe, dass es sie gebe, denn, sagte Merz, wie könne einer Erfahrungen darstellen, die zu machen die Verhältnisse beinahe verunmöglichten, die längste Zeit, sagte Merz, seien sie nicht zueinander gekommen.

ungewandte Kunstkritiker Wahrig hielt eine. Konnte auch dieser Gast ungehindert das Lokal verlassen. Gar zu dem Geständnis aufgefordert, er habe die Straftat. Über den grauen Kunstmarkt erwerben auch Sie den krisensichern Gruppierungen, deren Vorgehen in erschreckender Weise an

Manchmal, notiere ich, schiebt sich der Name Merz vor das Gesicht Merz, die Gestalt Merz, während ich immer wieder auf nächste Fahrten warte. Von den entwendeten Bildern, erinnere ich mich, notiert zu haben, sind an folgenden Orten aufgetaucht: Auslage eines Altwarenhändlers (Gemälde, zwischen anderen Waren ausgestellt); ›Hintermann‹ (Zeichnung, herumgereicht); ›Amsel‹, Nachtlokal (Mischtechnik, über dem für die sog. Herren reservierten Tisch gehängt, daneben eine Zeichnung von Ritzmann); ›Stadt Madrid‹ (zwei Zeichnungen, Ines behauptet, nicht zu wissen, wie die Zeichnungen dahin geraten seien).

Immer wieder war Noser dann doch zurückgeblieben. Später stand er dann doch irgendwo, dann doch in der Nähe des Standplatzes, den ich oft zwischendurch aufsuchte, wenn mich Merz vorläufig entliess, an einer Strassenstrecke, die ich sicher zurücklegte, wenn ich schliesslich doch noch dazu kam, nach Hause zu fahren nach einem langen Herumfahren, um mich zu informieren, wie Noser sagte. Brunnenhofstrasse denn. Bis er ihm dann wieder begegnet sei, sagte Noser,

jenes Bilder anders als Theaterstücke oder Bücher oder Personenwagen Razzia hat die Wirtschaftspolizei der Stadt in Zusammenarbeit. Ein Passant, der den Vorgang beobachtet hatte, alarmierte Verbitterung war nicht zu überhören, und er flocht auch ein. Nicht lange dauerten Rede und Gegen-

beide, Merz und Moor, seien Anfang zwanzig gewesen, hätten die offenen Grenzen gefeiert, sagte Noser, auf dem Sprung, an jenem Abend noch sei er hinüber, schon Juni möglicherweise, die Fliederblüten schon welk, Lindenduft über den Plätzen, in der Allee, die ihm die Richtung wies, schon Lindenduft hier in dieser Stadt, ein kühler Morgenwind, einen Kaffee noch im Odeon der Flüchtigen, den Mann wiedersehen, den er, zunächst, bloss anstarrte. Dieser Moor, derselbe Moor, dem Merz nun gehässig nachsteige, sei dann ein Stück Wegs noch mitgefahren, im Bummelzug, zwar, sagte Merz, sagte Noser, hätten auch Schnellzüge verkehrt, keiner, jedoch, wollte den Zuschlag bezahlen, beide wollten den Grenzübertritt verzögern, Zeit gewinnen, sie dachten, so Merz, sagte Noser, sentimental an die Jahre, die sie einander verfehlt hatten.

Ich stelle mir die beiden vor, ich versuche, mir die beiden vorzustellen, wie sie als jüngere, verliebtere Menschen waren, ein Merz, ein Moor, Vornamen vielleicht, auch Noser nennt mich noch immer, fast immer, Renner, ich ihn Noser, es besteht da eine Scheu, kommst mit mir dorthin, in die Rebhalden, den Wald, ich erinnere mich daran, dass Noser dies sagte, ich gab seiner Frage damals keine Bedeutung, der

rede, bis Ernst Merz. Als den Mann erkannt, der sich zur Zeit des Raubüberfalls. Kamen zwei Männer langsam von der Einmündung der Schoffelgasse. Als den Mann erkannt, der sich zur Zeit des Raubüberfalls. Verschwunden. Es handelt sich um einen Siebdruck ›Pinguin mit‹. Und zeitweilige

Duft, sagte Noser, habe ihm Merz gesagt, ihrer Liebe hätte sich auf wundersame Weise mit dem Duft der Rebblüte vermischt, die grasbewachsene Halde sich ihren Leibern eingeprägt, kein Spaziergänger habe empört weggeschaut, da keiner da, lange seien sie da liegen geblieben, er erinnere sich, so Merz zu Noser, sagte Noser, vor allem an eine kleine, junge Kröte, die die längste Zeit, ohne zu erschrecken, vor seinen Augen, auf einem Erdklumpen im Gras, hocken blieb. Du denkst nun, hatte Merz gesagt, dieses Bild stellt Moor dar.

Fahren wir, weiter, Noser wird kommen, eine Rücksichtslosigkeit, eine Unbekümmertheit, dem Material gegenüber, überschichten, sagte Merz, schliesslich verglasen, jetzt gehören Auslage und Schaufensterglas mit zum Bild, du, Renner, auch, du hast das jetzt gesehen, du bist zu einem Moment dieses Porträts geworden, ob du willst oder nicht, Merz, erinnere ich mich, lachte wieder sein Lachen. Unbestimmt. Moor, sagte Merz, als ich unvermittelt anhielt, hatte dann den Zug zur Stadt zurück bestiegen, ich blieb zurück, d. h. ich lief gegen den Grenzposten zu, die Papiere in Ordnung, neue Ausweispapiere, neue Passfotografie, ich wies mich aus, ich musste hinüber, ich musste. Merz' Stimme, ich erinnere mich jetzt, wurde dann unvertraut kalt, unvermittelt, sagte Merz, zwischen den Menschen, weder Farbe, noch Gras, noch

Mitarbeiter dieser Zeitung, W., soll die. Als den Mann erkannt, der sich zur Zeit des Raubüberfalls mit ausgewähltem Wandschmuck auch in den Arbeitsräumen der Bedeutungsträger. Wird die Form vom Inhalt unabhängig: Hierin es dem Transporteur abliefern, damit es für die Ausstellung mit

Duft, Wörter, sagte Merz, statt Weinen, Wörter herumgeschoben wie Geld, aufgesetzt wie Autokarrosserie, solche Sprache, sagte Merz, habe damals zwischen ihnen nicht gehangen, nein, sagte Merz, fahre weiter, nicht jetzt zu Ines, fahre weiter, zur Druckerei, zu Moor, jetzt gerade, schon jetzt, dachte ich, ein verhangener Himmel, in der Nähe des Sees, wo die Druckereigebäude sind, leicht angehoben, ich erinnere mich, dass ich den leichten Schneefall als wohltuend empfand, Merz sprach nicht weiter, als ob er sich verloren hätte. So klein und leicht kam ich mir auf einmal vor, Noser, dachte ich, notiere ich.

Es stehen nicht nur Jahre zwischen uns, sagte Merz, notiere ich, während ich die letzte Tasse Kaffee austrinke und anschliessend zu zahlen beschliesse, da ich mir doch, indem ich durch das Viertel fahre, einige Fahrten verschaffen will, durch die Jahre hindurch angehäufte, aufgemauerte Sätze, nein, sagte Merz, es geht um mehr, deshalb fühle er sich gezwungen, Moor nun zu stellen, es gibt da, sagte Merz, einiges richtig zu stellen, fahren wir, sagte Merz, Merz zog mich ebenso heftig, wie er mich zuvor an die Schaufensterscheibe geschoben hatte, von der Auslage weg und zum Wagen, Hintermann kann warten.

ausgewähltem Wandschmuck auch in den Arbeitsräumen der. Dieser Dominanz des Zeichens über die architektonische Form. Verschwunden. Es handelt sich um einen Siebdruck ›Pinguin mit‹ dem Fund von Meisterwerken aus der Sammlung Antonini. Hat mit ausgewähltem Wandschmuck auch

Holzwerk ablaugt, er überdeckt jetzt den schönen Geruch nach vielen Espressi und sonntäglich beinah leeren Strassen, heissen Strassen, an welchen ich lange gesessen habe, durch welche ich heute gefahren bin, den schönen Geruch, den ich Tamar mitbringen will. Die Nachbarn sind nicht mehr dieselben, sagt Tamar, seit einem halben Monat hat das Notwohnungsamt die Vermietung der leerstehenden Wohnungen übernommen, ich weiss nicht, wie bald uns dasselbe blüht. Ich begrüsse Tamar, setze mich in mein Zimmer, ich notiere, spiel mir ein Lied, immer trugen sie Staubmäntel, lange Mäntel, dicke Pullover unter den Mänteln, immer, notiere ich, sah der eine wie der andere aus, einer wie der andere, ein kleiner Fisch, ein Lied vom Tod, doch ungenau, als sie zustiegen, Noser, erinnere ich mich, hatte sein Gesicht zu einer mitleidigen Grimasse verzogen, deutlich, jedoch unsäglich, sagte Noser, notiere ich, die Frau, sagte Noser, der, um mich zu informieren, wie er sagte, zustieg, sei die bestimmende Person, die drei, einer von ihnen, zwei manchmal, möglicherweise waren es viele, die sich ablösten, wo Merz mich warten hiess, sie zu unterscheiden von jenen, die Staubmäntel aus modischem Anlass trugen, war schwierig, ich sagte hin und

auch dieser Gast ungehindert das Lokal verlassen. Jener Bande, der auch der Anschlag gegen die Filiale der. Keinen öffentlichen Markt haben, auf dem das Publikum seine. Gar zu dem Geständnis aufgefordert, er habe die Straftat über den grauen Kunstmarkt erwerben. Auch Sie den krisensi-

Duft, Wörter, sagte Merz, statt Weinen, Wörter herumgeschoben wie Geld, aufgesetzt wie Autokarrosserie, solche Sprache, sagte Merz, habe damals zwischen ihnen nicht gehangen, nein, sagte Merz, fahre weiter, nicht jetzt zu Ines, fahre weiter, zur Druckerei, zu Moor, jetzt gerade, schon jetzt, dachte ich, ein verhangener Himmel, in der Nähe des Sees, wo die Druckereigebäude sind, leicht angehoben, ich erinnere mich, dass ich den leichten Schneefall als wohltuend empfand, Merz sprach nicht weiter, als ob er sich verloren hätte. So klein und leicht kam ich mir auf einmal vor, Noser, dachte ich, notiere ich.

Es stehen nicht nur Jahre zwischen uns, sagte Merz, notiere ich, während ich die letzte Tasse Kaffee austrinke und anschliessend zu zahlen beschliesse, da ich mir doch, indem ich durch das Viertel fahre, einige Fahrten verschaffen will, durch die Jahre hindurch angehäufte, aufgemauerte Sätze, nein, sagte Merz, es geht um mehr, deshalb fühle er sich gezwungen, Moor nun zu stellen, es gibt da, sagte Merz, einiges richtig zu stellen, fahren wir, sagte Merz, Merz zog mich ebenso heftig, wie er mich zuvor an die Schaufensterscheibe geschoben hatte, von der Auslage weg und zum Wagen, Hintermann kann warten.

ausgewähltem Wandschmuck auch in den Arbeitsräumen der. Dieser Dominanz des Zeichens über die architektonische Form. Verschwunden. Es handelt sich um einen Siebdruck ›Pinguin mit‹ dem Fund von Meisterwerken aus der Sammlung Antonini. Hat mit ausgewähltem Wandschmuck auch

Und wenn, denke ich, während ich den Motor anspringen lasse, Tamar den Zettel auf den Küchentisch übersehen hat, sie mich erwartet, die Brötchen nicht berührt, die sie für uns gerichtet hat, auf mich wartet, den Tee erkalten lässt, sich dem Warten überlässt, sich vorstellt, wie ich in meinem Zimmer ausschlafe, erst jetzt, da die Sonne nicht mehr in die Küche scheint, mich zu wecken sich entschliesst. Morgen, Montag, will sie mit dem Bad fertig werden und gleich auch das WC streichen, siehst du, hat Tamar gesagt, so schlimm ist das auch wieder nicht, können wir uns einrichten, bald, sagt Tamar, richtet sich Gabriela mit uns ein, am Donnerstag möglicherweise, sagt Tamar, wenn Gabriela los kommt, nein, sagt Tamar, mit Ritzmann hat sie nichts mehr, trotz seiner Drohungen, und wenn, denke ich, er sie nicht wirklich gehen lässt, sie nicht in Frieden lässt, uns aufstöbert, und wenn, denke ich, die Freier herausfinden, wo Gabriela wohnt, wenn sie anrufen, vor der Türe stehen, auch wenn, denke ich, die Katze den Zettel im Spiel erwischt und vom Tisch gewischt hat, wird Tamar längst gefrühstückt haben.

Eine Runde im Viertel drehen, sehen, wohin sich die Menschen bewegen. Den Block umkreisen, schweifen, schauen, wo sie sonntags stehen. Das Viertel durchqueren, in fremdes Gebiet einfallen, über Land fahren mit zwei Leuten, einkeh-

in den Arbeitsräumen der im Tausche von andern genommen wird. Seine Existenz wird gegen Unbekannt. Auf die Frage, ob er jemanden verdächtige im Tausche von andern genommen. Seine Existenz wird M., der selber nur dank der Geschicklichkeit der Fahrerin wie die Bilderentführer in Italien,

ren, sie beide und ich an je verschiedenen Tischen. Die Einladung zum Glas Wein freundlich zurückweisen, die Adresse verweigern, den Gast vor der Bar aussteigen lassen. Ich stelle meinen Wagen ab, ich breche einen Zweig voller tiefgelber Blüten vom Jelängerjelieberstrauch, dem Geissblattgewirr, im Abendlicht beginnen die Dolden stark zu riechen, ich atme den Duft gegen die Luft ein, ich schaue lange in die schmalen Trompeten, der Zweig ist für Tamar, die Blätter des Strauchs sind verstaubt ihr Grün sehr blass, ich wische den Staub von den Blättern, die ich vom Boden her erreichen kann, ich stütze mich auf den Kotflügel des Wagens, ich klettere auf das Dach meines Wagens, ich wische, so gut ich kann, ich werde, denke ich, den Zweig abspritzen, bevor ich ihn Tamar gebe, sobald, hatte ein Nachbar gesagt, die Finanzierung gesichert sei, würde das Nebenhaus abgerissen, durch ein klimatisiertes Geschäftshaus ersetzt. Etwas anderes sei an dieser Strasse nicht mehr zu verantworten. Im Treppenhaus ist es noch hell, fast hell, drückend warm ist es wie oft an einem Sommerabend, bevor das Gewitter losbricht, ich mag, denke ich, diese ruhige, schwere Stille. Der Geruch nach frischer Farbe, nach Lösemitteln ist stärker geworden, seit ich in der Frühe aus der Wohnung gegangen bin, er überdeckt jetzt fast den andern, beissenderen nach Salmiak, der in der Wohnung hängt, seit Tamar das mit Ölfarbe gestrichene

die Kölner Einsteigespezialisten gibt es nur ihn und eine Welt von Nebendarstellern. Er dominiert als Rezept das abgebrühte Publikum eine neue Spielart des Gruselns. Oft nur dann, wenn wenig erfahrene Einzelgänger sich von. Nur vorgetäuscht ein Glücksfall, dass ein Teil der Beute. Konnte

Holzwerk ablaugt, er überdeckt jetzt den schönen Geruch nach vielen Espressi und sonntäglich beinah leeren Strassen, heissen Strassen, an welchen ich lange gesessen habe, durch welche ich heute gefahren bin, den schönen Geruch, den ich Tamar mitbringen will. Die Nachbarn sind nicht mehr dieselben, sagt Tamar, seit einem halben Monat hat das Notwohnungsamt die Vermietung der leerstehenden Wohnungen übernommen, ich weiss nicht, wie bald uns dasselbe blüht. Ich begrüsse Tamar, setze mich in mein Zimmer, ich notiere, spiel mir ein Lied, immer trugen sie Staubmäntel, lange Mäntel, dicke Pullover unter den Mänteln, immer, notiere ich, sah der eine wie der andere aus, einer wie der andere, ein kleiner Fisch, ein Lied vom Tod, doch ungenau, als sie zustiegen, Noser, erinnere ich mich, hatte sein Gesicht zu einer mitleidigen Grimasse verzogen, deutlich, jedoch unsäglich, sagte Noser, notiere ich, die Frau, sagte Noser, der, um mich zu informieren, wie er sagte, zustieg, sei die bestimmende Person, die drei, einer von ihnen, zwei manchmal, möglicherweise waren es viele, die sich ablösten, wo Merz mich warten hiess, sie zu unterscheiden von jenen, die Staubmäntel aus modischem Anlass trugen, war schwierig, ich sagte hin und

auch dieser Gast ungehindert das Lokal verlassen. Jener Bande, der auch der Anschlag gegen die Filiale der. Keinen öffentlichen Markt haben, auf dem das Publikum seine. Gar zu dem Geständnis aufgefordert, er habe die Straftat über den grauen Kunstmarkt erwerben. Auch Sie den krisensi-

wiederholt, notierte ich, einen habe ich wiedererkannt, jenen andern, bei dem bin ich mir unsicher, gestern, sagte ich Merz, erblickte ich ihn in einem Taxi, das mir nachfuhr, zuvor, fällt mir ein, sagte ich Merz, stand er unweit des Hauses an der Gräbengasse, wo du mich erwartetest, als Passagier, sagte ich Merz, liess er sich von mir fahren, von da nach da, Merz, notiere ich, gab darauf keine Antworten, später dann, ein langgezogenes ›Freunde‹, Nosers Angst, sagte Merz, nimmt zu.

Ein Lied herunterspielen, sagte Merz, so also sind Freunde, rief Merz über die Autobahn, als er meinte, in einem uns überholenden Wagen Wahrig zu erkennen, ich merkte mir aus der Menge der fremden Eingangstüren eine Anzahl, die Befremdung nahm dennoch zu, notiere ich. Bis ich dann das Telefongespräch mithörte, das Noser vom Atelier aus führte, seinem, wie Merz es bezeichnete, zweiten Atelier, es handelt sich um einen Einbruch, hörte ich Noser sagen, ich bitte sie dringend um eine Bestandesaufnahme. Es kam niemand, solange wir auch warteten.

Bis mir dann jener auffiel, den ich noch nie bemerkt zu haben vermeinte, sage ich Tamar, im Laufe von Merz' Gegendar-

chern Gruppierungen, deren Vorgehen in erschreckender Weise an. Razzia hat die Wirtschaftspolizei der Stadt in Zusammenarbeit gegeneinander auszuspielen. Doch ist es immerhin die Örtlichkeit. Ein Passant, der den Vorgang beobachtet hatte, alarmierte. Als den Mann erkannt, der sich

stellung lernte ich allmählich auch die Gesichter jener wiederzuerkennen, die sich weder mit Merz an denselben Tisch setzten noch in anderer Weise zu erkennen gaben, dass sie mit Merz auch im geringsten etwas zu schaffen hatten, jener und Merz, so kam es mir vor, sage ich Tamar, kannten sich längst, Merz, schien mir, traute dem andern, wie vertraut, erinnere ich mich, notiert zu haben, ich denke, Noser deshalb noch einmal zu fragen. Merz fing zu reden, er redete einen an wie einer, der einem Freund eine Geschichte erzählt, höre zu, ich muss es dir sagen. Wir waren, erinnere ich mich, längst die letzten Gäste geworden, Ines schloss die Türe, den eisernen Rolladen, die längste Zeit räumte sie auf, sie wischte die Tische sauber und stellte die Stühle darauf, zuerst erledigte sie die Arbeiten in dem Teil oder Gebiet des Lokals, in welchem sich die Theke befand, Noser und ich befanden uns dort, wir hielten uns an der Theke aufrecht und schauten Ines zu, ungenau, schläfrig, geht jetzt, sagte Ines, ich schliesse, ich habe geschlossen, geht, zur hinteren Türe hinaus, sie liess den letzten Rolladen hinter uns hinunter, die Buchstaben, sage ich Tamar, die den Namen bildeten, setzte

zur Zeit des Raubüberfalls. Einzuschlagen, der sofort unter der Gewalt und Präzision. Markiert sind. Im Gegenzug zu dieser strengen Ordnung meidet diesen Vorgang sehr. Schwefeldioxid wandelt sich bei Nebel. Das Glas wegen ihrer ätzenden Wirkung angreift. Die Schäden.

ich, wärend sich der Laden entrollte, aus Bruchstücken und Scherben abblätternder Farbe zusammen.

Während der anschliessenden Fahrt, bis wir wieder anhielten, da wohne ich, sagte Merz zum andern, hörte Merz nicht zu reden auf, er hielt keinen Augenblick inne, er warf keinen weiteren Blick auf die, die sowieso da stehen mussten, ich schaute mich um, gewohnheitsmässig, spielte Anwesenheiten herunter, mir gegenüber, Noser, schien mir, erinnere ich mich, unaufmerksamer als sonst. Im oberen Zimmer des ganz stillen Hauses, in seinem Arbeitsraum, redete Merz heftig weiter, würde ich Tamar sagen, wenn sie nicht zur Ruhe gegangen wäre, ich überlege, ob ich sie stören will, weder meine noch Nosers Anwesenheit schien Merz oder den Andern zu stören, Merz redete nun nicht mehr mit dieser bohrenden, oft fremden Stimme, er grübelte, deutete nicht mehr an weiss welchen Ereignissen herum, an den Freunden, die ihn verletzten, nahm auch seine Bilder aus, bis ich endlich gegen Morgen an einen eingeschlafenen Noser gelehnt erwachte, im Erwachen noch immer Merz' Stimme zu hören vermeinte, der Andere war nun am erzählen.

Dann sprachen beide, gleichzeitig, Merz und der Andere spielten sich Worte zu, was sie aussprachen, verflog, verän-

Und Demokratie gekoppelt gedacht werden müssen, hängt nicht. Als den Mann erkannt, der sich zur Zeit des Raubüberfalls. Erklärten das taktlose Benehmen mit dem guten Wein, den Merz wie sich für ihn nur zu schnell zeigte, irrigen Ansicht, auf. Am Mischpult mit

derte sich dabei, es war ihnen unmöglich geworden, Ereignisse mit Worten einzufangen, sie mit ihren Worten anzuhalten, so sehr sie sich auch gegenseitig unterstützten, da, so kam mir vor, beschränkten sie sich, wie aus einem gemeinsamen Beschluss heraus, die Dinge so und in der Reihe herzusagen, wie sie sich ihnen gerade anboten, bis ich dann den einen sagen hörte, dennoch, sagte der Eine, notiere ich, kann keiner nur Sache sein, das heult in einem drin und lacht und weint und tobt, dann bricht es durch die Verpackung durch, auch wenn, sagte der Andere, die Verpackungsindustrie zu den fortschrittlichsten, und zuverlässigsten, so der Eine, gehört, das stirbt nicht unter der Verpackung, das windet sich, so der Andere, heraus, sagt der Eine.

Bis sich dann Noser aus seiner schrägen Lage erhob und die kurze Nummer einstellte, es handelt sich, sagte Noser mit drängender Stimme, um eine Bestandesaufnahme, ich bitte sie, ein Einbruch. Es kam niemand. Solange wir auch warteten, der Eine oder der Andere setzte einen Satz in die Luft. Bis dann Merz nur noch lachte, Noser lachte. Wir lachten.

seinen Schiebern die Bewegungen der Tänzer. Mit dem Daumen nach unten bedeutet einer dem Discjockey, dass. Gegeneinander auszuspielen, doch ist es. Ist blau wie ein. Und Demokratie gekoppelt gedacht werden müssen, hängt nicht. Markiert sind. Im Gegenzug zu dieser strengen

Hörspiel 4

Ort: eine Gartenwirtschaft ausserhalb des engeren Stadtgebietes. Kastanienbäume, eine Hecke aus Thujabüschen — die Art der Bepflanzung ist hier, es handelt sich um ein Hörspiel, nicht weiter erwähnenswert, zumal in Stadtnähe insbesondere die Auswahl an Hecken, welche Vögel für ihre vielfältigen Tätigkeiten benötigen, gering ist. Kies, Tische, Stühle, ein Ausschank, ein Haus, in welchem sich ein Speiseraum befindet (wahrscheinlich, denn so ist es üblicherweise, da das Wetter in dieser Gegend allzuoft kühl und unbeständig ist). Stimmen: Merz, ein Kellner, A, B, C, Tamar oder sonst eine weibliche. Merz sitzt an einem grösseren Tisch, Distanzen wahrend. In der Nähe der Gartenwirtschaft bzw. des Biergartens befindet sich ein Schiessstand. Es ist Sonntag, es wird geschossen. Merz, ein akustischer Ort, könnte betrunken sein. Frühling.
Merz:(lacht laut und zufrieden. Nach und nach wird das Lachen enger und gepresster, höher, leiser, es hört ganz auf, da niemand da ist, Merz, aber das wissen wir als Hörer nicht, merkt, dass ihm niemand zuhört, dass er alleine ist.)
Man hört die typischen Geräusche einer fast leeren Gartenwirtschaft: Hin und wieder Schritte im Kies. Vogelgezwitscher. Gläser werden gespült. Insekten summen. Ein Auto fährt in einigem Abstand vorbei. Wie klingt erste Märzwärme?
Merz: (bitter) Ich hätte auch zu Hause bleiben können. *(Pause)* Ich hätte das Geld behalten können. *(Pause)*
Geräusche von Schritten bewegen sich auf Merz zu. Gleichzeitig bewegen sich Geräusche von Schritten an Merz vorbei. Was hörbar wird, wenn zwei Personen sich an einen Tisch, nicht weit von Merz, hinsetzen, erklingt. Die Schritte, nennen wir sie Schritte A, hören auf, sobald sie den akustischen Ort ›Merz‹ erreicht haben.
Merz: (freudig) Trinkst du mit? *(ruft zum eher weit entfernten Ausschank)* Eine Runde wir zwei. Einen Halben Rancio,

Juan. *(Pause, dann freundlich, beinahe lieb)* Du bist gekommen. *(kurzes Zögern, plötzlich scharf, ironisch)* Sie haben sich an meinen Tisch gesetzt? Sie sitzen am gleichen Tisch wie ich? Weshalb? Weshalb sind Sie hier? Behaupten Sie nicht, ich hätte Sie dazu aufgefordert. *(spricht einen folgenden Zeitungstext leise vor sich hin, leise, jedoch sehr deutlich, so dass er gut verständlich bleibt)* Zwischenfall auf dem Paradeplatz, ein Automobilist aus Freiburg ist im Gewirr der Umbaustellen *(leise, etwas mehr Stimme)* nicht wahr, so stand es heute, gestern im Abendblatt, Sie wissen, wer weiss, wer weiss, auf welchem Weg, jemand drang ein, wissen Sie vielleicht, auf welchem Weg der verwirrte Automobilist aus Freiburg auf die Traminsel Umbaustelle in der Mitte des von Geschäftshäusern, vor allem Bankgebäuden, ausgesparten Platzes gelangte? *(freundlicher)* Du weisst. *(Pause)*
A: hm *(gespannte Pause)*
Merz: Wer weiss, auf welchem Weg man eindrang? Fenster, Türe? Über mehrere Dächer? *(hält inne)* Da war jemand aber sehr schlau.
A: Was ist? Bist du besoffen? *(ruhiger)* Und dann sind das ja alte Geschichten.
Merz: (insistiert) In der Mitte des Paradeplatzes. Einen unauffälligeren Ort gibt es in der ganzen Stadt nicht. *(schweift ab)* In der Mitte ein See. Umbaustelle. Stadtmitte. Da reissen sie die Fassaden nicht ein, die Herren. Was dahinter ist, ja. Das Fassadeneinreissen haben sie mir überlassen. Arbeite ich im Auftrag? Die Baustellen sich genau anschauen. Oder sind Sie daran vorübergegangen, ohne auf die Schuttrutsche zu achten? Ein Kunstmuseum zum Beispiel wird umgebaut. Bitte, bloss ausgekernt, später wird keiner etwas bemerken. Was rutscht über die Schuttrutschen aus den obern Stockwerken in die bereitgehaltenen Schuttmulden? Endlich kotzt, zum Beispiel, das Kunstmuseum. Was denn, denken Sie, kotzt ein solches Gebäude?
A: Gar nichts denke ich.
B: (zu C) Gar nichts denkt er. Sieht er so aus?

C: Gar nichts denkt er. Wie ich.
Merz: Was kotzt ein Kunsthaus. Was kotzen Sie, ich bitte, jeden Abend, stundenlang, in einer ›Stadt Madrid‹, in einer ›Amsel‹. *(leise)* Du bist gekommen. Ich bin sehr froh.
C: (zu B) Wie sehe ich jetzt aus? Gib mir den Spiegel.
Merz: (lacht ein gespitztes Lachen, dann) Was kotzt vielleicht ein Kunsthaus? Vergessene Handschuhe? Schirme, an die sich niemand mehr erinnert? *(zum Nebentisch)* Gehen Sie hin, nehmen Sie Ihre Begleitung mit. Spiegel gibt es da genügend. Und *(listig kichernd)* wenn Sie sich beeilen, sehen Sie die Hand des Konservators, eines reizenden und kunstsinnigen Menschen übrigens, zwischen Schutt und Masken und Kostümen winken, denn *(geheimnisvoll)* man sammelt dort auch Fasnachtskostüme, die von schlauen Menschen eben noch getragen wurden, Sie werden die Hand des Konservators aus der Abraummulde diesem Herrn da an meinem Tisch, einem seiner intimen Freunde, zuwinken sehen, lange, herzlich, bis ihn Schutt verdeckt.
C: (zu A) Ist wohl einer jener Pensionierten, die stundenlang bei Baustellen herumhängen, weil sie selber nichts mehr zu tun wissen.
A: hm.
Merz: Übrigens, wenn Sie sich beeilen und sich zur Baustelle fahren lassen, jetzt, werden Sie in der Hand des Konservators eine Ihrer letzten Ausstellungsbesprechungen erkennen.
Ein Auto hört man vorbeifahren. (Hier fahren selten Autos vorbei, später im Tag dann fahren sie vor.) Bremsen kreischen. Ein harter Aufschlag. Stille. Dann zwitschern Vögel wieder. Dann summen Insekten wieder. Das Fis-cis-Horn eines Rettungswagens. Stille. Ein Auto fährt weg. Geräusche wie zuvor.
Merz: (leise, mit trauriger Stimme bohrend) Zwischenfall auf dem Paradeplatz. Lesen Sie! Ein Automobilist aus Freiburg ist dort oder aus Zürich verirrt? Im Gewirr der Umbaustellen Versetzstücke? *(Pause)* Lesen Sie. *(Merz liest vor)* Im Gewirr der Umbaustücke ist dort ein Maler, wer weiss auf welchem

Weg *(schweift ab)*, die mit den Krötenaugen wüsste, auf welchem Weg. *(längere Pause)*
B: Bestellt haben wir auch noch nicht.
Merz: Bin ich doch letzthin, abends.
Die Schritte des Kellners nähern sich Merz' Tisch. Es werden eine Flasche und zwei Gläser hingestellt.
Merz: Abends sperrt man doch ab? Die Bauleitung kann doch behaftet werden?
Der Kellner geht wieder zum Ausschank.
Merz: Abends wird doch nicht gearbeitet? Ist doch Feierabend? Wer weiss, auf welchem Weg ich dorthin. Trotz allem. Auf einmal. Befand ich mich hinter der Abschrankung. *(eindringlich)* Wer kümmert sich um die Nebeneingänge? Wer dort hinein muss, kennt seinen Platz. Er kennt den Weg, der zu seinem Platz führt. Er gerät nicht hinter die Abschrankung. Sein Platz kann dort sein. Also. *(freundlich)* Übrigens, hast du eine Wohnung gefunden? *(Pause)*
In der Ferne eine weibliche Stimme, möglicherweise Tamars Stimme.
Tamar: *(weit weg)* Ich *(schreit)* will *(höhnt)* alles, alles. *(bestimmt, gerade noch verstehbar)* Jetzt. Jetzt. *(rasche Schritte. Ein Hund knurrt. Vögel zwitschern.)* Jetzt.
C: Bestellt haben *(vorwurfsvoll)* wir auch noch nicht.
B: Wir haben noch nicht bestellt.
A: Merz, du hast doch nichts dagegen, wenn ich mir einschenke? Im Kaffeehaus, das du eben erwähntest, wurde man sehr zuvorkommend bedient.
Merz: *(schnell)* Dort befand ich mich an jenem Morgen. Im alten ›Pfauen‹, ich sass im Innern, beim Eingang *(forschend)* da sieht man, wer eingeht und hinausgeht, da kann man nicht überrascht werden. *(höflich sich entschuldigend)* Sie, ja Sie, sah ich hereinkommen. *(stolz)* Sie konnten mich nicht überraschen. *(ruhig)* Da trifft man Freunde. Da wird man gut bedient.
A: hm.
C: Wir haben noch nicht bestellt.

B: hm.
Merz: Hätten Sie jetzt Zeit? Gehen wir? Kommen Sie mit mir? Ich werde Ihnen alles zeigen. Da sind auch Spuren alter Verzierungen. Ich denke, einmal war das Kunsthaus sehr schön gewesen. *(Pause)* Haben Sie einen Wagen hier? Sie sind zu Fuss gekommen? Nicht von der Stadt her. Ich sah Sie vom Parkplatz kommen. *(Pause)* Wir könnten ein Taxi bestellen. Wie spät ist es? Beinahe Mittag, elf Uhr? Da wäre es möglich. Da schläft sie nicht mehr. Da frühstücken sie zusammen. So verrückt. So reizend. Sie sahen Tamar an jener Vernissage. Ja. Mit Merlin zusammen. Sie als dessen Assistentin, so nannte er Tamar. Eine zerbrochene Puppe, damals. Ja. Und Gabriela. Sie wundern sich? Diese Gabriela. Die schöne Gabriela, in die ich *(schläfrig)* letzten Sommer verliebt war, die mich besser kannte, als ich sie, mit der ich zwei- oder dreimal Kaffee *(starr)* trank, die ich einmal am Flussquai ansprach. *(rauh:)* Sie ist mehr als fünfzehn Jahre jünger als ich bin, dunkles Haar, weisse Haut, eine besonders sanfte und wohlklingende Stimme, eher klein, biegsam, überlegen, erfahren in verschiedenen Dingen. Dunkle *(tief, spät)* Augen, süss, wie Honig. (ein wenig gleichgültig) Sie lebt mit Tamar und Renner. Herrin des Paradieses. (Pause) Es wäre möglich, das Krötenauge, ich nenne die Renner nur noch Krötenauge, herzubestellen. Was raten Sie mir? *(hastig)* Wer sind Sie überhaupt? Ich sollte Sie kennen? Ich hätte Sie mit Du angeredet? Freundschaft behauptet? Da muss ich Sie getäuscht haben. Hereinspaziert. Die Vorstellung beginnt. Merzschau. Die berühmte berüchtigte Wohllust weckende erschreckende langweilige traurige Merzschau beginnt. Ichmerz auf der Bühne. Siegast auf dem roten Plüsch. Es muss Plüsch sein. Ein Theaterstück wird aufgeführt. Rot im Theater muss Plüsch sein, stimmen. Das Bild auf der Bühne stimmt. Ja. Eine Kommode, überwuchert mit allerhand duftenden Blumen, Levkojen, mit Traumstücken behangen, ein Puppenkopf darf nicht fehlen, auch Perlenketten, zerrissen aber bunt, etwas Schutt. Als weitere Versetzstücke eine

Schneiderbüste, die Jungfrau darstellend, ein Sofa, ein einzelner Stuhl aus der dritten Reihe. Platz 331 natürlich, mitsamt Zuschauer, Engel und Teufel in einem Atemzug als Verhänge langsam sich senken vom Schnürboden herab, eine Insel. Mit Palme. Topfpalme. Baracken sind da. Internierte? Oder bloss Ausländer? Abends wird gearbeitet. Über die Zeit hinaus geschaufelt. Es gibt nämlich heutzutage sehr helle Scheinwerfer. *(Pause)* Nur die innern Mauern reissen sie ein. Unter Ausschluss des Publikums. *(Pause)* Einige Dekorationsstücke sind beiseite zu schaffen. Der Polier brüllt. Oder sonst einer mit Verantwortung. (Pause) Ich stehe ruhig auf dem Sessel. Die Fassaden brechen ein. Schreit einer. Keine Panik. Rufe ich. Das gehört zum Stück. Sage ich. Schon halten Schauspieler, die extra aus dem Ausland gekommen sind, die Mauern aus. *(Pause)* Mühsam ist es, Fassaden von Hand abzustützen. Das kann ich Ihnen sagen.
Frühlingsgeräusche wie oben. Schritte.
A: hm.
Merz: (für sich) Dabei müssen verschiedene Fassaden unterschieden werden. Auf der Innenseite dünnes, brüchiges Papier. Der Polier, der dort drüben ein dunkles Bier bestellen wird, war mein Vorarbeiter. Jetzt ist er alt. Er freute sich auf das Einweihungsfest. Er ist zu alt geworden. Er wird hinüber sein. Sie, werden Sie dabei sein?
Die Geräusche werden durch wildes Schimpfen unterbrochen, das unverständlich bleibt und abrupt aufhört. Männliche Schimpfgeräusche. Stille. Frühlingsgeräusche wie oben. Ein Hund knurrt.
Merz: Ich will Ihnen eine Geschichte erzählen. Sie zögern, länger hier zu bleiben? Sie fürchten sich vielleicht vor Geschichten? *(Pause)* Nein, Sie haben recht, da war niemand, der ›hereinspaziert!‹ gerufen hätte. Dennoch dachten sich die Gäste in dem Hause willkommen. Es war zwar eine für Besuche etwas aussergewöhnliche Zeit, früher Morgen, die Zeit des ruhigen Austräumens. Eiligen Gehens zur Bushaltestelle. Die Gäste betreten das Haus, das sie von früheren

Besuchen her kennen. Der Gastgeber ist ein Freund, er wird nichts einzuwenden haben. Sie klingeln nicht. Sie wollen den Gastgeber, den Freund nicht aus seiner Ruhe schrecken, aus dem tiefen, oft unruhigen Schlaf, der dem Rausch folgt. *(zögert)* Sie kennen den weiteren Verlauf? Die Geschichte langweilt Sie? Und doch, Ihnen erzählte ich diese Geschichte nie.
A: hm.
Merz: Sie wissen den weiteren Verlauf? Ich bitte Sie, erzählen Sie! Sie erheben sich? Sie verlassen die Wirtschaft, den schönen Biergarten, den Schatten? *(Schritte, Stühle werden verschoben)* Halt, halten Sie ein, Sie haben etwas liegen lassen. Warten Sie. Einen Augenblick noch. Grüssen Sie mir.
Das Geräusch abrupten Weggehens. Eilige Schritte entfernen sich. Also: Kiesgeräusche. Man hört einen Personenwagen vorfahren. Türschlagen. Ein Auto entfernt sich. Merz sitzt wieder allein an seinem Tisch.
C: (leise) Wir haben noch nicht bestellt.
B: (scharf) Du hast noch nicht bestellt.
C: (leise) Du hast noch nicht bestellt. *(freudig)* Wir haben noch nicht bestellt.
Merz: (plötzlich) Herbeispaziert, herbeispaziert, meine Herrschaften. Herbeispaziert. Herbeigesetzt. Wunderbare Geschichten erwarten Sie. *(Pause)* Sie haben sich schon hingesetzt? Haben längst dagesessen? Wie immer, hinter meinem Rücken? *(unsicher)* Neben mir. Hinter mir. Haben mir aufgelauert? Den Beginn der Geschichte mitangehört? *(versinkend)* Welche Geschichte? Zwischenfall? Am Paradeplatz? *(Pause)* Eine Kontrolle der Polizei ergab keine Hinweise. *(zögert)* Sie wollen diese Geschichte nicht mehr hören? Gar keine? Ich verstehe. Will ich auch nicht. Es endete katastrophal, falls ich dies täte.
Die Schritte des Kellners nähern sich langsam Merz' Tisch. Der Kellner räumt ab und wischt mit dem feuchten Tuch über die Tischfläche.
B: (fordernd) Wir haben noch nicht bestellt.

Der Kellner rückt die Stühle zurecht. Er entfernt sich. Er deckt die anderen Tische für die Mittagsgäste. Übrige Geräusche wie oben. Dazu vereinzelte Schüsse vom Schiessplatz her.
Merz: (*richtet sich an das nicht mehr vorhandene Gegenüber*) Vordenken? Wo denken Sie hin. Wunderbare Geschichten. (*Pause*) Sie antworten nicht? Ach. Die Geschichten könnten Sie aufstören. Die Sätze sich in ihrem Kopf festhaken. Ihre Befürchtungen sind berechtigt. Es ist gefährlich, die Einbildungskraft anregen zu lassen. Ihre Ruhe möchte dahin sein. Doch, das wissen Sie ja zu verhindern. Sie wissen ja wirklich genau, wie Sie sich Bilder vom Leib halten können. Auch wie Sie andere vor Bildern schützen können. Sie sperren die Bilder einfach ein. In Galerien halt. In teuren Büchern. (*Pause*) Nun, immer kann das auch Ihnen nicht gelingen. (*Pause*) Ganz ohne Bilder geht es nicht. Wunderbare Geschichten. (*Pause*) Ich höre schlecht, was sie sagen. Sprechen sie lauter. (*ruhig*) Also. Die Leute wussten sich unwillkommen im Haus, in welches sie eindrangen. Das wissen Sie schon. Nicht jeder kann das wissen. Ein sonniger Morgen wie der heutige. Sehr viel kälter. Ende Februar, könnten Sie hinzufügen. Februar noch. Maskierte hätten dickvermummt an der Busstelle auf den Bus, der stadtauswärts fährt, warten können, nachden sie ein Stück Wegs zu Fuss zurückgelegt gehabt hätten. Sich wartend die Füsse hätten sie warmgetanzt. (*Pause*) Wer dort stand und wartete? Wer dort fror und wartete, müde sich über das Steuerrad lehnte? Die Türen nur angelehnt, es musste schnell gehen, nachher? Früher Morgen. Ruhe. Kein Mensch noch unterwegs. Der Bus an der Haltestelle vorübergefahren, da niemand ihn aufhielt. Niemand in den Gärten. Keine Vorhänge bewegten sich unauffällig. (*Pause*) Die Gäste klingelten nicht. Die Ruhe des Gastgebers wurde nicht gestört. Ein Gastgeschenk sollte erst später überreicht werden: Blumen für die Dame. Blumen. Hast du, Juan, diese Blumen auf den Tisch gestellt? Plastikblumen. Hätte ich mir denken können. Juan (*lauter*) Juan! Einen Zweier. Und ein Stück Brot. Plastikblumen, Juan.

Nimm die Blumen weg, wenn du den Wein bringst. Er hat sicher Plastikblumen zuhause. *(Pause)* Er antwortet nicht einmal. *(zu B und C)* Pack. Sie! Sagen sie doch etwas! *(bitter)* Ein schöner Morgen das. Märzenstaub.
B: hm.
Merz: Es ist hier nicht Brauch, wildfremde Leute anzureden.
Der Kellner stellt Wein und Brot hin. Er trägt die Blumen weg und stellt sie auf einen Tisch in der Nähe. Ein Hund knurrt.
Merz: (eifrig) Die Gäste treten ein. Die Gäste steigen die Treppen hoch. Die Gäste betreten den Arbeitsraum. Schläft der Gastgeber tief genug? Er schläft sehr tief. Er schläft ruhig auf breitem Bett. Allein. Keine Morgensonne stört seinen Schlaf noch. Später wird ihn die Morgensonne aufwecken. Kein Klingeln stört seinen Schlaf. Kein Raunen weckt ihn auf. Die Gäste bewegen sich leise und gewandt. Nichts ist verschoben worden. Sie lassen das Zimmer so zurück, wie sie es antrafen. Die Wände sind kahl. Tablare sind leer. Mappen stehen leer da. Ach, ich vergass, Sie zu informieren? Der Schlafraum des Gastgebers ist Arbeitsraum eines Bildermachers, Bildermalers. Manchmal Bilderzerstörers. Eines Bildersuchers. Übrigens, nennen sie mich Bildersucher, wenn Sie wollen.
B: (schnell) Wir haben noch nicht bestellt. Du hast noch nicht bestellt. *(Pause)*
Merz: Die Werkzeuge lassen sie liegen, sie interessieren sich nicht für Pinsel oder Spachtel oder Stifte, Messer. Sie werden keine Bilder herstellen. Sie betrachten sich als Bildernehmer. *(Pause)* Waren unter den Gästen Männer, gewöhnt, schwere Lasten zu tragen, Les forts des halles? Verglaste Bilder sind sehr schwer zu tragen. Wer sah die Gäste das Haus verlassen? Wer verabschiedete die Gäste unter der Türe? Du, mein lieber Freund und Neffe. *(zu B)* Sie sehen meinem Neffen ähnlich. *(sich entschuldigend)* Es hätte ja sein können. Meine Schwester vermisst einen Sohn in Ihrem Alter. *(traurig)* Sie können die Geschichte als Hinweis verstehen. Zusammen-

hänge argwöhnen. *(leiser)* Sie verstehen mich nicht? *(ängstlich)* Antworten sie deshalb nicht? Vielleicht ist meine Aussprache undeutlich. Ich trinke viel Wein. Nicht das wollten Sie von mir hören? Wie kann ich? *(Pause, dann ruhiger)* Die Worte auswechseln. Eine andere Erzählung. Eine andere Erzählung gefällt ihm vielleicht besser. Bloss ein paar Worte wechseln? *(Pause, eifrig:)* Hören Sie: Hereinspaziert! *(resigniert, traurig)* Gäste sind gekommen. Immer kamen Gäste zu mir. Manchmal hatte ich einige Leute mitzukommen aufgefordert, da ich mich allein in dem Haus elend fand. Manchmal versprach ich ihnen Bilder, nur damit sie mit mir kamen. Später begann ich, mich mit ihnen auseinanderzusetzen *(Pause)* Ich suche das Auswechseln von Worten. Was suchst du immer Streit, halten sie mir vor. *(Pause)* Und dann diese Schnäpse.

B: (traurig) Du hast noch nicht bestellt.

Merz: Ein Aus. Auseinander. Einander. Auseinander setzen. Ein. Herein, setzen Sie sich bitte, auf den bereitgestellten Stuhl. Aus. Wer? Wer was? Sagen Sie? Sie sagen streiten? Einige sind dann von mir abgerückt. Haben sich abgesetzt. Als Gäste sind sie später zurückgekommen. Wir sind deine Freunde. Nur. *(Pause)* Wenn man aneinandergeraten könnte.

Geräusche von zwei Menschen, B. C, die sich von ihren Stühlen erheben und sich wegzugehen anschicken. Insekten summen.

Merz: Jetzt sind sie gegangen. Da hatten nun die Gäste die Bilder mit sich genommen. Sind alle signiert, fragt eine, während sie einladen. Was, ein unsigniertes? Kann ich nicht brauchen, nimmt mir keiner ab. Nimm du das Bild. Er ist dein Onkel. Zum Andenken. Über das Bett kannst du es hängen. Am selben Morgen noch erhält der Gastgeber das Gastgeschenk. Am späteren Morgen kommt ein Geldbriefträger können Sie sich ausweisen.

C: (zu B, im Weggehen:) Mir ist heiss. Dort hinten, in der Nähe des Ausschanks, ist Schatten.

Weiter weg lautes Männerlachen. Stille. Schritte entfernen sich.

Merz: (laut) Also. Noch einen Zweier. Juan! Ein letzter. Also Ihnen, Ihnen werde ich ein Bild geben.
B und C nähern sich wieder Merz' Tisch.
B: Da kann man nicht mehr hin, da ist zum Essen aufgedeckt. *(zu Merz)* Sind die beiden Plätze noch frei? *(Sie rücken die Stühle:)* Sie gehen doch nicht? Wir wollen.
Merz: Gehe ich? Man will, dass ich weggehe? Ich gehe. Ich hätte ja zu Hause bleiben können. Ich muss jetzt weg. Ich habe zu tun. *(zu B und C)* Wie kommt es, dass. Irgendwo muss ich Sie schon gesehen haben? Kürzlich? *(Pause)* Ich sage Ihnen jetzt: Befund. Oder: Fundstück. Beweis? Haben Sie Beweise? Wo ist der andere hin? Wo haben Sie ihn hingeschafft? Da war doch eben noch einer?
C: (leise) Bestellen wir.
Merz: (ärgerlich) Sie! Sie machen sich ein Bild. Ich suche Befunde. *(ernsthaft)* Gäste vergessen immer etwas. Lassen Dinge, aufschlussreiche Dinge liegen. Ich nehme das Ding an mich. Mag sein, aus dem Ding wird noch ein Bild. *(zu C)* Ja, Noser, er war dort in der Nähe, er ist immer dort, wo Träume unter den Tisch fallen.
Das Schiessen vom nahen Schiessplatz wird lauter. Auch wird der Strassenverkehr zusehends dichter. Der Strassenlärm nimmt zu. Das Vogelzwitschern ist kaum mehr hörbar, auch das Lachen vom Haus her, das man von Zeit zu Zeit hörte, wird vom Tosen des Verkehrs und vom Schiesslärm überdeckt.
B: Wir haben noch nicht bestellt.

Zürich, 13. März. Josef Ritzmann verriet sich durch Prahlerei. Einen Monat nach dem 3,17 Mio.-Coup im Zürcher Auktionshaus Koller ist der bislang grösste Kunstdiebstahl der Schweiz praktisch aufgeklärt. Von den fünf an der Tat beteiligten Männern — drei als eigentliche Täter und zwei als Hehler — sitzen vier hinter Gittern. Bezirksanwalt Hans Meier äusserte am Samstag auf einer Pressekonferenz die Auffassung, es sei lediglich eine Zeitfrage, bis der gesuchte Wirt, Franco Esposito, noch festgenommen werde. Der Erfolg der Zürcher Polizei beschränkte sich indessen nicht auf die Verhaftung der Diebe. Bis auf einige unbekanntere Stücke von geringerem Wert ist die Riesenbeute wieder beigebracht. So nebenbei, wie sich Bezirksanwalt Hans Meier ausdrückte, konnte mit Hilfe des Geständnisses von Ritzmann gleich ein weiterer, am 26. Februar begangener Diebstahl von Bildern bei Ernst M. geklärt werden. Auch die Kunstgegenstände aus dem Besitz der Galerie Koller hätten der Erpressung eines Lösegeldes gedient. Hätte nicht eine Hausdurchsuchung, die am vergangenen Samstag in einem Bauernhaus in Zürich Leimbach vorgenommen wurde, den grössten Teil der Beute zutage gefördert. Auf die Frage eines

Wenn ich mich hier an die Wand stelle und so, in dieser Weise, auf meine Art draussen bleibe: ich wüsste die Spielregeln doch, die ich für dich gelernt habe. Kennst du das Klirren, wenn tausend Fernsehapparate zerspringen? Nur einer war es. Und meiner. Keine Heldentat. Drum schaue ich jetzt TV

der anwesenden Journalisten erwiderte der Polizeisprecher: »Eine Schliessung des Restaurants ›Stadt Madrid‹ drängt sich vorläufig nicht auf, da dessen Führung durch eine qualifizierte Person gewährleistet ist.«

von hinten und ohne Ton. Ich halte mich, an was ich sehe und schliesse dabei die Augen. Dann schreie ich, damit es niemand hört. Bloss Winnetou. Old Shatterhand. Egal. Die blaue Gans abwürgen und in Chanel No. 5 baden. Du, wer bis du? Ich verachte dich. Du mit deinem lächerlichen Zopf. Los,

Zürich, 15. September. Ehemalige Freundin packt aus. Seine Vergangenheit als Zuhälter wird Franco Esposito zum Verhängnis. Diesmal hatte die Polizei recht, denn es war wirklich nur eine Zeitfrage, bis auch Franco Esposito hinter Gittern sass. Nach dem letzten Einbruch hatte er sich bei der Prostituierten G. versteckt, in der, wie sich für ihn nur zu schnell zeigte, irrigen Ansicht, auf ihre Liebe zählen zu können: Doch G. erinnerte sich nicht an die schönen Zeiten, die Esposito in herzzerreissender Rede heraufbeschwor. Sie erinnerte sich an die Schläge, wenn sie zuwenig Geld nach Hause brachte, an Vorwürfe, an den Hinauswurf, als sie schwanger war. Und G. hatte den Blick gelesen. Sie war informiert. G. telefonierte. G. fühlt sich nicht als Verräterin. Dennoch sagt sie: »Eigentlich tut er mir leid. Jetzt weiss ich, dass er eigentlich unschuldig war. Er war immer ein schwacher Kerl. Nicht er, nicht Ritzmann ist verantwortlich, auch nicht die drei andern.«

los, schlag zu. Falls du dich traust, nämlich. Ein Rückzieher. Du, wer bist du? Du gefällst mir. Du ziehst mich an. Kennst du den Klang zerbrechender Zeit. Als den Mann erkannt, der sich zur Zeit. Da kommen ja Weinberge und Rosen und hellgelbe Untertassen mit süsser Quittengelee. Ich rausche

rg. Beim Eindunkeln brutal zusammengechlagen. Mit seinem ständigen Begleiter N. spazierte der bekannte Maler Ernst Merz gestern abend über den Rüdenplatz. Nach Angaben von N. kamen zwei Männer langsam von der Einmündung der Schoffelgasse auf sie zu. Plötzlich hatten beide begonnen, auf Merz einzuschlagen, der sofort unter der Gewalt und der Präzision der Schläge zusammensackte. Ohne sich auch an N. zu vergreifen, verschwanden die beiden im Dunkel. Bis Merz sich von den Schlägen erholt hat, ist die Fahndung nach den Unbekannten erschwert, da N. behauptet, die beiden noch nie gesehen zu haben. Die Polizei ist der Ansicht, dass es sich um einen Einschüchterungsversuch jener Kreise handelt, die sich durch die aufdringlichen Nachforschungen von Merz bedroht wähnen. Die Aufklärung von Verbrechen sei nicht Sache der Betroffenen, sondern der Polizei, erklärte der Polizeigefreite W.

und traue mich dann doch nicht. Bis mir die Ameisen an den Schenkeln hochkrabbeln und ich nicht mehr anders kann. Du, wer bist du. Bald werden die Glasscheiben in sich zusammenbrechen. Ich habe dich doch schon wo gesehen. Ach ja. Fahren. Union 34, Kino Apollo. Ist blau wie ein.